들이대 퓨전 판타지 소설

Fantasy Frontier Spirit

창공의 에르하트

Erhard of deep blue sky

창공의 에르하트 3

들이대 퓨전 판타지 소설

초판 1쇄 찍은 날 § 2005년 9월 19일
초판 1쇄 펴낸 날 § 2005년 9월 29일

지은이 § 들이대
펴낸이 § 서경석

편집장 § 문혜영
편집책임 § 유경화
편집 § 서지현 · 최하나

펴낸곳 § 도서출판 청어람
등록번호 § 제1081-1-89호
등록일자 § 1999. 5. 31
어람번호 § 제1-0636호

주소 § 경기도 부천시 원미구 심곡1동 350-1 남성B/D 3F (우) 420-011
전화 § 032-656-4452 팩스 § 032-656-4453
http://www.chungeoram.com
E-mail § eoram99@chollian.net

ⓒ 들이대, 2005

ISBN 89-5831-672-1 04810
ISBN 89-5831-669-1 (세트)

※ 파본은 본사나 구입하신 서점에서 교환하여 드립니다.
※ 저자와 협의하여 인지를 붙이지 않습니다.

들이대 퓨전 판타지 소설

Fantasy Frontier Spirit

창공의 에르하르트

Erhard of deep blue sky

3

도서출판 청어람

Contents

#8 듀얼 오브 블러디 스카이 /07
#9 마르셀라니, 복수, 상처, 그리고 음모 /101
#10 에르하트의 귀환, 그리고 재회 /195
용어 사전 /280

#8

듀얼 오브
블러디 스카이

어두운 회색 빛 조명 아래, 차가운 공기가 흐르고 있는 병원 대기실에 앉아 에르하트와 이스카야르는 수술실의 램프를 바라보고 있었다. 이스카야르가 근처 병원의 문을 박차고 들어가 의사와 간호사를 잡아들이듯 데리고 온 것은 말 그대로 순식간이었다.

에르하트에게 잡혀온 의사는 다행히도 유능한 사람이었는지 가타부타 말도 없이 자신을 잡아온 이스카야르에게 화를 내기 전에 피를 흘리고 누워 있는 사람들부터 챙겼고, 그중 유일한 생존자인 진트를 보자마자 같이 따라온 의료진들에게 즉시 병원으로 이송할 것을 명령하고는 수술실 안으로 들어갔다.

"확률은 반반입니다. 피를 너무 많이 흘렸습니다. 또 척추 부분에 칼을 맞았기 때문에 잘못하면 평생 불편한 몸으로 살 수도 있습니다."

수술실로 들어가기 전, 이스카야르가 데리고 온 의사가 에르하트에게 한 말이었다. 에르하트가 그 말을 듣고 최선을 다해줄 것을 부탁한 것은 당연했다.

묵묵히 고개를 끄덕이면서 수술실로 들어가는 의사의 뒷모습을 바라보던 에르하트는 수술실의 문이 닫히자마자 쓰러지듯이 복도에 있던 기다란 나무 의자에 앉았다. 그리고는 정적……

말없이 진트의 쾌유를 바라면서 의자에 앉아 있는 에르하트와 짧았지만 그만큼 격렬했던 암살자들과의 싸움에도 불구하고 지치지도 않았는지 무표정한 얼굴로 벽에 기대서서 에르하트와 마찬가지로 수술 결과를 기다리던 이스카야르 사이에는 어떠한 대화도 흐르지 않았다. 긴장과 정적, 그 두 가지만이 둘 사이에 흐르고 있었다.

몇 시간 동안 지속되던 이러한 정적이 깨진 것은 진트가 수술실에 들어간 지 네 시간이 지난 새벽 1시 무렵이었다. 복도 구석에 걸려 있는 커다란 괘종시계가 자정을 넘기고 다음날의 첫 번째 시간이 됐다는 소리를 내자 에르하트가 무심결에 손목에 차고 있는 손목시계를 바라보았을 때였다.

"걱정되십니까?"

그때까지 아무 말이 없던 이스카야르가 말을 걸어오자, 에르하트는 자신의 시계에서 이스카야르 쪽으로 시선을 돌렸다. 차가움. 그 외에는 이스카야르의 얼굴에는 어떤 감정의 흔적도 나타나 있지 않았다.

"당연한 것 아닙니까?"

에르하트가 이스카야르의 얼굴을 돌아보면서 대답했다. 이스카야르는 살짝 눈을 내리깔리면서 자신을 바라보고 있는 에르하트의 눈동자를 마주 보았다. 당장이라도 폭발할 듯한 분노가 에르하트의 눈 속에

억눌려 있었다.

"무엇에 대한 분노입니까, 에르하트 남작? 자신? 아니면 자신을 기습한 적?"

이스카야르의 질문에 에르하트는 한동안 아무 말이 없었다. 이스카야르의 시선을 피하면서 에르하트는 복도 천장에서 흐린 빛을 내고 있는 몰개성한 전등을 바라보았다.

"모르겠소, 이스카야르 씨. 화가 나긴 나는데 누구에게 화를 내야 할지 진짜 모르겠습니다. 바보같이 기습을 당해 진트를 다치게 한 나에게 화를 내야 할지, 아니면 나를 살해하려고 한 죽은 자들에게 화를 내야 할지를 말입니다."

대답을 마친 에르하트가 한숨을 내쉬면서 피곤에 지친 얼굴을 두 손으로 감싸 안았다. 대답을 들은 이스카야르가 벽에서 몸을 떼더니 천천히 에르하트에게 다가가 그의 옆에 주저앉았다.

"에르하트 남작, 솔직히 말씀드리죠."

그렇게 이스카야르가 운을 떼자 에르하트가 얼굴을 감싼 손을 내리더니 이스카야르의 얼굴을 바라보았다.

"뭘 말입니까?"

에르하트의 핏줄이 돋아난 충혈된 눈동자에 나타난 의문을 바라보면서 이스카야르가 대답했다.

"사실 저는 오늘 우리를 기습한 저들의 의도를 당신이 식당에 나타나기 전부터 어느 정도 눈치채고 있었습니다."

말을 마친 이스카야르는 에르하트를 바라보았다. 억눌려 있던 에르하트의 분노가 풀리고 있는 것이 보였다.

"화가 나십니까?"

에르하트는 간신히 터져 나오는 고함을 억누를 수 있었다.

"당연한 것 아닙니까? 알면서도 방관하다니요!"

"방관?"

이스카야르의 얼굴이 냉담하게 변했다.

"에르하트 남작님, 당신은 대체 자신이 누구라고 생각하는 겁니까? 자신이 아직도 발렌슈타인 제국의 일개 장교에 지나지 않는다고 생각하는 것 아닙니까? 오늘 식당에서의 일만 해도 그렇습니다. 에르하트 남작 당신은 내가 방관했다고 하는데, 나는 분명히 암살자들에게 다가가려는 당신을 막았습니다. 그런데도 당신은 동료애를 발휘해서 진트에게 다가갔지요. 설사 그들이 당신을 해치려 할 의도가 없던 사람들일지라도 당신의 위치와 당신이 그뤼네발트에서 지니는 의미를 생각하고 있었다면 그런 행동을 할 수는 없었습니다. 솔직히 말씀드리겠습니다. 나는 그뤼네발트의 반야르, 운터바움 일족의 수장으로서 당신의 무모함이 너무나 걱정됩니다. 고루하고 낙후된 형식에 얽매이지 않는 당신의 행동거지는 충분히 매력적입니다. 나 역시 당신의 그런 면에 마음이 끌린 것이 사실입니다. 하지만 여기서 당신이 하는 일은 결단코 한 영지를 다스리는 사람으로서 할 행동이 아닙니다."

갑작스럽게 터져 나온 이스카야르의 비난은 식당에서의 행동을 책망하려던 에르하트의 말과 분노를 순식간에 잠재웠다. 에르하트가 놀란 듯 자신을 동그랗게 뜬 눈으로 바라보자 이스카야르는 자리에서 일어서서 앉아 있던 에르하트 앞에 섰다.

"에르하트 남작, 저녁에 벌어진 그 암살 시도는 당신의 말대로 내가 충분히 막을 수 있었지만 그러지 않았습니다. 왜냐하면 저기 수술실에 누워 있는 진트를 희생해서라도 당신에게 당신이 어떤 존재인지를 알리고 싶었기 때문입니다."

"나의 존재?"

에르하트가 멍한 얼굴로 이스카야르에게 질문을 던지자마자 그는 수술실의 문을 손가락으로 가리키면서 대답했다.

"당신은 그뤼네발트의 영주입니다. 최소한 나나 그뤼네발트의 서부지역 반야르들에겐 당신은 우리들의 염원을 풀어줄 유일한 희망입니다. 그런 당신이 이곳 바랑기스 공국에서 하는 일이 우리들에게 얼마나 위태롭게 보이는 줄 아십니까? 조종사를 구하기 위해 해적들과 싸우다니, 과연 그게 당신이 할 일이라고 생각하는 겁니까? 당신이 죽으면 그뤼네발트가 어떻게 되리란 생각은 해보았습니까? 진취적인 추진력, 형식에 얽매이지 않은 자유로움과 열린 사고! 나보다는 우리를 생각하는 포용심! 그런 것들이 당신의 장점이라는 것은 여기까지 당신과 함께 동행한 나 역시 충분히 알고 있습니다. 그런데 당신은 너무 무모합니다! 저는 당신의 그 무모함이 너무나 걱정됩니다. 아시겠습니까? 오늘 저는 분명히 진트에게 다가가려는 당신의 손목을 잡았습니다. 그렇지만 당신은 나의 만류를 무시하고 그대로 진트에게 걸어갔습니다. 그때 내가 당신에게 기대한 것은 당신이 나를 진트에게 보내는 것이었습니다. 하지만 당신은 그렇게 행동하지 않았습니다. 그 결과 나는 진트를 희생해서라도 당신에게 누군가를 다스리는 사람으로서의 자각을 심어주리라 마음먹은 것입니다. 솔직히 당신과 진트를 지킬 자신도 있었습니다. 결과적으로 저의 실책으로 끝나고 말았지만 말입니다. 그 점에 대해서는 저기 있는 진트는 물론 에르하트 남작님에게도 죄송스럽게 생각합니다."

이스카야르는 자신의 잘못을 솔직하게 시인하면서 말을 맺었다. 하지만 에르하트는 아무런 말도 할 수 없었다. 이스카야르의 말에 너무나 큰 충격을 받은 것이다. 자신이 영주로서의 자각이 없었다는 이스카야르의 지적에 에르하트는 반박할 수가 없었다.

에르하트는 그뤼네발트에 도착하고 이곳에 이르는 동안 자신이 한 행동들을 하나하나 돌아보았다. 해적들과 대결하는 일에서부터 오늘 식당에서 벌어진 일들까지……. 한동안 생각에 잠겼던 에르하트는 결국 한숨을 내쉬고 말았다.

"그렇군요. 저는 영주로서의 자각이 없었습니다. 제가 할 수 있는 일은 최선을 다해 하려고 한 것인데, 결과적으로 주위 사람들에게 심려를 끼친 행동이었다니 뭐라 할 말이 없습니다."

에르하트는 말을 마치고 나서 고개를 숙이고 말았다.

"당신의 행동은 잘못되지 않았습니다. 자신의 의무를 저버리고 권리만 차지하려는 수많은 귀족들에 비한다면 당신은 훌륭한 귀족입니다. 에르하트 남작님, 그리고 당신의 그 책임감과 적극성은 당신의 매력이기도 하고요. 다만 내가 바라는 것은 자신을 좀 더 아끼라는 것입니다. 그리고 당신의 힘을 확실하게 인지하라는 것입니다. 당신은 그뤼네발트의 지배자이고 우리 반야르들조차 당신의 말을 무시할 수 없습니다. 제국의 황제에게 콧방귀를 뀌는 우리 반야르들이 말입니다. 아시겠습니까? 당신이 모든 것을 하려 들지 말고 당신이 아닌 다른 사람들이 할 수 있고, 또 더 잘할 수 있는 사람이 주위에 있다면 그 주위 사람을 이용하십시오. 당신이 모든 것을 다할 수는 없습니다, 에르하트 남작님."

이스카야르가 풀이 죽어 있는 에르하트에게 위로하듯이 말을 건네자 에르하트가 고개를 들었다. 맥이 빠져 있을 것이라고 생각한 나머지 에르하트를 달래보려고 한 이스카야르가 자신이 잘못 생각했다는 사실을 깨달은 것은 그때였다. 고개를 들고 자신을 마주 보는 에르하트의 얼굴에 떠올라 있던 것은 의외로 맑은 미소였다.

"고맙습니다, 이스카야르 씨. 당신의 말을 듣고 정말 많은 것을 느꼈습니다."

"에르하트 남작, 당신은……."

이스카야르는 에르하트의 모습을 보고는 차마 말을 잇지 못했다. 감탄이었다. 다른 것이 아닌 인간 대 인간으로서의 순수한 의미의 감탄. 인간은 자신이 소신을 가지고 행한 일이 잘못되었다고 지적을 받는다면, 그것이 옳던 그르던 간에 일단 반발하는 것이 당연한 것이다.

이스카야르는 자신의 말이 비록 옳을지라도 에르하트에게서 어느 정도 반발이 있을 것이라는 것을 감내하고 있었다. 더구나 진트의 일로 인해 격양된 상태에 있던 에르하트가 평상심을 유지하기는 힘들 것이었기에, 그리고 지금까지 봐온 사람들의 모습을 보더라도 말이다.

하지만 에르하트는 화를 내지 않았다. 오히려 자신의 말을 듣고 자신의 행동을 돌이켜 보고는 반성했다. 에르하트가 적극적이고 과감하지만 다혈질적인 성품을 가졌다고 판단한 이스카야르에게 그런 에르하트의 모습은 의외로 다가왔다. 거기에 더해 에르하트는 반성은 했지만 의기소침해하지 않았다. 그는 자신을 돌이켜 보고 깨닫고 더 나은 미래를 창조해 내는 사람이었던 것이다.

이스카야르는 에르하트의 모습에서 지배자의 모습을 보았다. 모든 것을 포용하고 자신의 것으로 만들기 위해 노력하는 거대한 인간의 모습을 말이다. 이스카야르는 에르하트에게서 눈을 뗄 수가 없었다.

"너무나 어렵군요, 영주라는 것은……. 그리고 누군가를 다스린다는 것은 말입니다."

에르하트가 어색한 웃음을 지으면서 말하자 그와 눈을 마주친 이스카야르도 웃음을 지으면서 입을 열었다.

"그것이 그뤼네발트의 영주 에르하트 남작, 당신이 앞으로 깨달아야 하고 또 행해야 할 일들입니다."

깊은 밤, 어두운 불빛 아래 두 남자가 서로에게 미소를 지어 보냈다.

축제 첫째 날 벌어진 에르하트 암살 미수 사건이 순식간에 레지나 섬 곳곳으로 퍼져 나간 것은 그야말로 순식간이었다. 에르하트가 머물렀던 곳이 워낙 유명하고 큰 호텔이었기에 목격자가 많았던 것이 한몫하기도 했지만, 그보다는 오늘부터 있을 아드리안의 날개와 해적들 간의 대결이 그만큼 이번 씨사이드 에어로 페스티벌에서 큰 비중을 차지하고 있다는 것을 뜻했다. 또 그만큼 많은 사람들이 기대와 우려의 시각으로 이 대결을 지켜보고 있다는 것을 반증하는 것이기도 했고.

물론 대부분의 사람들은 에르하트를 습격한 배후에 해적들이 있을 것이라고 생각했다. 하지만 아무도 선뜻 나서서 그들을 비난하지는 못했다. 습격자들은 모두 죽었고, 그들의 신분은 결국 밝혀내지 못했다. 그리고 습격자들의 침묵과 더불어 아무런 증거도 남지 않았다. 증인도 물증도 없이 심증만으로 마르셀라니와 그의 부하들을 비난할 수 있는 사람은 최소한 바랑기스 공국 내에서는 없었다. 목숨을 여벌로 가지고 있지 않은 한 말이다.

한편 레지나에 이런 소동이 일어나고 있는 것을 아는지 모르는지, 이른 아침 병원 문을 나선 에르하트는 밝은 얼굴을 하고 옆에서 걷고 있던 이스카야르에게 말을 건네고 있었다.

"진트의 상태가 안정됐다니 그나마 다행이군요."

이스카야르는 아무 말이 없었다. 그러자 에르하트가 이스카야르에게 웃음을 지었다.

"이스카야르 씨, 어제 당신이 한 말은 잘 알아들었습니다. 나름대로 제 자신에 대해서 많은 생각도 해봤고요."

그러자 이스카야르가 고개를 끄덕이면서 반응을 보였다.

"솔직히 말씀드리자면, 이번 대결에 참가하는 것을 말리고 싶군요. 지금까지야 그저 제3자의 입장에서 당신이 하는 일을 말리지는 않았지만, 글쎄… 정이 들어서일까요? 아니면 어제의 사건으로 당신의 위치를 저 역시 다시 한 번 생각해 보게 되었을까요? 당신이 부두로 향하는 것이 마음에 들지 않습니다."

이스카야르가 쓴웃음을 지으면서 말을 멈추자 에르하트는 입고 있는 항공 점퍼 주머니에 두 손을 찔러 넣고는 말했다.

"일단 계약을 했으니까 약속은 끝까지 지켜야겠지요. 그리고 개인적으로도 이 일은 제가 영주가 되고 처음으로 제 독단으로 한 일이기도 하고요."

"첫 단추를 잘 꿰고 싶다 이겁니까? 하지만 자칫 잘못하다가는 신변이 위험해질 수도 있습니다. 이곳 바랑기스 공국에 에르하트 남작님의 이름이 알려진 지 나흘 정도의 시간이 지났습니다. 신성 폴센 제국이나 반군 측에서 암수를 뻗쳐 올 수도 있습니다. 물론 해적들 역시 마찬가지지만요."

이스카야르의 말에 에르하트가 크게 한숨을 내쉬었다.

"그러게나 말입니다. 어쩌다가 사방에서 나를 못 죽여서 안달이 났는지……."

"걱정되십니까?"

이스카야르가 미소를 떠올리면서 말했다.

"글쎄요. 물론 신변에 대한 불안감이야 어제 일도 있고 해서 그런 마음이 없지는 않습니다. 그런데……."

"그런데요?"

에르하트가 잠시 말을 멈추자 이스카야르가 질문을 던졌다. 그러자 에르하트가 옆으로 몸을 돌리더니 이스카야르를 마주 보면서 입을 열었다.

"전쟁을 겪어서인지 아니면 천성이 무모한 인간이라 그런 것인지는 모르겠지만 두렵기보다는 한 방 먹이고 싶군요."

"한 방 먹인다는 말은……?"

그러자 에르하트가 이를 드러내면서 웃음을 지었다.

"어제 나를 죽이려고 한 해적 놈들이나 그뤼네발트를 탐내는 신성 폴센 제국과 반군, 거기다 나를 이용하려 한 제국의 귀족들에게 한 방 먹이고 싶다고요. 이렇게 말이죠. '봐라! 나 크리스티안 에르하트가 결국 해냈다!' 하고 말입니다."

"하하하! 죽을 뻔하다 간신히 살아난 사람이 그렇게 말해도 되는 겁니까?"

이스카야르가 통쾌하게 웃었다. 그러자 에르하트 역시 웃음을 터뜨리면서 말했다.

"하하! 이야! 이스카야르씨, 댁을 만난 이후로 그렇게 통쾌하게 웃는 모습은 처음 보는 것 같군요. 웃음을 지어도 항상 시니컬한 웃음만 짓길래 정신 세계에 문제가 좀 있는 사람인 줄 알았는데 말이죠."

"그렇습니까?"

이스카야르가 미소를 지으면서 반문하자 에르하트가 대답했다.

"보기 좋군요."

에르하트의 말대로였다. 여름의 햇살을 받아 미소를 짓고 있는 이스카야르의 모습을 정말 보기 좋았다. 항상 냉정한 눈빛과 비릿한 미소를 달고 있던 운터바움 일족의 젊은 수장의 얼굴에 떠올라 있는 밝은 미소는 특유의 자신만만한 태도와 신비한 에메랄드 빛 눈동자에 어울려 아름다운 젊은 무인의 모습을 보여주고 있었다.

"이스카야르 씨."

"예."

"저는 저를 믿습니다. 뭐, 이스카야르 씨 같은 냉정한 판단력과 무력, 아니면 미르코나 슈펠만 남작님 같은 사고 능력이나 구스타프 경 같은 군사적 재능을 지니고 있지는 못하지만 말입니다."

에르하트는 그렇게 말을 멈추더니 하얀 구름이 뭉실 떠다니던 여름의 푸른 하늘에 눈길을 주었다.

"그런데 말이죠. 제가 저 하늘을 바라보면서 산 이후 이상하게 뭔가 마음에 결심한 것이 있으면 꼭 그것을 제가 이룰 수 있을 것만 같더라고요. 아무리 힘든 일이더라도 말이죠. 이상하죠? 할 줄 아는 것이라고는 거의 없는 인간이 말입니다."

그러자 이스카야르가 고개를 가로저으면서 대답했다.

"글쎄요. 하지만 한 가지 느껴지는 것이 있군요."

"뭡니까?"

에르하트가 물어오자 이스카야르가 자신의 검고 긴 머리를 쓸어 올리면서 대답했다.

"당신 옆에 있으면 누구든지 에르하트 남작 당신의 대책없는 낙관주의에 물든다고나 할까요? 당신을 보면 진짜 옆에 있는 나마저도 무엇이든 이룰 수 있을 것 같습니다."

"하하! 그거 칭찬입니까?"

"알아서 판단하십시오."

이스카야르가 웃음을 지으면서 대답했다.

"그럼 대책없는 낙관주의자인 저는 그냥 좋게 생각할랍니다. 그럼 진트 군의 상태도 양호하고, 이스카야르 씨 덕분에 나도 무사하고 모든 일이 잘되었으니까 앞으로도 잘될 거라고 믿으면서 항구로 향해야 하겠군요. 진트 군과 당신에게 큰 빚을 졌지만 말입니다. 부채를 갚으려면 좀 바쁘게 살아야겠지요?"

그렇게 말을 마친 에르하트는 병원 앞 정원 사이를 천천히 가로질러 걸어가기 시작했다.

햇살을 받아 파릇파릇하게 핀 잔디와 무성한 잎과 가지를 바다에서 불어온 바람에 따라 이리저리 흔들고 있는 나무들, 그리고 그 사이로 생각에 잠긴 듯 아름드리 나무들을 하나하나 쓰다듬으면서 걸어가고 있는 에르하트.

그 뒤에 서 있던 이스카야르는 그런 에르하트의 뒷모습을 눈에 담아두면서 그의 뒤를 따르기 시작했다.

"에르하트 남작, 당신의 장점 몇 가지는 확실히 알겠군요. 그리고 그 장점 중 내가 가장 부러운 것은 바로 자신에 대한 그 절대적인 믿음입니다. 에르하트 남작, 언제나 그 모습 잃지 않기를 바랍니다."

이스카야르가 나직하게 혼잣말을 읊조렸다.

주다스의 달이 베푸는 마지막 축복의 주, 너무나 푸른 하늘 아래에서 두 사람은 자신들을 기다리는 역경을 향해 걸어가면서 미소를 짓고 있었다. 그리고 여름의 태양은 너무나 아름다운 빛을 그런 두 사람의 뒤로 흩뿌리고 있었다.

"왔는가? 어때, 몸은 괜찮고? 진트 군 이야기는 들었네. 무사하다니 다행이구만."

에르하트와 이스카야르가 거리를 가득 메운 인파들을 헤치고 페스티벌 참가기들이 모여 있는 부두에 도착했을 때 프라이어가 건넨 인사말이었다.

"예. 진트 군과 이스카야르 씨 덕분에 죽다 살았습니다."

"좀 조심하지 그랬나."

"설마 이렇게 노골적으로 습격해 올 줄은 몰랐습니다. 어쨌든 진트 군도 무사하니 다행이죠."

프라이어가 나무라는 눈빛으로 말하자 에르하트가 어깨를 으쓱하면서 대답했다. 그때 에르하트의 뒤에서 카스톨티의 음성이 들려왔다.

"그렇게 쉽게 생각할 것이 아니네, 에르하트 남작."

에르하트가 고개를 돌렸을 때 그의 뒤에 카스톨티 박사가 걱정스러운 표정을 지으면서 서 있었다.

"예? 쉽게 생각할 일이 아니라니요?"

"자네 신분이 뭔가?"

"카스톨티 박사님도 잘 아시지 않습니까? 그뤼네발트의 영주에다 발렌슈타인 제국의 남작이지요. 좀 어설픈 사람이지만 말입니다."

에르하트가 가볍게 대꾸하자 카스톨티는 그래도 모르겠냐는 듯 두 눈을 치켜뜨고 에르하트를 바라보았고, 에르하트는 이해가 되지 않는 카스톨티의 질문에 답을 구하려는 듯 주위 사람들을 둘러보았다. 그러자 프라이어가 먼저 나서서 말을 걸었다.

"이보게, 크리스 군. 카스톨티 박사님 말씀은 자네가 바로 발렌슈타인 제국의 귀족이기 때문에 쉽게 생각해서는 안 된다는 일이라는 것이네."

"예?"

에르하트는 영문을 알 수 없었다. 그러자 그의 반응을 살펴보던 카스톨티가 나직하게 한숨을 내쉬면서 그 이유에 대해서 설명해 주었다.

에르하트는 버린 땅이나 마찬가지였지만 그래도 제국이 정식으로 수여한 영지를 가진 영주이자 남작이라는 작위를 가진 귀족이었다. 비록 발렌슈타인 제국이 지난 서부 통합 전쟁에서 패해 그 위세가 예전만 못하다고는 하지만, 아직도 단일 국가로는 대륙에서 알아주는 강대국 중 하나였다. 전쟁 이전에는 명실상부한 세계 제일의 최강국이었고 말이다. 그런 발렌슈타인 제국의 귀족이자 영주가 대륙의 4대 강국 중 국력이 가장 약한 남부 국가 연합에서 습격을 당해 죽을 뻔한 사건이 발생한 것이다.

카스톨티는 앞서 말한 바와 같이 남부 국가 연합의 최북단 사보이 왕국의 왕실 마법사였기에 발렌슈타인 제국의 외교 정책에 대해서 너무나 잘 알고 있었다. 건국 초기 발렌슈타인 제국이 초대 황제의 위세와 그의 덕으로 주변 국가들에게 존경을 받으면서 상호 존중을 기본으로 온전한 외교 정책을 가지고 대외 정책을 수행해 나갔다면, 서부 통합 전쟁 이전, 즉 발렌슈타인 제국의 위세가 한창 무르익었을 당시의 제국의 외교 정책은 국력을 바탕으로 한 강압적 외교 정책이었다고 할 수 있다.

즉, 발렌슈타인 제국은 자국의 권위를 침해하는 어떠한 사태에 대해서도 용서라는 것을 몰랐다. 특히 국경을 마주한 사보이 왕국은 이러한 제국의 강압적 외교 정책 때문에 언제나 노심초사했기에 왕실에서 중요한 자리를 차지하고 있던 카스톨티는 자연스럽게 그러한 제국의 외교 정책을 너무나 잘 알고 있었다.

그런데 남부 국가 연합 내에서도 가장 국력이 떨어지는 바랑기스 공국에서 발렌슈타인 제국의 귀족이 암습을 받은 것이다. 서부 통합 전쟁 이전의 발렌슈타인 제국이었다면, 이것을 구실로 바랑기스 공국에 군대를 파병할 수도 있는 일이었던 것이다. 발렌슈타인 제국 역시 바랑기스 공국이 가진 황금의 무역로를 탐내는 국가들 중 하나였기 때문이다. 그런데도 해적들은 에르하트를 습격했다. 카스톨티가 걱정하는 것은 바로 이것이었다.

"그럼 발렌슈타인 제국이 이번 사건을 기화로 바랑기스 공국이 가진 권리를 노릴지도 모른다는 것입니까?"

거기까지 설명을 들은 에르하트가 물어오자 카스톨티는 고개를 저었다.

"아닐세."

"그럼?"

"내가 걱정하는 것은 아드리안의 해적들 역시 바보들은 아닐 텐데 왜 자네를 급습했나 하는 것일세. 아무리 이번 대회에 걸린 것이 막중하더라도 자신들의 행동이 자칫 제국의 개입을 불러올 수도 있을 텐데 말이야. 제국이 아무리 힘이 약해졌다고는 하지만 국가 간의 외교라는 것이 하루 이틀 사이에 이루어지는 것이 아니거든?"

"예?"

에르하트는 카스톨티가 하는 말을 도통 알아들을 수가 없었다. 그러자 프라이어가 카스톨티 대신 나서서 에르하트의 궁금증을 풀어주었다.
"이봐, 크리스 군."
"예."
"지금 발렌슈타인 제국의 힘이 전에 비해 많이 약화됐지만, 제국은 아직도 튼튼하게 유지되고 있네. 그리고 역사적으로 보더라도 우리의 조국 발렌슈타인 제국이 절대 이 정도 일에 흔들릴 국가가 아니고 말이야. 다시 일어설 수 있는 잠재력을 가지고 있다는 말이지. 그런데 자네가 이곳에서 습격을 당했네, 살해를 목적으로 한 습격을 말이야. 이번에 암살 미수 사건이 혹 발렌슈타인 제국이 다시 일어서고 호전적인 황제가 등극한다면 바랑기스 공국이 제국의 손으로 넘어갈 수도 있는 중요한 요인이 될 수 있다는 것이지."
"그럼, 해적들이 무슨 생각으로 저를 습격했다는 말입니까?"
그러자 프라이어가 인상을 쓰면서 대답했다.
"그것은 나나 카스톨티 박사님이나 잘 알 수 없는 일이지. 막말로 그 녀석들이 무슨 생각을 하는지 우리가 알 게 뭔가? 다만……."
"다만?"
"내 생각에는 누군가가 해적들의 뒤를 봐주고 있는 것 같네."
"뒤를 봐준다고요?"
"그래, 뒤를 봐주고 있네. 제국의 개입을 막을 수 있을 정도로 강력한 힘을 가졌다고 해적들이 믿고 있는 그 누군가가 말이야."
프라이어의 말이 끝나자 에르하트가 카스톨티에게 확인을 구하듯이 눈을 돌렸고, 카스톨티는 고개를 끄덕이면서 프라이어와 같은 생각임을 나타냈다. 그리고 한동안 놀란 표정을 짓고 있던 에르하트가 곧 장난꾸러기와 같은 눈빛을 띠면서 말없이 웃었다.

"재미있군요."

"재미있다고?"

에르하트의 갑작스러운 말에 프라이어가 어리둥절해하자 에르하트는 아무 말 없이 앞으로 걸어나가 부두 가득 모여 있던 구경꾼들과 각양각색의 수상기들을 하나하나 살펴보았다. 그리고 자신의 대답을 기다리던 일행들에게 고개를 돌려 바다에서 불어오는 해풍을 받아 거칠게 휘날리는 갈색 머리를 매만지면서 자신만만한 표정을 지으면서 입을 열었다.

"바꿔 생각한다면, 한마디로 제가 해적이나 그들의 뒤를 봐주고 있는 음침한 녀석들에게 위협적이니까 이런 일을 벌인 것 아니겠습니까? 그리고 제가 이곳에 와서 한 일이라고는 조종사를 좀 모으기 위해 페스티벌에 참가한 것이고 말입니다."

에르하트는 잠시 말을 멈추고 눈앞을 가득 채우고 있는 아드리안 해의 기나긴 수평선과 그 위로 이어진 푸른 하늘 속으로 시선을 돌리더니 다시 말을 이었다.

"프라이어님, 그리고 카스톨티 박사님, 어차피 우리는 저들이 무슨 모략을 꾸미고 있는지 잘 모르고 있습니다. 하지만 저들이 이렇게 저를 습격한 것은, 결국 제가 아드리안의 날개와의 계약을 성공적으로 완수한다면 그들의 음모가 실패로 돌아가는 것을 뜻하는 게 아니겠습니까? 그리고 해적이나 그 보이지 않는 적에게 저를 습격한 대가와 진트를 다치게 한 대가를 치르게 할 수 있고 말입니다."

에르하트는 고개를 끄덕이고 있는 동료들의 모습을 볼 수 있었다.

"그럼 된 겁니다. 저는 믿고 있으니까요, 제 위로 떠 있는 저 하늘이 제 편이라는 것을……."

말을 마친 에르하트는 바람에 실려오는 바다의 향기를 가슴 가득히 들이마셨다. 그리고 발렌슈타인 제국 제일의 조종사이자 그뤼네발트의 영주는 아무 말 없이 가슴을 가득 채우면서 올라오는 결의의 불꽃과 깊이 침잠해 있던 전의를 다시 되살리기 시작했다.

뜨거운 태양 아래로 거세게 밀어닥치는 파도 소리와 바다 특유의 비릿한 냄새를 대신해 귀청을 울리는 요란한 엔진음과 그 사이로 연소를 마치고 나오는 배기 가스의 역한 냄새가 아름다운 섬 레지나의 해안가를 뒤덮고 있었다.

갖가지 기체 마킹과 화려한 도색으로 구경 나온 이들의 눈을 즐겁게 하고 있는 수많은 항공기들 주위로 마지막 정비에 박차를 가하려는 듯 많은 사람들이 바쁘게 몸을 놀리고 있었다.

여기저기서 흘러나오는 고함 소리와 물살을 가르면서 항공기가 날아오를 때마다 터져 나오는 환호성들하며, 이미 레지나의 해변은 완벽하게 축제의 분위기에 물들어 있었다.

씨사이드 에어로 페스티벌은 축제 이틀째에 들어서 드디어 그 모습을 제대로 드러내고 있었다. 씨사이드 에어로 페스티벌의 하이라이트는 역시 그 명칭에서 알 수 있듯이 뭐니 뭐니 해도 항공기들이 펼쳐 내는 대향연이었던 것이다.

각국에서 날아온 수많은 종류의 항공기들과 명성을 위해 모여든 조종사들의 열기는 축제의 분위기를 후끈하게 달아오르게 하는 데 충분했다. 거기다 20년 만에 벌어지는 아드리안의 용병들과 해적들의 대결은 그 열기에 기름을 끼얹는 것과 마찬가지였다. 사람들은 우려와 기대가 섞인 이율배반적인 눈을 하면서 오랜 숙원과 한이 걸려 있는 이 두 집단 간의 대결을 기다리고 있었다.

씨사이드 에어로 페스티벌은 말 그대로 항공기의 대축제였다. 그리고 그 축제를 구성하는 대표적인 행사는 항공기들이 펼치는 화려한 기동술의 총화인 항공 에어쇼와 바랑기스 공국의 공왕과 상인 연합이 내건 총액 100만 두카토의 어마어마한 상금이 걸린 속도 경쟁 레이스를 들 수 있었다.

특히 항공기 레이스는 조종사과 항공기 메이커 업체의 자존심이 걸린 행사로, 씨사이드 페스티벌의 바랑기스컵 속도 레이스는 이미 남부 국가 연합을 넘어 전 세계에서 그 권위를 인정받고 있었다. 따라서 신형기를 시험하려는 대형 메이커부터 야망에 불타는 신출내기 항공 메이커까지 수많은 업체들이 이 레이스에 참여했다.

이 속도 경쟁 레이스는 언제나 이 씨사이드 에어로 페스티벌의 총화로 인정받고 있었는데, 올해만은 달랐다. 바로 용병단과 해적들 간의 대결, 즉 팀 데쓰 매치 토너먼트가 레이스의 자리를 대신해 씨사이드 에어로 페스티벌의 하이라이트 자리를 차지하고 있었던 것이다. 이 대결은 참가하는 조종사들에게는 죽을 수도 있는 위험한 것이었지만, 구경꾼들에게는 화려한 공중 전투를 눈앞에서 볼 수 있는 얼마 안 되는 기회였기에 이 대결에 대한 기대는 매우 컸다.

또한 이미 이 대결을 놓고 많은 사람들이 일확천금을 꿈꾸면서 돈을 걸었는데, 도박 업체들은 이런 뜨거운 반응에 연일 즐거운 비명을 지르고 있었다. 그리고 한 남자가 이런 분위기를 반영하듯 자신이 돈을 건 도박 업체의 영수증 용지를 보면서 인상을 쓰고 있었다.

"아니, 이게 뭐야? 겨우 배당이 1.5배라니? 너무 짠 것 아닙니까?"

그러자 옆에 있던 사람들이 어이없다는 표정을 지으면서 한마디씩 토해내기 시작했다.

"나참, 어이가 없네. 경기에 참가하는 사람이 자기한테 돈을 걸다니, 어처구니가 없구만!"

"그러게나 말입니다. 거기다 자기가 우승 가능성이 높아서 배당 낮은 것을 탓하다니 진짜 상식 이상인지 이하인지 구분이 안 가는군요."

"이보게, 에르하트 남작. 아무리 그래도 어떻게 피네한테 돈을 쥐어주면서 도박업자들에게 보낼 수가 있는가?"

그렇다. 배당금이 낮은 것을 보면서 불만을 터뜨리던 사람은 바로 크리스티안 에르하트 남작이었다. 옆에 있던 프라이어와 이스카야르, 그리고 카스톨티가 뭐라고 하든 신경도 쓰지 않으면서 그의 시선은 오로지 영수증 용지를 향하고 있었다.

"아아! 그래도 기껏 참가했는데 부소득이 있으면 좋지 않습니까? 그리고 피네가 어디 애입니까? 그리고 저를 탓하기 전에 제 쌈짓돈 400만 마르크를 쥐어줬더니, 옷 산다고 50만 마르크를 홀라당 써버린 카스톨티 박사님의 제자 좀 혼내주십시오. 세상에, 어떻게 어린애 옷 값으로 제가 군 복무할 적 월급의 반이 날아갈 수가 있습니까?"

"하하! 진짜 세상 무서울 것 없는 에르하트 남작도 피네한테는 어쩔 수가 없나 보구만."

프라이어가 웃으면서 말을 걸어오자 에르하트가 이를 갈면서 대답했다.

"피네한테 이거 뭐라고 할 수도 없고 진짜……. 화 좀 냈더니 울먹이면서 전기를 빠직빠직거리는데… 어휴! 진짜 생긴 것은 꼬맹이라서 때려줄 수도 없고……."

"하하! 감전당할까 봐 겁먹은 것은 아니고?"

프라이어가 약을 올리자 에르하트는 한동안 울분을 삭이는 듯 가만히 서 있다가 주변을 둘러보았다.

"으음, 길드 측 조종사들은 다 모인 것 같은데, 해적 녀석들이 아직 안 보이는군요."

"뭐, 아직 시간이 있으니까 그런 것이겠지."

"그런가요? 그런데 군터 군이 늦는군요."

"뭐, 이제 곧 올 거네. 옷 찾아오는 데 시간이 걸리면 얼마나 걸리겠나? 그나저나 그냥 길드에서 제공하는 조종사복이나 대충 입을 것이지 안 어울리게 따로 옷을 맞추나?"

프라이어의 말에 에르하트는 어색하게 웃어 보였다.

"뭐, 그래도 입던 걸 입어야 편하죠. 그나저나……."

그렇게 말을 돌린 에르하트가 이스카야르를 보더니 다시 말을 이었다.

"진트 군이 다쳐서 어떻게 합니까? 2인 1조로 참가하기로 되어 있던데, 길드에서는 뭐라고 하던가요?"

"잠깐만 기다리랍니다. 길드 측에서도 당혹스러웠나 봅니다."

이스카야르가 어깨를 으쓱하면서 대답하자 에르하트는 피식 웃고 말았다.

"하긴 진트가 죽지 않은 것만 해도 다행이지요. 저 때문에 다쳤으니 뭐라고 불평할 수도 없고 말입니다."

그렇게 말을 마친 에르하트가 이번엔 카스톨티 박사가 설계한 MC-55 센타우로 쪽으로 시선을 옮기더니 고함을 질렀다.

"야, 피네! 어지간히 만져라! 날아오르기도 전에 부품 다 닳아서 추락하겠다!"

잠시 후, 근처에 떠 있던 MC-55기의 조종석에서 조그마한 여자 아이가 부풀어 오른 뺨을 하고는 고개를 내밀었다.

"조용! 일하는 것 안 보여요?"

"야! 피네! 벌써 몇 번째야? 그만 내려와라!"

그러자 피네가 스패너를 들고 있는 손을 공중으로 휘두르면서 외쳤다.

"흥! 스승님께서 만드신 비행기가 처음으로 공개되는데 제자 된 도리로 그냥 손을 놓을 수는 없는 법! 마지막까지 최선을 다해 손볼 테니까 방해하지 말아주세요. 가뜩이나 새로운 엔진을 달아서 불안해 죽겠는데……."

말을 마친 피네는 다시 조종석 안으로 사라졌다. 에르하트는 그런 피네의 모습을 지켜보면서 피식거리면서 웃음 지을 수밖에 없었다.

그리고 에르하트가 옆에 있던 프라이어와 카스톨티 박사와 한동안 이 신형기에 대해서 의견을 교환하고 있을 때, 뒤에서 군터의 목소리가 들려왔다.

"에르하트 남작님, 옷 찾아왔습니다."

이야기를 나누던 에르하트는 곧바로 고개를 돌려 군터가 내미는 상자를 받아 들더니 그 자리에서 상자를 개봉했다. 그 안에는 검은 색상의 옷 한 벌이 곱게 접혀진 채 놓여 있었다.

"제대하고 입을 일이 없을 줄 알았는데……."

나지막이 혼잣말을 흘린 에르하트는 감회에 젖은 눈을 하면서 곧바로 옷을 꺼내 들었다. 그리고 에르하트가 눈앞에서 그대로 옷을 활짝 펼쳤을 때, 검은색 바탕에 은실을 사용한 발렌슈타인 제국의 조종복이 그 모습을 드러냈다.

이 조종복은 원피스 형으로 제작된 바랑기스 공국의 조종복과는 달리 상, 하의로 나뉘어져 있었다. 그리고 기능성을 추구하느라 다른 조종복들이 맵시가 나지 않는 데 반해 에르하트의 조종복은 목 주위를 감싼 날카로운 느낌의 칼라와 깔끔하게 은실로 수놓아진 문양이 고풍스럽고 세련된 미를 자아내고 있었다.

다른 모든 부분이 제국 공군의 조종복과 같았지만 에르하트의 것은 한 군데 다른 부분이 있었다. 그것은 본래 제국군의 계급장이 달려 있어야 할 자리에 푸른 잎사귀를 물고 있는 그리폰 문장이 들어 있었던 것이다.

"그것이 에르하트 남작가의 문장인가?"

상의를 걸쳐 입고 있는 에르하트에게 카스톨티가 질문을 던졌다.

"에르하트 남작가요?"

새삼스럽게 동그랗게 눈을 뜬 에르하트가 반문했다.

"왜? 좀 어색하게 들리나?"

프라이어가 웃으면서 말했다. 그러자 에르하트가 씨익 이를 드러내면서 웃었다.

"아닙니다. 다만 이 문장은 에르하트 남작가의 것이 아닙니다."

"그럼 뭔가?"

프라이어가 되물어오자 에르하트가 옆에서 조용히 서 있던 이스카야르와 눈을 마주치더니 그에게 미소를 지어 보이면서 대답했다.

"그뤼네발트의 문장입니다. 새롭게 태어날 그뤼네발트의 것이지요."

이스카야르의 무심한 눈동자에 미소가 떠올랐다. 그리고 에르하트가 어느새 옷을 다 갈아입더니 일행을 바라보면서 입을 열었다.

"그뤼네발트의 문장을 달고 처음으로 제가 하는 일입니다. 어때요? 어울리는 것 같습니까?"

"잘 어울리는구먼. 처음 만났을 때 봤던 광대옷 차림에 비한다면 사람이 아주 달라 보이는구만."

"그렇습니까? 저도 이 옷이 아주 편하군요. 잊고 싶었던 감촉이지만 말입니다."

프라이어의 말에 에르하트가 장단을 맞추고 있을 때, 주변 곳곳에서 탄성과 함께 고함이 터져 나오기 시작했다.

"해적들이다!"

"진짜로 왔구나!"

에르하트가 하늘을 향해 시선을 돌렸을 때, 그의 눈에 하늘을 가득 채우면서 다가오는 항공기의 행렬이 들어왔다. 그리고 그 항공기들의 집단은 곧 요란한 엔진음과 함께 물살을 가르면서 해안가로 착륙하기 시작했다.

"이제 시작인가?"

에르하트에게서 뭔가가 억제된 음성이 흘러나왔다. 하지만 그의 눈 속에는 이미 드러나지 않았었던 전의가 떠올라 있었다.

레지나의 부두에 서서 하나둘 착륙하고 있는 해적들의 전투기를 바라보고 있던 에르하트의 표정은 심각했다.

"어떻게 된 일이죠?"

"허허, 대단하구만. 어떻게 해적들이 저런 전투기들을 손에 넣을 수가 있었지?"

에르하트의 말을 받아 프라이어가 헛웃음을 흘렸다. 그도 그럴 것이 착륙한 해적 소속 참가기들이 모두 신성 폴센 제국은 물론 엘링턴 왕국과 그라드 공화국의 최신예 전투기 기종이었던 것이다.
 신예 전투기는 각 국가의 항공 기술이 집중된 핵심 항공기였기에 이렇게 애초에 흘러들어 올 수가 없었다. 거기다 그 전투기를 소유한 것이 다른 곳도 아닌 해적들이라니!
 에르하트의 일행은 해적기들의 모습을 지켜보면서 놀라움의 탄성과 함께 의문을 나타낼 수밖에 없었다. 에르하트는 해적기들의 면면을 살피면서 고민에 빠져들었다. 해적들이 어떻게 저런 최신예 전투기들을 얻었는가는 중요하지 않았다.
 에르하트가 고민에 빠진 것은 과연 길드의 참가기들이 저 전투기들을 능가할 수 있을 것인가 하는 것이었다. 그리고 대답은 이미 나왔다. 절대 불가능이다. 에르하트의 얼굴이 굳어졌다.
 이렇게 에르하트가 착륙한 해적기들을 보면서 나름대로 심각한 고민에 빠져 있을 때, 프라이어의 고함 소리가 들려왔다.
 "저것은?"
 프라이어 쪽으로 고개를 돌린 에르하트가 본 것은 하늘을 가리키는 프라이어의 손가락이었고, 프라이어가 가리키는 방향을 따라 고개를 다시 돌린 에르하트 역시 하늘에 나타난 두 대의 전투기를 보고는 놀라고 말았다.
 새하얀 포말을 일으키면서 착륙하고 있던 전투기는 분명 발렌슈타인 제국의 주력 전투기 K-20 '포켈야거'였다.
 곧게 쭉 뻗은 직선익, 공랭식 엔진을 차용한 기체이면서도 길게 쭉 뻗어 있는 늘씬한 동체, 그리고 날개와 기수에 달려 있는 기관포의 압도적인 위용과 유선형으로 만들어진 다른 기체들과는 다르게 직선으로 만들어진 시야 확보에 원활한 돌출형 캐노피, 그리고 파하렌을 훨씬 능가하는 압도적인 덩치.

"포켈야거를 여기서 보게 될 줄이야……."

에르하트는 눈앞에 착륙해 있는 K-20 포켈야거의 세련된 동체를 살펴보다가 바지 주머니에서 담배를 꺼내 물었다.

"해적들이 모아온 조종사들 중에 제국군 출신이 있나 보군."

프라이어가 씁쓸한 표정으로 입을 열었다.

"그렇군요."

에르하트 역시 프라이어와 마찬가지로 인상을 구기면서 한숨을 내쉬듯 담배 연기를 내뿜었다. 둘은 그럴 수밖에 없었다. 해적들이 페스티벌에 참가하기 위해 데려온 조종사가 평범할 리 만무했기에 에이스급 이상의 전직 제국 공군 조종사가 눈앞에 보이는 포켈야거의 주인이었을 것이다.

그리고 그것을 증명이라도 하듯 에르하트의 기체와 마찬가지로 앞에 서 있는 포켈야거 역시 제국 공군의 정규 도색과는 다른 특이한 도장을 하고 있었던 것이다. 기체 전체를 하얀색으로 물들이고 엔진 데크 부분과 날개, 그리고 동체 중간에 검은색과 빨간색으로 모양을 낸 이 전투기는 자신의 주인이 제국 공군 사령부에서 인정하는 에이스 중의 에이스라는 사실을 증명하고 있었다.

에르하트는 입에 문 담배가 쓰게 느껴졌다. 한때 세계 최고로 인정받던 제국의 조종사가 범법자들인 해적들의 용병으로 전락하다니, 에르하트는 자신의 처지와 비교하면서 몰락한 제국의 위상을 다시 한 번 느끼고는 안타까운 생각을 감출 수 없었다.

"그런데 동체가 좀 길어 보이는데요?"

에르하트가 질문을 던지자 프라이어가 눈을 가늘게 뜨면서 눈앞에서 있는 포켈야거 구석구석을 살펴보더니 곧 흥미로운 표정을 하면서 기체 쪽으로 천천히 다가갔다. 그리고 잠시 후 자신의 뒤에서 담배를 물고 서 있던 에르하트에게 고개를 돌린 프라이어가 놀란 표정을 하면서 말했다.

"이야! 이 녀석 주인이 보통 인물이 아닌가 본데?"

"왜요?"

"이 녀석은 K-20 포켈야거가 아니야. 비슷하지만 말이지."

"포켈야거가 아니라니 무슨 말입니까, 프라이어 후작님? 파생형 기체도 아닙니까?"

둘의 대화를 듣고 있던 카스톨티가 궁금증을 이기지 못하겠는지 끼어들었다. 그러자 프라이어가 묵묵히 고개를 끄덕였다.

"파생형 기체가 아니라고요? 기체가 좀 길고 캐노피 형식이 좀 특이하다 뿐이지 포켈야거와는 그렇게 차이가 나지 않는데요?"

에르하트가 물어오자, 프라이어가 약간은 흥분된 어조로 대답하기 시작했다.

"대전 말기에 파하렌에 비해 범용성이 훨씬 뛰어난 포켈야거들의 변종들이 많이 생산되기는 했었지. 하지만 저놈은 달라! 특히 기수를 보면 알 수 있지. 자네도 저놈들을 많이 봤을 테니까 저 기체가 좀 특이하다는 것을 눈치챌 수 있겠지?"

프라이어의 말을 듣자마자 에르하트는 담뱃불을 비벼 끄더니 기체 곳곳을 유심하게 살피기 시작했다. 그리고 에르하트는 자신이 지금까지 보아온 포켈야거들과 이 기체의 차이점을 곧 찾아낼 수 있었다.

"수냉식 엔진? 포켈야거 기들이 공랭식 엔진을 사용한 다른 기체에 비해 날씬하다고는 하지만 저 정도까지는 아닙니다. 게다가 저렇게 기수가 길다니, 대충 50섹트 정도는 기수 부분이 더 늘어난 것 같은데요? 저런 녀석도 있었습니까?"

"수냉식 엔진이라니? 제국 공군에서 신형 전투기를 개발했었다는 말입니까?"

에르하트와 카스톨티가 잇달아 질문을 던져오자 프라이어는 그런 두 사람을 번갈아 가면서 쳐다보더니 다시 기체에 눈길을 돌리면서 그들의 궁금증을 풀어주기 시작했다.

"그렇지. 저놈은 너무 늦게 개발돼서 실전 배치를 미처 하지 못한 기체야. 그리고 마테우스 케른 박사의 야심작이기도 하고 말이야. 저 녀석이 배치된 곳은 단 한 곳이었지. 그곳이……."

프라이어가 그렇게 말을 이으려고 할 때, 뒤에서 누군가가 그의 말에 끼어들었다.

"JG-28 '슐라게터' 제7중대에만 배치된 기종이지요. 제식명은 MK-152H, 늘어난 기수로 인해 '랑라센-도라'라는 별칭이 붙어 있지요."

에르하트와 프라이어가 느닷없는 말에 놀라 고개를 돌렸을 때, 그들의 뒤로 보인 것은 한 장신의 남자였다. 백색의 제국 공군 장교 정복 차림을 한 그는 햇살을 받아 윤기가 흐르는 금발 머리가 인상적인 남자였다. 그리고 가슴에 달린 무수한 훈장들과 냉엄한 파란 눈동자를 지닌 그는 기다란 롱코트 형식의 장교복을 맵시있게 조이고 있는 검은색 허리띠 옆으로 금색의 사브레를 차고 있었다.

에르하트와 일행은 생각지도 못한 불청객의 등장에 긴장의 빛을 띠었다. 그들은 직감하고 있었다. 그가 바로 눈앞에 보이는 기체의 주인이라는 것을……

"만나서 반갑습니다, 에르하트 남작님. 군에 복무하면서 그 전설적인 위명 많이 들었습니다."

그렇게 말을 마치고 사내는 끼고 있던 검은색 가죽 장갑을 벗더니 에르하트에게 손을 내밀었다. 그리고 에르하트가 어색하게나마 손을 내밀어 악수를 하자, 그는 MK-152H기에게 시선을 주면서 말했다.

"에르하트 남작님, 이번엔 조금 긴장을 하셔야 할 것입니다. 저 녀석은 괴물이거든요?"

"그것은 나도 잘 알고 있네."

프라이어가 의심쩍은 눈빛을 하면서 말을 하자, 그는 낙막한 푸른 눈동자를 프라이어에게 돌리더니 입가로 미소를 떠올리면서 말했다.

"아! 프라이어 후작님이시군요. 몰라뵈서 죄송합니다. 넓으신 아량으로 용서해 주시길……."

고개를 숙이면서 귀족식 예를 표하는 그를 보면서 프라이어가 분노한 기색으로 입을 열었다.

"자네는 누구지? 슐라게터의 7중대라면 동부 전선에서 최강의 부대로 손꼽히던 부대로 인정받았는데, 그런 부대 출신이 해적들의 하수인이 되다니……."

그러자 그는 프라이어의 분노를 보면서도 특유의 냉엄한 태도를 잃지 않으면서 대답했다.

"죄송합니다만, 그것은 말씀 드릴 수가 없군요. 개인적인 사정이 있어서요. 하지만 이름 정도라면 말씀드릴 수 있습니다."

"뭔가?"

프라이어가 물어오자, 그는 앞에 서 있던 에르하트와 프라이어를 번갈아 쳐다보더니 미소를 지으면서 대답했다.

"저는 전직 제국 공국 JG-26 '슐라게터' 7중대의 중대장이자 제국의 무가인 야로섹 백작 가문의 후계자이자 블라틴 영지의 영주 지그프리트 에드만 폰 야로섹 남작이라고 합니다."

프라이어는 놀라움을 금치 못했다. 동부 전선의 최강자로 불리던 슐라게티의 에이스이자 동부 전선의 최강자 야로섹 소령이 해적들의 용병으로 나타날 줄은 꿈에도 생각하지 못했던 일이었기 때문이다. 거기다 대전 말 마테우스 케른 박사의 역작이자 비운의 전투기인 MK-152H기가 적으로 등장할 줄이야… 프라이어는 너무나 놀란 나머지 정신이 멍해지는 것 같았다.

"대장님, 자리를 옮기셔야 할 것 같습니다."

"잠깐만 기다려 보게."

뒤에서 마찬가지로 제국 공군 정복을 입은 누군가가 다가와서 말을 건네자 야로섹이 대답했다. 그리고 앞에 서 있던 에르하트에게 웃음을 지어 보였다.

"생각지도 못한 행운이군요. 에르하트 남작님과 같이 하늘을 날 수 있다니 말입니다. 기대가 큽니다."

"마찬가지요, 야로섹 남작!"

에르하트가 굳은 표정으로 대답하자, 야로섹은 자세를 바로 하더니 고개를 숙이면서 천천히 자신의 부하를 따라 발걸음을 옮기기 시작했다. 그리고 에르하트가 멀어져 가는 그를 계속 바라보고 있을 때, 이스카야르가 말했다.

"상당한 인물이군요."

"그렇죠. 동부 전선 최강의 에이스라고 불린 사람인데요. 가볍게 볼 사람이 아니죠."

에르하트가 그를 향한 시선을 돌리지 않고 대답하자, 이스카야르가 고개를 저으면서 말했다.

"그게 아닙니다. 검술의 경지가 아주 뛰어난 인물이더군요. 거의 저에게 근접할 만큼 말입니다."

그제야 에르하트가 놀란 눈으로 이스카야르를 쳐다보자, 이스카야르는 멀리 보이는 야로섹에게 시선을 주면서 말했다.

"에르하트 남작님."

"예?"

"저 남자하고 무슨 관계를 맺은 일이 있습니까?"

"아닙니다. 저는 서부 전선에서 복무했고, 저 사람은 동부 전선에서 복무를 했는데 그런 일이 있을 리가 없잖소? 이름만 듣다 오늘 처음 본 사람입니다."

그러자 이스카야르가 눈빛을 빛내면서 말했다.

"이상하군요."

"뭐가 말입니까?"

"에르하트 남작님하고 이야기할 때, 그에게서 살기가 흘러나왔습니다. 물론 아주 미미하지만 말입니다."

이스카야르는 말을 마치고 나서 우려가 섞여 있는 눈빛으로 에르하트에게 눈을 돌렸다. 그러자 에르하트가 다시 바지 주머니에서 담배를 꺼내 들더니 신경질적인 태도로 불이 붙이고 나서 입을 열었다.

"왜 나에게 살기를 흘렸을까요? 한 번도 본 적 없는데 말입니다. 하지만 중요한 것은 그게 아닙니다. 야로섹 남작이 나를 어떻게 생각하는지 제가 알 바 아니죠."

그렇게 말을 마친 에르하트는 담배 연기를 길게 내뿜었다. 그리고 넓게 퍼져 나가는 담배 연기를 바라보던 에르하트는 이스카야르를 보면서 다시 입을 열었다.

"분명한 것은 야로섹 남작이 해적 측의 조종사로 나왔다는 것입니다. 그리고 그의 등장으로 이번 일이 상당히 어렵게 됐다는 것은 확실합니다. 제국 공군에서 슐라게터라는 이름의 의미는 상당한 것이었으니까요. 프라이어님!"

"말하게, 크리스 군."

"저 전투기에 대해서 좀 알려주시겠습니까? 아는 것이 전혀 없군요."

경험이 풍부한 에르하트가 싸움에 앞서 앞으로 만나게 될 저 신형 전투기에 대해 정보를 요구해 오자 프라이어는 안색을 살짝 굳혔다. 그리고는 곧 MK-152H '랑라센-도라'에 대해 아는 사실을 일행에게 들려주기 시작했다.

MK-152H '랑라센-도라'는 프라이어 후작과 더불어 발렌슈타인 제국이 자랑하는 마테우스 케른 박사의 역작이었다. K-20 '포켈야거' 전투기는 서부 통합 전쟁 당시 프라이어 후작의 Fe-121 '파하렌' 전투기와 더불어 발렌슈타인 제국의 영공을 지키던 명실상부한 주력 전투기였다. 대전 후기에는 숙련된 조종사들의 감소로 파하렌을 제치고 오히려 배치대수를 압도하기까지 했다. 그렇지만 마테우스 케른 박사는 만족하지 않았다. 그것은 Fe-121 '파하렌' 때문이다.

프라이어 박사의 이 걸작 전투기는 빈약한 화력과 방어 능력에도 불구하고 그 우수한 조종성 때문에 대전 막바지 숙련된 조종사의 감소에 따라 제국의 주력 전투기 자리를 포켈야거에게 내주었는데도 제국을 대표하는 전투기로 인식되고 있었기 때문이다. 이 사실은 자존심 강한 설계자인 마테우스 케른 박사를 자극했다. 그래서 마테우스 케른 박사는 어려운 여건임에도 불구하고 신형기 개발에 착수한다.

목표는 다름 아닌 파하렌, 프라이어 박사의 전투기를 뛰어넘는 것이었다. 그리고 결국 마테우스 케른 박사는 서부 통합 전쟁이 끝나기 직전인 성력 1891년 첫 번째 달인 야누스의 달 12일 테스트기 실험장에서 첫 시제기를 내놓는 데 성공한다. 어려워진 전황으로 새로운 형식의 전투기를 만들지는 못했지만 포켈야거를 베이스로 자신의 대표적인 전투기인 포켈야거는 물론 프라이어의 파하렌을 뛰어넘는 신형 전투기를 개발한 것이다.

그것이 바로 MK-152H '랑라센-도라'였다. 포켈야거는 우수한 방어력과 효율적인 생산성과 운용의 효율성을 위해 수냉식 엔진 대신 공랭식 엔진을 차용한 기체였다. 따라서 수냉식 엔진을 차용한 프라이어의 파하렌 전투기에 비해 항공 역학적으로 설계가 뒤떨어질 수밖에 없었다. 그렇지만 MK-152H '랑라센-도라'는 달랐다. 바로 수냉식 엔진을 차용한 기체였던 것이다.

오랜 세월 프라이어가 만든 전투기의 조종성을 능가하고자 하던 마테우스 케른의 욕망이 실현된 것이다. 거기다 랑라센-도라가 차용한 심장은 전차 엔진을 주로 만든 엔진 설계가 알베르트 유모가 친구인 마테우스 케른의 부탁을 받아 특별히 설계한 것이었는데, 그 출력이 무려 2100마력에 달하는 무시무시한 괴물 엔진이었던 것이다. 메탄올과 물을 사용한 부스터를 이용한 이 엔진은 마테우스 케른의 이 새로운 전투기에게 무려 시속 700큐빗이라는 어마어마한 속도를 제공했다. 당시에 나온 어떠한 전투기보다도 빠른 속도였다. 거기에 무장으로 주익에 20세밀 기관포 4문과 기수 부분에 달린 15세밀 기관포 2문을 채

택해 당시 발렌슈타인 제국의 하늘을 누비던 연합군의 중폭격기들을 순식간에 격추시킬 수 있는 능력을 가지고 있었다.

또한 포켈야거와 비슷하면서도 보다 날렵해진 운동성은 프라이어의 파하렌을 뛰어넘고 있었다. 무장과 기동성, 방어력, 그리고 생산성과 운용의 효율성은 대륙 전체를 통틀어 최강의 기체라고 부를 만했다. 만약 공국의 반란으로 전쟁이 끝나지 않았다면 이 전투기는 분명히 전선의 최강자로 군림했을 테지만 불행하게도 시제기가 만들어진 지 불과 2개월 뒤에 공국의 반란으로 전쟁이 끝나는 바람에 생산 라인조차 제대로 갖춰지지 못한 상태에서 종전을 맞이하게 된다. 그리고 종전 후, 연합국에게 이 전투기가 알려지는 것을 꺼려한 공군 지휘부의 판단으로 이제 막 돌아가기 시작한 공장 시설은 파괴되고 설계도는 비밀리에 그대로 파기되어 MK-152H '랑라센-도라' 는 그 우수한 성능에도 불구하고 암흑 속으로 자취를 감추게 된 것이다.

전투기를 개조한 각양각색의 플로트(바퀴 대신 물 위에서 항공기들이 이, 착륙을 할 수 있게 해주는 장치)기들이 모여 있는 해변에는 이미 수많은 인파들이 모여들어 인산인해를 이루고 있었다. 검투사들의 대결에 열광하던 옛 고대인들과 기사들의 마상 토너먼트에 몰려들던 중세의 조상들처럼 그들은 용사들의 거친 격투의 산물인 진한 피 냄새와 화려한 기술의 향연을 기대하면서 해안가로 끝없이 몰려들었다.

에르하트는 MC-55 '센타우로' 의 조종석에 앉아 가만히 눈을 감고 있었다. 단좌기의 비좁은 조종석에 앉아 몸을 구속하고 있는 불편함과 마음을 가라앉혀 주는 편안함을 동시에 느끼면서 에르하트는 눈앞에 보이는 계기들을 하나하나 점검하기 시작했다. 속도계와 고도계, 그리고 엔진의 출력을 표시하는 출력계 등을 점검하면서 그는 프라이어와 카스톨티가 세팅해 준 조준경에 눈을 맞추면서 전방을 주시했다.

너무나 맑고 높고 푸른 하늘과 그만큼이나 아름답고 깊은 아드리안의 바다가 그의 눈에 들어왔다. 에르하트는 다시 눈을 감았다. 이제 출격하는 일만 남은 것이다.

이번 대결의 목적은 아주 단순했다. 아드리안의 용병들과 해적들이 서로 싸움을 벌여온 지 기백년의 시간이 흘렀다. 한쪽의 세력이 강할 때는 반대 세력이 아드리안의 해역에서 많이 물러났고, 또 상황이 역전되면 바다에서의 세력 판도도 달라져 왔었다. 그리고 그러한 세력 충돌 상황 속에서 많은 사람들이 아드리안의 깊은 바다 속으로 잠기든 것은 아주 당연하다 할 수 있었다. 따라서 이 수백 년간의 피의 항쟁 속에서 이러한 소모적인 충돌을 무의미하게 보는 사람이 나온 것은 어떻게 보면 당연하다고도 할 수 있었다. 그리고 에스프릴라의 깃발이 아드리안 해의 해적들 사이에서 일인자를 증명하는 상징으로 등장한 그 순간부터 용병들과 해적들은 몇 년, 혹은 몇십 년을 주기로 한 섬의 지배권을 놓고 대결을 벌여왔던 것이다.

아드리안의 남부 해역의 칼리아리 섬이 그것이었다. 레지나에서 약 400큐빗 떨어져 있는 이 섬은 해저 화산의 분출에 따라 생겨난 현무암 덩어리 무인도에 불과했다. 몇몇 종류의 바닷새나 해저 생물들을 제외하고는 다른 생명체가 살기에 적합하지 않은 이 섬을 걸고 두 집단이 오랜 세월 결투를 벌여온 이유는 그 섬이 바로 아드리안의 지배 기준이 되기 때문이었다.

해적들이 범법자들이라고는 하지만 이미 그들의 세력은 국가를 상대로 맞설 수 있을 정도로 강대해져 있었기에 과거와 같이 각 해적 집단별로 무자비한 해상 약탈 행위를 해서는 대륙의 공적이 될 수도 있었다.

실제로도 아드리안의 제패를 노린 강대국들이 해역의 지배를 위해 맨 처음 하는 무력투사는 언제나 해적들을 상대로 했다. 또한 이미 대폭적으로 늘어난 해적들이 이익만을 위해 노략질을 일삼는다면 아무리 아드리안 해의 무역로가 황금의 무역로라고 불리더라도 무역선들의 숫자가 결국에는 줄어들 수밖에 없었다. 그래서 그들이 택한 것이 바로 통행료였다. 물론 관세에 비한다면 엄청난 퍼센티지, 즉 화물의 절반에서 삼분의 일 수준의 말 그대로 도둑놈 심보 같은 통행료였지만 그 정도를 빼앗기고도 상인들은 이익을 남길 수 있었고, 하필이면 수많은 무역선들 중 자신의 배가 해적을 만난 불운을 탓할 뿐 해적들의 지시만 따른다면 대개의 경우 별다른 불상사는 벌어지지 않았기에 아드리안 해는 아직도 수많은 무역선이 떠다니고 있었던 것이다. 하지만 그렇다고 해서 해적들에게 모든 상인들이 순순히 재산을 내놓았던 것은 아니다. 전술한 바와 같이 국가적인 보호를 받는 콘술라도르를 제외하고도 자금의 여력이 있는 대상이나 해적들에게 재산을 빼앗기는 것이 못마땅했던 중소 상인들은 용병을 고용하고 해적들에게 대항했던 것이다. 그리고 해적들의 이러한 활동 때문에 용병들 역시 규모를 확장시켜 왔고 말이다. 따라서 해적과 용병과의 관계는 악어나 악어새의 관계였다. 해적들에게 용병들은 없어졌으면 하는 존재였지만…….

그리고 기술의 발달로 증기기관이 등장하고 바다에 Ironclad, 즉 장갑 철갑함이 등장하면서 현대적인 의미의 전함들이 등장하면서부터 아드리안 해의 양상이 바뀌기 시작했다. 그전까지 아드리안 해의 해적들이 주로 사용한 약탈 도구는 그 이름에 걸맞게 전열함이나 프리게이트 같은 무장 범선이나 갈레선이나 갤리오트 같은 기동성 위주의 전함이었다. 그러던 것이 장갑함의 등장으로 더 이상 이러한 배들로는 해상에서 약탈을 하기가 어려워진 것이다. 철갑함은 말 그대로 강력한 엔진을 탑재하고 전신을 강철로 도배한 전함들이었기 때문에 건조를 위해서는 엄청난 자본과 기술력을 필요로 했다. 국가 단위의 군사 조직, 즉 해군에서만 철갑함을 보유할 수 있는 역량을 지닐 수 있었던 것이다.

따라서 철갑함이 등장한 산업 혁명 초기에 아드리안의 해적들의 세력이 급속히 몰락했던 것은 어쩌면 당연한 수순이라고 할 수 있었다. 그런데 내연 기관의 발전과 항공기 기술의 발전으로 아드리안의 해적들이 세력을 다시 회복할 수 있는 기회가 찾아왔다.

성력 1832년 초기 형태의 항공기가 수많은 발명가와 과학자들의 노력 끝에 탄생한 것이다. 그리고 그라드 혁명 전쟁이 항공기 발전에 엄청난 영향을 미쳤다. 전 그라드 왕실을 지원한 엘링턴 왕국과 제정을 유지하는데도 불구하고 엘링턴 왕국의 견제를 위해 혁명군을 지원한 신성 폴센 제국은 이 혁명 전쟁에서 새로운 무기들을 시험했는데, 그것이 바로 항공기들이었다.

전투기와 폭격기로 대표되는 공군기들이 그 엄청난 잠재력을 혁명 전쟁에서 입증해 보이자, 너무나 당연하게도 항공기들을 미래의 주력 무기로 보고 엄청난 투자를 시작한 강대국들에 의해 항공 산업은 엄청난 발전을 이루게 되었다. 그리고 항공 대혁명이라고 불리는 이 새로운 시대에 아드리안의 해적들은 빠르게 발맞춰 나갔다.

아드리안의 해적들이 기존의 배들에 추가해 자신들의 장사 밑천에 항공기들을 추가시켰던 것이다. 그리고 그 결과가 아드리안 해적단의 부활이었다. 그리고 두 집단은 다시 칼라아리 섬의 소유권을 놓고 다시 결투를 벌이기 시작했고, 에르하트는 20년 만의 이 대결에 참가하게 된 것이다.

에르하트가 감고 있던 눈을 가늘게 뜨고 옆의 기체를 향해 조심스럽게 시선을 옮겼다. 신중함을 유지하던 그의 표정이 일그러진 것은 그 때였다.

"야호! 에르하트 남작님!"

아무렇게나 대충 빗어 넘긴 검은 단발머리와 조그만 얼굴, 거기다가 얼굴에 비해 너무 큰 초롱초롱한 검은 눈동자를 한 앳되어 보이는 소녀가 알록달록 화려함을 넘어 유치찬란한 도색을 한 수상기에서 그 얼굴만큼이나 작은 짧달막한 손을 부지런하게 흔들고 있었던 것이다. 그리고 에르하트가 식은땀을 흘리면서 다시 고개를 옆으로 살며시 돌렸을 때, 옆에 있던 비행기 쪽에서 피네의 목소리가 들려왔다.

"에르하트 남작님, 로노가 부르는데 그렇게 무시해도 되는 거예요?"

"어머? 피네 언니, 설마 에르하트 남작님이 일부러 그러신 것이겠어요? 바쁘셔서 로노 말을 못 들었나 봐요."

"아니야, 로노. 남자들은 다 저래. 아무래도 네가 미덥지 못해서 그런가 보다."

"헤에…… 설마 그럴 리가요. 에르하트 남작님은 그러실 분이 아니에요."

"아니야! 저 인간은 그러고도 남을 인간이야. 내가 볼 때는 구시대의 성차별주의자 같아, 아무리 봐도."

피네의 말을 마지막으로 에르하트가 옆에서 들려오는 소녀들의 대화에 짜증이 나는지 인상을 긁으면서 조종석의 캐노피를 닫으려고 하자 옆에서 무엇인가가 날라왔다.

"아! 피네! 내 머리가 무슨 엔진이냐? 툭하면 전기를 쏘아 보내지 않나, 이번엔 스패너냐?"

에르하트가 머리에 부딪치고 조종석 바닥에 떨어진 스패너를 주워 들고 고래고래 고함을 지르자, 피네가 음흉한 표정을 지으면서 대답했다.

"호호호. 그러니까 어여쁜 처녀들이 말을 걸어오면 대답을 해줘야 할 것 아니에요?"

"에휴!"

에르하트는 결국 한숨을 내쉬고 말았다. 그때 로노라고 불린 소녀에게서 응원의 목소리가 들려왔다.

"에르하트 남작님, 파이팅! 로노랑 잘해봐요!"

부상당한 진트를 대신해 에르하트의 파트너가 된 것은 아드리안 용병 길드의 유일한 여성 조종사 로노였다. 방년 17세 진트의 소꿉 친구인 로노에 문라이트가 소꿉 친구의 복수를 위해 에르하트의 윙맨으로 자원한 것이다. 참고로 신장은 같이 있던 피네보다 2섹트가 더 큰 152섹트였다.

"망할⋯⋯."

자칭 어여쁜 처녀들을 보고 있던 에르하트의 입에서 저절로 한숨이 터져 나왔다.

신성 폴센 제국은 대륙의 다른 강대국들에 비해 공군의 발전이 늦은 국가 중 하나였다. 간접적으로는 신성 폴센 제국의 정치, 사회적인 구조가 아직도 구시대의 귀족 중심의 제정 체제를 유지, 기술자와 상인들을 중심으로 한 평민층의 왕성한 사회 진출이 아직 이루어지지 않았다는 것도 한몫했지만, 직접적인 이유를 들자면 서부 통합 전쟁 참전 이

전 신성 폴센 제국의 군 지휘부가 아직 공군의 효용성을 인정하면서도 기존의 체제, 즉 해군과 육군 중심의 군 체제를 아직도 우선시하였기 때문이었다.

실제로 신성 폴센 제국은 서부 통합 전쟁 이전까지 공군이라는 독자적인 군 체제가 없었다. 공군을 대신해 육군 항공대와 해군 항공대라는 이름으로 육군과 해군에 공군이 배속되어 있었고, 그나마도 군 예산 순위에서 밀려 신성 폴센 제국의 항공기들은 발렌슈타인 제국이나 엘링턴 왕국, 그라드 공화국에 비해 성능상으로도 열세에 놓여 있었다. 숫자는 말할 것도 없었다.

하지만 서부 통합 전쟁의 발발과 신성 폴센 제국의 참전은 이런 제국 내 군 구조에 커다란 변화를 몰고 오게 된다. 엄청난 피의 대가와 함께.

성력 1889년 신성 폴센 제국이 발렌슈타인 제국에게 도전했을 때, 신성 폴센 제국의 군 사령관들은 그때까지 경험하지 못했던 엄청난 재앙을 만나게 된다. 그것은 바로 하늘에서의 공포였다. 앞서 말한 바와 같이 신성 폴센 제국은 공군이라는 조직이 아예 없을 정도로 여타 국가에 비해 공군력이 약했다. 그런 신성 폴센 제국의 군에게 있어 발렌슈타인 제국의 다양한 형태 전투기와 폭격기들은 너무나 버거운 상대였다. 거기다 숙련도가 미천한 폴센 제국의 전투기 조종사들은 발렌슈타인 공군의 조종사들에게는 말 그대로 먹기 좋은 오리 떼에 불과했다. 그리고 전역에서의 제공권 상실은 신성 폴센 제국의 해군이나 육군에게도 커다란 재앙이었다.

결국 대전 초기 신성 폴센 제국은 먼저 선전 포고한 것과는 다르게 공군력의 열세로 말미암아 패전을 거듭해야 했다. 하지만 역설적으로 대전 초기 신성 폴센 제국의 이러한 전략적 판단 미스로 인한 패전은 공군의 지위를 폴센 제국 군 내부에서 격상시키는 역할을 하게 된다.

신성 폴센 제국이 야심차게 준비한 발렌슈타인 제국 침공 작전이 공군력의 열세로 말미암아 인명 피해 50만의 엄청난 사상자를 발생시키면서 실패하자, 신성 폴센 제국은 그때까지 육군과 해군에 묶여 있던 공군을 독립시키게 된다. 그리고 황제의 명에 따라 제국 내 항공 기술자들은 엄청난 지원을 받으면서 밤낮을 가리지 않고 신형 전투기 개발에 박차를 가하게 된다.

서부 통합 전쟁 이전, 신성 폴센 제국의 주력 전투기는 모랑 솔니에사의 MS.406 롤랑 개로스 전투기였다. 주익에 7.5세밀 기관총 4문과 기수에 20세밀 기관포 1문을 단 이 기체는 양호한 기동성과 우수한 방호력으로 무장한 전투기로 신성 폴센 제국의 영공을 책임질 전투기로 양산되고 있었지만, 문제는 이 전투기가 신성 폴센 제국 내에서는 최신예 전투기일지는 모르지만 전쟁에서 만나게 된 발렌슈타인 공군 조종사들에게는 너무나 쉬운 상대였던 것이다.

개전 첫날부터 신성 폴센 제국의 공군의 주력 전투기 MS.406 롤랑 개로스 전투기가 발렌슈타인 제국 전투기들과의 교전에서 42기가 손실되는 등, 공군의 피해가 급속히 증가하기 시작했다.

MS.406의 가장 큰 문제점은 다른 나라의 전투기보다 출력이 떨어지는 900마력의 히스파노 수이자 HS 12Y 31엔진의 장착으로 최대 속도가 시속 490km에 불과했다는 것이다. 이는 발렌슈타인의 Fe-121보다 턱없이 느렸고, 쌍발 전술 폭격기 KR-99기에조차 떨어지는 속도였다. 기동성 위주의 복엽기 시대와는 달리 속도가 중시되던 단엽기 위주의 서부 통합 전쟁에서의 공중전에서 이 느린 속도는 이 비운의 전투기에게 큰 희생을 강요했다.

대전 초기, 작센 공국 전투에서 패할 때까지 총 241기가 공중전에서 격추되었으며, 200여 기는 날아오르지도 못하고 지상에서 파괴당했다. 공군 지원의 열세로 지상에서 속절없이 무너지는 육군으로 인해서 신성 폴센 제국 공군기들은 자신들의 비행장이 점령당하거나 파괴당할 위험을 감수하면서 작전을 해야 했으며 이로 인해 더욱 혼란이 가중되었다. 출격 후 돌아오면 어느새 활주로에 폭탄 구멍이 숭숭 뚫려 있고, 제대로 된 정비는 기대하기도 어려웠다. 악순환의 연속이었다.

그런 와중 신성 폴센 제국의 가르보트 스패드가 개발한 스패드 7 전투기는 신성 폴센 제국 공군에게 발렌슈타인 제국 공군에게 맞설 기회를 제공해 주게 된다. 공군에게 엔진을 납품하는 히스파노 수이자 사가 그라드 공화국 기술진의 도움을 받아 야심차게 HS 22Y 17 수냉식 1600마력 엔진을 단 이 기체는 15세밀 기관포를 6문을 날개에 달고 최고 속력 640큐빗을 낼 수 있는 신성 폴센 제국 최강의 전투기였다. 그 전까지 레이저 백 방식의 캐노피를 달아 후방 시계에 문제가 많던 다른 기체에 비해 이 기체는 최초로 버블탑 캐노피를 달고 늘씬한 유선형의 몸체를 지닌 세련된 전투기였는데, 전쟁 기간 중 신성 폴센 제국 조종사들에게 각광을 받으면서 명실상부 이 스패드 사의 전투기는 신성 폴센 제국의 주력기로 자리매김하게 된다.

지금 아드리안 해의 하늘 위로 하얗게 도색을 한 스패드 9 전투기 두 기가 자신들의 적을 쫓아 날고 있었다. 스패드 9 전투기는 천재 항공기 설계자 가르보트 스패드가 폐병으로 쓰러지기 전 마지막으로 개발한 기체로 HS 24Y 22 1800마력 수냉식 엔진을 달고 15세밀 MAC

기관포 8문을 날개에 단 무지막지한 전투기였다. 최고 속력은 680큐빗, 그리고 기동성은 파하렌에 맞먹는 아주 우수한 기체였다.

대전 후기, 이 스패드 9 전투기는 발렌슈타인 제국 공군의 모든 전투기와 싸울 수 있을 정도로 우수한 전투기였는데, 지금 이 전투기를 몰고 적을 추격하고 있는 전직 신성 폴센 제국의 에이스 조종사 른네 퐁크는 죽을 맛이었다.

"퐁크! 아직 멀었나? 그 이상한 기체 빨리 잡고 좀 도와줘!"

동료인 조르제 루이 드 샹트의 비명에 가까운 무전을 들으면서 퐁크는 인상을 쓰고 말했다.

"아, 망할! 저 녀석은 대체 뭐야?"

퐁크와 샹트는 서부 통합 전쟁 당시 각각 발렌슈타인 제국 공군기를 24기 30기를 격추시킨 에이스들이자 같은 편대원이었다. 그리고 그들이 자신들의 애기인 스패드 9 전투기를 몰고 해적 소속으로 블러디. 데스 매치에 참가할 때만 해도 아드리안 날개 조종사들을 얼마든지 상대할 자신이 있었다.

하지만 토너먼트의 개막전에 나온 그들의 첫 상대가 크리스티안 폰 에르하트인 것을 알았을 때, 그들은 상대가 주는 압도적인 명성에 일말의 두려움을 느끼면서도 그의 옆으로 분홍색과 여러 가지 색으로 아이 같은 도색을 한 통통한 기체가 서 있는 것을 보고는 한편으로 웃음을 흘렸었다. 거기다 그 우스꽝스러운 기체의 주인공이 조그마한 여자 아이라는 것을 알았을 때는 세계에서 가장 유명한 조종사를 잡을 수 있는 기회가 찾아왔다고 생각했었다.

하지만 하늘에서 결투를 시작한 지 5분이 지난 지금에 이르러서는 퐁크에게 그 분홍색 전투기는 더 이상 장난감 비행기로 보이지 않았다.

"로노, 좀 버틸 만하냐?"

에르하트가 급속하게 우회전 하고 빠져나가려는 적을 쫓아 중력을 압박을 느끼면서 센타우로기의 기체를 회전시키면서 무전을 날렸다.

"예! 좀 어지럽기는 하지만 괜찮아요."

"그래? 그럼 조금만 더 버텨라. 거의 다 잡았다."

"예!"

에르하트는 무전을 마치고 기체를 하강시키면서 자신을 떨쳐 내려는 듯 끊임없이 기수를 회전시키고 있는 적기를 보면서 웃음을 지어 보였다. 적들은 실수한 것이다. 로노를 너무 우습게 보고 작전을 짜고 나왔던 것이다.

하지만 어쩌면 그것은 당연한 작전일 수도 있었다. 로노가 몰고 있는 블로 150기는 6년 전에 제작된 낡은 기체였으니까. 하지만 무남독녀 외동딸을 항공기 조종사로 키우고 싶어 하는 로노의 아버지가 남부국가 연합에서 알아주는 항공기 튜닝 전문가라는 사실을 적들이 알지 못한 것은 아주 큰 실수였고, 로노가 어린 여자 아이임에도 불구하고 아드리안 날개의 공중 서커스단 '블루 윙스' 최고의 서커스기 조종사라는 사실을 몰랐던 것 또한 너무나 치명적이었다.

로노의 블로 150 전투기가 엘리스사의 2000마력 엔진에서 터져 나오는 무지막지한 굉음을 내면서 적을 피해 도망 다니는 동안 에르하트는 여유있게 나머지 한 대의 뒤를 잡는 데 성공했다. 에르하트가 세운 작전은 간단했다.

전투 경험이 없는 로노가 적기 한 대를 끌고 도망 다니면서 하늘에서 서커스를 벌이는 동안, 자신은 남은 한 대를 잡고 로노를 도와주면 되는 것이었다. 비록 스패드 9 전투기의 성능이 센타우로 전투기보다 약간 우수한 데다 에이스 출신의 조종사가 몰고 있는 전투기였지만, 에르하트가 특기인 무지막지한 선회를 시작하자마자 곧 적기의 뒤를 잡을 수 있었다.

고속으로 끊임없이 하강하면서 선회하는 에르하트의 기체를 쫓아올 수 있는 조종사는 얼마 없었고, 곧 기체를 다시 상승시킨 에르하트는 위에 떠 있는 적기의 동체 하부를 볼 수 있었다.

물론 적기 역시 만만하지는 않아서 에르하트가 아래에서 치고 올라오자마자 임멜만 턴을 사용해서 기체를 상승시키면서 공중에서 반전을 시도했지만 그 정도 기동술을 쫓아가는 것은 에르하트에게 그리 어려운 일이 아니었다.

적기와 똑같이 공중에서 반전을 하면서 에르하트는 약간의 선회 대결을 펼친 후에 적기의 꼬리를 잡을 수 있었고, 눈앞에 보이는 하얀색의 스패드 9 전투기를 조준선 안에 집어넣기 시작했다.

공중전 용어에 'Point harmonization'이라는 말이 있다. 굳이 말하자면 탄착점 상호 조화라는 말인데, 탄환이 적정 사거리라고 판단된 곳에서 만날 수 있도록 하기 위해 모든 기총을 비행기의 중심점 쪽으로 정렬시키는 방법이다. 에르하트는 대략 이 지점을 200파섹으로 잡고 있었는데, 이 방법의 장점은 이렇게 특별히 정해놓은 거리 근처에서 모든 기총의 탄환이 집중돼서 최대의 치명도를 가질 수 있었다는 것이었다.

그러나 이렇게 설정해 놓은 거리를 지나면 지날수록 다시 탄환은 더욱더 넓게 퍼져 버린다는 문제가 있었는데, 그래서 이 'Point harmonization'이란 방법은 목표에 최대 치명타를 집중시킬 수 있다는 자신감을 가진 뛰어난 조종사나, 최고의 사격 기량을 가진 조종사들이 주로 채택하는 방식이었다.

그리고 로노와의 마지막 무전을 마치고 나서 에르하트는 적기를 이 거리 안에 집어넣는 데 성공한다.

"이제 끝인 것 같군요."

지상에서 의자에 앉아 하늘에서 하얀 연기를 내뿜으면서 추락하는 스패드 9기를 바라보면서 야로섹이 옆에 앉아 있던 남자에게 말을 걸었다. 그러자 마르셀라니가 어깨를 으쓱하면서 웃음을 지어 보였다.

"신성 폴센 제국에서 에이스라고 불린 인물들이라더니 조금 실망이 군요."

"상대가 너무 대단한 겁니다. 저렇게 무식하게 항공기를 모는 사람은 저 사람밖에 없을 겁니다. 실속이나 스핀 현상 등은 전혀 고려하지 않는 듯 보이는 저런 무지막지한 기동술을 과연 몇 사람이나 쫓아갈 수 있을까요?"

야로섹이 말을 마치자 마르셀라니가 여유있게 웃음을 지어 보였다.

"뭐, 그래도 야로섹 경께서 그 몇 사람 안에 들어가시니 참 다행인 것 같습니다."

"고맙군요."

야로섹이 그렇게 말을 마치고 다시 하늘로 고개를 돌렸을 때, 그의 눈에 보인 것은 환호성을 지르는 구경꾼들과 또다시 하얀 연기를 뿌리면서 하늘에서 떨어지고 있는 스패드 9 기였다.

해적들과의 팀 데쓰 매치의 첫 대결은 선두로 나선 에르하트와 로노에의 활약으로 길드 측의 승리로 끝났다. 상대로 나왔던 샹트와 퐁크는 무사했다. 비록 그들의 스패드 9 전투기는 아드리안의 푸른 물결 위에 그 남은 파편만을 남긴 채 사라지고 말았지만…….

하지만 샹트와 퐁크는 피격당하고도 모두 무사하다는 사실을 솔직하게 기뻐할 수는 없었다. 그들이 살아남을 수 있었던 이유가 운이라기보다는 에르하트의 자비에 의해서였으니까.

두 집단의 대결을 구경하는 구경꾼들이야 그저 격추되었다는 사실을 알았을 뿐이지만, 항공전의 전문가들, 즉 조종사들이나 그쪽 계통에서 일하는 사람들은 에르하트의 공격이 카울링 부분에 집중된 것을 알 수 있었다.

아무리 저고도에서 벌어지는 공중전이라고는 하지만 스패드 9 전투기는 최신예 전투기였다. 그리고 조종사들 역시 애송이들이 아니라 당당한 에이스였고 말이다. 하지만 그들은 에르하트의 상대가 되지 못했다. 그리고 샹트와 퐁크, 그리고 구경하던 다른 조종사들은 불가능할 것만 같은 급선회, 급하강, 급상승 등의 무지막지한 기동술을 펼쳐 내는 에르하트의 조종 실력에 감탄하면서도 그의 엄청난 사격 실력에 경악하고 말았다.

디플렉션 사격, 즉 편차 사격은 적의 예상 진로를 예측 미리 적의 기동로에 사격을 가하는 것을 말한다. 흡사 적기가 무엇인가에 홀려 피탄 지점으로 스스로 뛰어들어 가는 듯이 보이지만 사실은 적기의 진행 경로를 순간적으로 판단하여 그 지점에 탄막을 형성하는 고도의 테크닉과 육감이 어우러진 공중전 기술의 극치인 것이다.

이 편차 사격을 상대가 3차원으로 움직이는 공중전에서 성공시키기란 매우 어려운 일이었지만 에르하트는 이 디플렉션 사격의 위력을 수많은 사람들이 보고 있는 가운데 실증해 보였다. 그것도 에이스가 조종하는 최신에 항공기가 펼쳐 내는 기동을 쫓아가면서 말이다. 거기에 더해 단 한 부분, 엔진 카울링 부분에 점사에 가까운 사격을 해서 단번에 명중시킨 것은 신이 내린 재능이라고밖에는 말할 수 없었다.

에르하트의 사격술은 말 그대로 가히 신기에 가까운 것이어서 짧게 점사로 날아온 탄환이 정확히 자신의 엔진 카울링에 날아가 박히면서 다음 탄환부터 카울링에서 캐노피를 향해 곧게 일직선을 이루며 박혀 버리는 것을 눈앞에서 직접 본 신성 폴센 제국 출신의 두 조종사는 구출된 후에도 멀리서 다음 대전을 준비 중인 에르하트를 귀신 보듯이 쳐다볼 수밖에 없었다.

그리고 이때 소요되는 실탄이 불과 15~20발이었다는 사실을 알았다면 그들은 전투기 조종사 생활을 그만두는 것을 진지하게 고려했을지도 모른다.

한편 전대전 상대들의 이런 감정을 아는지 모르는지 에르하트는 따가운 햇살을 피해 갈대로 만들어진 의자에 앉아 물을 마시면서 인상을 쓰고 있었다.

자신이 첫 번째 대결의 결과와는 반대로 전체적인 데쓰 매치의 분위기가 길드 측에 불리하게 돌아가고 있었기 때문이다. 이번 팀 데쓰 매치에는 해적과 길드에서 각각 여덟 개 팀을 내보냈다. 발렌슈타인 제국 공군식으로 표현하자면 로테로 이루어지는 두 기의 전투기가 한 팀을 구성해서 상대팀과 겨루는 방식의 결투였다.

그리고 예선을 거치고 살아남은 여덟 개 팀이 마지막으로 한꺼번에 날아올라 공중전을 펼치는 것으로 이번 대결은 마무리된다.

즉, 에르하트가 로노와 같이 예선을 여유있게 치러냈다고는 하지만, 길드의 나머지 일곱 개 팀에서 최소한 세 개 팀이 승리를 거두고 올라와야 마지막 결투에서 해적과 같은 수로 전투를 벌일 수가 있었다.

물론 2대 2 방식의 결투이니만큼 부상이나 사망자가 나올 수도 있었지만 그럴 경우 다른 대체 출전자가 나올 수가 있어서 숫자상으로는 문제가 없었다.

하지만 에르하트의 대결을 포함 6라운드의 대결이 지난 현재 해적 측의 조종사들이 아무런 손실 없이 길드 측 조종사들을 압도하고 있다는 것이 문제였다.

길드 측에서 이미 사망자가 네 명이나 나오고 부상자 또한 세 명 나온 것에 비한다면, 해적 측 조종사들의 손실은 전무, 에르하트의 심기가 어지러운 것은 당연했다.

이미 다음 대결에서 최소한 해적 소속 전투기 열 기를 상대해야 하는 것은 자명했으니까, 그것도 남은 길드 팀 두 개가 모두 승리한다는 가정 하에 말이다. 그리고 에르하트가 이제 엔진에 시동을 걸고 있는 네 기의 전투기를 보면서 인상을 쓰고 있을 때, 그는 뒤에서 말을 걸어오는 그라시아니의 목소리를 들을 수 있었다.

"죄송합니다. 나름대로 준비한다고 했는데… 이렇게 처참하게 무너질 줄은 몰랐습니다."

에르하트가 고개를 돌렸을 때, 그의 눈에 보인 것은 처참하게 일그러지려는 표정을 억지로 참으면서 미안한 감정을 드러내고 있는 그라시아니의 얼굴이었다.

하지만 그가 느끼고 있을 당혹스러운 감정은 그의 눈동자 속에 그대로 묻어 나오고 있었다. 산전수전 다 겪은 역전의 용병 대장 그라시아니에게도 현재의 결과는 너무나 예상 밖의 일이었던 것이다.

"아닙니다. 그나저나 해적들 소속 조종사들이 장난 아니군요."

"그렇습니다. 이렇게 처참하게 무너질 줄은 몰랐습니다."

자존심에 상처를 입은 듯, 그라시아니가 음울한 목소리로 같은 말을 연거푸 했다. 그러자 에르하트가 의자에서 일어서더니 이제 막 이륙하고 있는 전투기들에 시선을 주면서 말했다.

"기량 차이가 이렇게 압도적인 것은 아닙니다. 다만 전투기의 성능 차이가 너무 나기 때문입니다. 물론 기체의 성능보다 조종사의 기량이 공중전의 승부를 가른다는 말이 있기는 하지만, 조종사의 실력이 비슷하다면 결국 승부를 가르는 것은 기체의 차이지요."

에르하트의 말을 들으면서 그라시아니는 고개를 끄덕일 수밖에 없었다. 그의 말이 사실이었으니까 말이다.

로노의 블로 150기와 에르하트의 MC-55 '센타우로'를 제외한다면 길드 측 조종사들이 타고 나온 전투기들은 전부 동일했는데, 길드에서 내놓은 전투기들은 남부 국가 연합 최대의 항공 회사 벨트로의 대표적인 단좌 전투기인 암브로시니 SAI-203 기였다.

앞서 말한 바와 같이 남부 국가 연합에서는 중, 저고도에서 우수한 전투기를 선호하고, 기술적으로 생산이 쉽고, 운용도 간단하고 튼튼한 공랭식 엔진을 선호하고 있었다. 이러한 남부 국가 연합의 특성을 대표적으로 드러내는 전투기가 바로 SAI-203 전투기였다.

이 전투기는 라파엘 사의 1850마력 RA 1000 RC41 공랭식 엔진을 차용한 기체였는데, 최고 속도가 647큐빗에 이르고 엔진의 특성상 6000파섹 이상의 고도에서는 기동성이 둔화된다는 약점이 있었지만 그 이하의 고도에서는 남부 국가 연합에서 생산하는 어느 기체보다도 뛰어난 성능을 자랑하는 기체였다. 거기에 막강한 엔진 출력을 바탕으로 해서 강력한 방호 장갑판과 20세밀 ShVAK 기관포 4문을 장착한 강력한 화력으로 남부 국가 연합 최강의 전투기이자 아드리안의 날개를 대표하는 전투기로 이름을 날리고 있었다. 최소한 중, 저고도에서는 이 전투기들은 속도를 제외한 기동성이나 모든 면에서 에르하트가 타고 있는 센타우로 전투기와 비슷한 성능을 내고 있었다.

하지만 문제는 해적 측 조종사들이 조종하고 있는 전투기들은 그것을 능가한다는 것이었다. 지그프리트 폰 야로섹와 그의 윙맨이 몰고 있는 괴물 전투기 MK-152H '랑라센-도라' 전투기를 제외하더라도 지금까지 해적 소속으로 출전한 전투기의 면모를 보면 참으로 대단했다. 에르하트가 상대한 신성 폴센 제국의 스패드 9 전투기를 비롯해서 지난 전쟁에서 그라드 공화국과 엘링턴 왕국을 대표한 전투기들인 GF-4 '펜릴'이나 S-200 '호크아이' 전투기를 이곳에서 보게 될 줄은 결투가 시작되기 전에는 에르하트를 비롯한 길드 측 사람 그 누구도 몰랐던 것이다.

비록 수평 기동에서는 길드의 SAI-203 기가 이 전투기들과 어깨를 나란히 할 수 있을지는 모르지만 수직 기동, 즉 상승이나 하강 속도에서 이 막강한 기체들을 따를 수는 없었다. 그리고 동시에 이륙해서 먼저 고도를 잡는 측이 유리하게 만들어진 이번 데스 매치의 특성상 지금까지 길드 측 참가자들은 제대로 날아오르지도 못하고 먼저 고도를 잡고 하강하면서 공격해 오는 적의 매서운 포화에 이렇다 할 대항도 하지 못하고 아드리안의 바다 위로 무참하게 격추되고 만 것이다.

그리고 이번 라운드 역시 마찬가지의 결과를 내려는 듯이 아드리안 해의 하늘 위로 두 기의 전투기가 빠른 속도로 고도를 높이고 있었다.

"흐음……."

에르하트와 그라시아니의 입에서 한탄 섞인 한숨이 흘러나왔다. 그런데 이번에 출격하는 길드 측 전투기들을 우려 섞인 눈으로 바라보던 에르하트가 이채를 띠면서 그라시아니에게 고개를 돌린 것은 이미 해적 소속의 S-200 '호크 아이' 전투기 두 기가 반전을 마치고 공격을 위해 선회를 하고 있던 순간이었다.

"그라시아니님, 저 전투기들을 몰고 있는 조종사들이 누굽니까?"

"이번에 나선 조종사는 우리 길드의 부길드장인 이탈로 발보와 그의 동생인 마르코니 발보라는 친형제입니다. 그런데 왜 그러십니까?"

긴장감을 감추지 못한 채 아직도 아드리안의 푸른 바닷물을 가득 가르면서 저공으로 날고 있는 두 대의 전투기를 보고 있던 그라시아니가 갑작스러운 에르하트의 질문에 대답했다. 그러자 에르하트가 그라시아니에게 웃음을 지으면서 말했다.

"이번엔 쉽게 승부가 나지 않을 것 같군요."

그러자 그라시아니가 식은땀을 손수건을 꺼내 닦아내면서 다시 입을 열었다.

"그럴 겁니다. 저기 저 발보 형제의 콤비 플레이는 길드에서도 최상급이니까요. 하지만 저 형제가 수세에 몰려 있는 것 또한 어쩔 수 없는 사실입니다."

"그렇지만 저렇게 저공으로 난다면 공격 측도 상당히 애먹을 것 같은데요?"

에르하트의 말 그대로 길드 소속으로 참가한 발보 형제의 전투기는 아직도 10파섹도 채 되지 않는 저공에 머물러 있었다. 두 기체의 간격은 대략 600파섹 정도로 그것도 점점 벌어지고 있었다. 편대 전투에서의 두 기체 간의 거리 간격은 매우 중요했다. 너무 가까우면 적기에게 동시에 공격당할 수 있었고, 너무 멀면 아군기를 지원하기 힘들어진다.

고공에서는 보통 1.5큐빗의 편대 간격을 유지하는 것이 보통이었지만, 고속으로 전투가 이루어질 때는 그 이상으로 벌어졌고, 저속인 경우에는 1큐빗 안팎으로 줄어든다. 지금 두 기체의 속도는 통상 이륙 속도인 150큐빗을 아슬아슬하게 넘어선 180큐빗 정도로 보였다. 그리고 고도는 겨우 10파섹 정도를 유지하고 있었다. 잘못하면 바로 추락할 수 있는 고도였다. 그런데도 이 두 형제는 대담하게도 상공의 적을 무시하는 듯 아직도 고도를 높일 생각이 없는지 속도를 서서히 높이면서 편대 간격을 벌리고 있었다. 지금까지 당한 아드리안의 날개 소속의 전투기들이 뒤떨어지는 상승 속도에도 불구하고 어떻게든 고도를 높이려고 한 행동과는 완전히 상반되는 것이었다.

하지만 에르하트가 보기에는 아주 좋은 방법이었다. 물론 저 정도의 저고도에서 적기를 등 뒤에 두고 수평 비행을 감행할 정도로 실력이 뛰어나면서 간이 부은 조종사들은 그렇게 많지 않았지만…….

공중전 전법을 크게 두 가지로 나눈다면 'Turn and Burn' 타입과 'Boom and Zoom' 타입이 있다. TnB, 즉 'Turn and Burn'은 소위 말하는 독파이트를 뜻했다. 상대의 꼬리를 잡기 위해 가능한 빠르게 작은 원을 그리며 선회해 적기의 후방을 점유하여 격추를 이루려는 전투 방식이다. BnZ, 즉 'Boom and Zoom'은 수직 상승이나 가속 이탈과 같은 방법들을 사용해 상대가 기동할 수 없는 수직 공간을 활용해서 적기를 제압하는 전투 방식이었다.

지금까지 길드 측 전투기들은 당한 것은 바로 이 압도적인 위치 에너지 차를 이용한 고공 공격, 즉 BnZ 전법에 당한 것이었다. 그렇다면 이 상승력의 차이로 인한 이 에너지 파이트에 휘말리지 않으려면 어떻게 해야 하는가?

그것은 간단했다. 적기가 고공에서 급강하할 수 없게 하면 되는 것이다. 지금 두 형제가 날고 있는 고도는 단 10파섹 정도에 불과했다. 조종간이 조금만 앞으로 기울여져도 추락하는 아슬아슬한 고도였다. 그런 고도에 있는 전투기들을 고도 차를 이용한 일격이탈 방식으로 격추시키려 들었다가는 공격하려는 전투기가 먼저 바다 속으로 빠져 버리고 말 것이다. 두 형제는 현 상황에 가장 알맞은 전법을 택한 것이다. 선회를 통해서 각도를 얻는 싸움, 즉 앵글 파이트로 적을 끌어들이고 있는 것이었다.

암브로시니 SAI-203 기는 상승을 통한 고도 싸움, 즉 에너지 싸움에서는 엘링턴 공화국의 S-200 '호크 아이' 전투기에게 밀릴지는 모르겠지만 에르하트가 알기로 최적 선회 속도와 선회율은 어느 기종에도 뒤떨어지지 않을 만큼 우수했다.

에르하트는 이 형제들에게 한 사람의 조종사로서 순수하게 찬탄을 금할 수 없었다.

공군에는 이런 말이 있었다. '네가 타고 있는 기체를 극한까지 조종할 수 있게 하라. 그렇지 않으면 자신의 기체를 극한까지 마스터한 적기에게 격추될 것이다'. 에르하트가 보건대 발보 형제는 자신들이 타고 있는 레지아나 사의 이 공랭식 전투기를 극한까지 조종할 수 있는 인물들이었다. 하지만 기동성을 능가하는 것이 바로 스피드였고, 아무리 저공이라지만 후상방에서 접근해 오는 기체가 공중전에서 압도적으로 유리한 것 또한 사실이었다.

에르하트는 이 두 형제가 과연 어떻게 적을 상대해 나갈지 흥미로운 눈으로 지켜보았다.

두 대의 호크 아이 전투기는 어느새 3000파섹 정도에서 반전을 마치고 서서히 공격을 위해 횡으로 기체 간격을 벌리면서 아직도 아드리안 해에 바싹 붙어 있는 두 형제에게 접근하기 시작했다. 적의 첫 번째 공격이 관건이었다. 전투기의 통상 화력 집합 지점은 대략 150~200파섹 사이, 적은 그 정도 거리에서부터 첫 번째 공격을 가해올 것이었다.

에르하트가 보기에 이 첫 번째 공격에서 이번 라운드의 승자가 갈릴 확률이 매우 높았다. 만일 두 형제가 첫 번째 공격을 피한다면 다음 기회는 이 무모할 정도로 용감한 형제에게 찾아올 것이라고 에르하트가 말하자, 옆에서 두 사람의 이야기를 듣고 있던 로니가 대화 속으로 끼어들었다.

"헤에. 어떻게 기회가 찾아온다는 것이지요, 에르하트 남작님? 로니는 전혀 모르겠어요. 로니가 볼 때는 첫 번째 공격을 피한다고 해도 상대편들이 바보가 아닌 이상 그냥 놓아줄 리가 없잖아요? 거기다 보세요. 상대편들도 무모하게 마구 달려들지 않고 앞에 있는 우리 길드 전투기를 견제하면서 뒤에 있는 전투기 쪽으로 접근하고 있잖아요."

그러자 에르하트가 로니에게 웃음을 지어 보이더니 그녀의 검은색 단발머리를 거칠게 쓰다듬으면서 말했다.

"보면 안다! 잘 봐둬라! 세상이 상식만으로 돌아가는 것이 아니라는 것을 저 형제가 보일지도 모르니까 말이야. 좋은 공부가 될 거다."

에르하트는 조그마한 이 서커스 비행 소녀의 어깨 위에 손을 걸치면서 낮게 혼잣말을 흘렸다.

"아무리 나라도 이 꼬마 소녀를 데리고 14대 2로 싸우는 것은 무리라고……."

에르하트는 서서히 거리가 좁혀져 가는 네 대의 전투기에 시선을 고정시키면서 아드리안의 날개 소속의 이 무모한 형제가 무사히 돌아올 수 있도록 간절히 기도했다.

두 대의 전투기 중 뒤에 있는 SAI-203 전투기는 동생인 마르코니 발보의 기체였다. 형인 이탈리 발보가 견제 중인 S-200 호크 아이 전투기를 의식하면서 속도를 높이는 동안 마르코니 발보에게 나머지 한 대의 호크 아이 전투기가 빠르게 접근하기 시작했다. 하지만 마르코니 발보 역시 호락호락하지는 않아서 롤을 이용한 선회 동작으로 자신의 기체가 추격해 오는 호크 아이 전투기의 공격 라인을 계속 빗겨가게끔 하고 있었다.

항공기는 3차원의 공간에서 기동을 한다. 그리고 이 3차원 기동을 하는 항공기는 세 군데의 방향으로 기본적인 움직임을 가지고 있다. 그중에서 롤(Roll)이란 것이 있는데, 이것은 비행기를 좌우로 기울이는 움직임을 나타내는 말이며 이는 보조 날개(Aileron)에 의하여 조절된다.

이러한 롤을 얼마나 빨리할 수 있는가 하는 점은 전투기의 기본 성능을 나타내는 한 지표가 된다. 그리고 롤이 빠른 전투기는 요우(Yaw), 즉 비행기의 기수를 좌우로 방향을 바꾸는 움직임 역시 빠르다.

즉 요우와 롤, 그리고 기수의 상하 운동을 나타내는 피치는 전투기의 기동을 구성하는 세 가지 요소였고, 특히 수평 운동에 작용하는 요우와 롤은 기동성을 나타내는 한 척도였다.

속도와 선회력 이 두 가지를 가리켜 항공기 설계자들은 '서로 방향을 향해 달리는 두 마리의 토끼'라고 말하고는 한다. 물론 우수한 설계로 만들어진 항공기는 속도나 기동성이 모두 훌륭하지만, 두 가지 모두 모든 기체를 압도하는 기체는 아직까지 만들어낼 수 없었다.

SAI-203 기나 S-200 호크 아이 전투기나 주익의 크기는 비슷했다. 각 12.8파섹과 12.4파섹의 커다란 날개를 지닌 이 두 대의 전투기는 엔진 출력 역시 1850마력과 1820마력으로 아주 비슷했다.

하지만 최고의 최대속력과 가속력, 상승력, 그리고 무장에서 호크 아이 전투기는 SAI-203 전투기를 압도하고 있었다.

그 이유를 들자면 비슷한 마력을 가지고 있더라도 S-200 호크 아이 전투기에 장착된 롤스 로이스 그리폰 엔진의 R.P.M(Revolutions Per Minute) 수치, 즉 피스톤의 분당 회전 수가 압도적으로 높았던 것을 꼽을 수 있었고, 거기에 더해 5날 프로펠러를 채택함으로써 그 강력한 출력을 충분히 살릴 수 있었던 것이다.

또한 15세밀 기관포 4문과 12세밀 기관총 4문을 장착한 강력한 화력은 SAI-203기에 비할 바가 아니었다. 그런데 이러한 차이가 아이러니하게도 아직까지 발보 형제의 SAI-203 전투기가 살아남을 수 있게 만든 이유였다.

최소한 성력 1891년의 하늘에서는 '빠른 기체는 선회력이 낮고, 선회 전문의 기체는 느리다' 라는 등식이 그대로 성립하고 있었다. 선회력을 비교하는 기준이 될 수 있는 값으로는 '날개의 일정 넓이에 걸리는 무게'를 비교해 볼 수 있다. 익면하중(Wing Loading)이라고 불리는 이 수치는 낮으면 낮을수록 날개가 더 적은 무게를 받들고 있다는 의미가 된다. 따라서 이 값이 낮으면 같은 양력 생성 조건이라고 할 때 동일 속력에서 더 많은 선회율을 보이게 된다. 물론 선회율을 결정하는 것이 양력만이 아니라 여러 다른 요소들이 개입되기는 하지만, 이 익면하중이 선회율에 큰 영향을 미치는 것은 사실이었다.

S-200 호크 아이 전투기는 SAI-203보다 에너지 면에서 아주 뛰어

난 기체였지만, 익면하중은 그 강력한 무장과 고속 기동을 추구한 설계로 인해서 SAI-203기보다 높았다. 비록 뛰어난 설계로 인해 기동력 역시 우수하기는 했지만 설계 사상부터가 다른 주익은 이 두 기체에 미묘한 차이를 발생시켰다.

전투기의 성능을 설명하는 데에는 크게 세 가지 요소를 들 수 있는데 속도, 상승력, 선회력이 바로 그것이었다. 이 3요소 중 당시 거의 모든 나라에서 첫 번째 순위로 꼽은 것은 역시 속도였다.

다음 남은 두 가지 선회력과 상승력은 설계자마다 선호도가 달랐는데, SAI-203기가 선회력을 상승력보다 먼저 꼽았다면 호크 아이 전투기는 상승력을 다음으로 꼽은 것이다. 물론 SAI-203 전투기의 엔진 능력은 호크 아이 전투기에 비해 열등했지만 말이다.

발렌슈타인 제국의 주력 전투기 Fe-121 파하렌에 고전하던 엘링턴 왕국은 아무리 애를 써도 파하렌이 가진 우수한 선회력과 가벼운 운동 능력을 따라갈 수가 없자 몇 가지 특수한 장치를 추가해 선회력을 어느 정도 희생하는 대신 놀라울 정도로 뛰어난 상승력을 얻을 수 있었다.

그 장치는 바로 극간 앞전(Slotted Leading Edge)과 극간 플랩(Slotted Trailing Edge Flap)이었다. S-200 호크 아이 전투기 주익의 앞면을 자세히 보면 중간 정도부터 날개 끝 부분까지 약간 튀어나온 구조물을 볼 수 있는데, 이것이 바로 '극간 앞전'으로, 가늘게 홈이 파여 있는 모습을 하고 있어 비행 시 받음각이 증가할 때 날개 상부에 생기는 공기 와류와 흐름 박리 현상을 줄여 더 많은 양력을 얻어낼 수 있었고, 결과적으로 상승력이 비약적으로 향상시킬 수 있었다. 호크 아이 전투기의 후방 플랩에는 작동 시 플랩과 주익 사이에 공간이 생기는 극간 플랩을 고안해 파하렌의 스플릿 플랩에 비해 상승력을 증대시켜 주었다고 한다.

이렇게 극간형(Slotted Type)으로 날개를 만드는 것은 매우 섬세한 기술이 필요했다. 기계적 장치가 더 첨가되어야 했고, 이에 따라 주익의 하중이 증가해 선회력은 다른 기체들에 비해 약간 떨어졌지만 만족할 만한 상승력과 급강하 능력을 보이게 되었다.

하지만 무엇보다 중요한 것은 조종사 자신이 기종의 장단점을 얼마나 잘 알고 어떻게 잘 활용하느냐 하는 것이다.

그런 의미에서 볼 때 아드리안의 바다 위를 떠다니면서 뒤에서 날아오는 신경질적인 사격을 요리조리 잘 피해 나가고 있는 마르코니 발보는 에이스의 자격이 있는 조종사였다.

바다 위를 가르는 기총 공격의 흔적이 자신의 뒤를 따르자 마르코니 발보는 속도를 올리기 시작했다. 그러자 그의 뒤를 따르고 있던 두 대의 호크 아이 전투기 역시 속도를 올리면서 SAI-203 기의 뒤를 맹렬히 쫓아왔다. 그리고 그때 상황에 변화가 생기기 시작했다. 마르코니 발보의 SAI-203기가 속도를 올리다가 갑자기 고도를 높이면서 선회를 하기 시작한 것이다.

해면 효과란 말이 있었다.

해면 효과란, 날개가 해면과 가까울 경우 날개 밑의 공기가 갇혀 버리기 때문에 양력이 평소보다 더 자주 발생하는 현상을 말하는 것이다. 그리고 지속적인 수평 운동은 SAI-203 전투기의 날개에 풍부한 양력을 선사해 주었다. 그리고 SAI-203 기의 커다란 주익은 그 풍부한 양력을 한껏 살려 추격해 오던 호크 아이 전투기를 따돌리는 데 성공한다. 오버슛, 즉 추격해 오던 S-200 호크 아이 전투기가 갑작스러운 선회 운동을 쫓아가지 못하고 마르코니 발보의 전투기를 그대로 지나친 것이다.

그러자 이탈리 발보를 견제하던 전투기가 마르코니 발보의 전투기를 놓쳐 버린 동료를 대신해 곧바로 공격에 돌입했다. 동료 기보다 500파섹가량 높은 고도에 위치했던 호크 아이 전투기가 상승 운동을 한 나머지 어느새 800파섹가량으로 고도가 높아진 마르코니 발보의 전투기를 향해 들이닥쳤다.

"버텨라!"

에르하트가 고함을 내질렀다. 호크 아이의 주익에서 쏟아져 나오는 무수한 불덩어리들이 아드리안의 잔잔한 바다를 파괴하면서 마르코니 발보에게 접근하기 시작했다. 그리고 구경꾼들 사이에서 비명과도 같은 외침이 터져 나올 때 마르코니 발보의 전투기가 다시 한 번 움직였다.

"격추 대신 실속을 택한 것인가?"

기체를 낮추면서 그대로 선회를 시작하는 마르코니 발보의 SAI-203 전투기를 보면서 에르하트가 아쉬움을 토해냈을 때, 옆에 있던 그라시아니가 고개를 가로저으면서 말했다.

"발보 형제는 죽으면 죽었지 절대로 자신의 항공기를 포기할 위인들이 아닙니다. 믿으십시오, 에르하트 남작님. 최소한 저들은 저 SAI-203 전투기에 대해서는 에르하트 남작님보다 더 잘 알고 있는 사람들입니다."

선회를 하면 양력의 감소로 인해 고도가 낮아진다. 그리고 양력의 감소와 방향의 전환으로 인해 속도 역시 떨어진다. 조종사들에게 가장 공격하기 쉬운 대상은 바로 느린 속도로 선회를 하는 항공기였다.

하지만 그것도 정도가 있었다. 낮은 속도에서 선회를 하는 항공기는 너무나 적은 양력으로 인해 실속을 일으킨다. 바로 항공기가 그대로 하늘에서 떨어진다는 이야기였다. 그리고 실속을 일으키는 순간은 항공기의 직선 운동은 거의 제로에 이른다. 그것은 빠른 속도로 인해 예측 사격이 주를 이루는 항공전에서 커다란 변수로 작용했다.

두 번째 호크 아이 전투기마저 무리한 기동으로 갑자기 실속 상태에 들어선 SAI-203 기를 놓치고 만 것이다. 그리고 마르코니 발보의 전투기가 바다를 향해 기수를 내리면서 떨어져 내리기 시작했다.

"아! 저것은?"

에르하트는 놀라고 말았다.

"바로 에르하트 남작님의 기동술이지요."

그라시아니가 에르하트의 말을 대신했다. 거의 실속에 준하는 상태에서의 급격한 강하, 바로 에르하트의 장기 중 하나였던 것이었다.

"저렇게 무모할 수가! 아무리 저라도 저렇게 낮은 고도에서는 너무 위험해서 시도를 하지 않습니다."

"그렇습니다. 하지만 저들은 발보 형제입니다."

그리고 그라시아니의 말대로 발보 형제의 동생 마르코니 발보는 자신의 SAI-203 전투기를 살려내는 데 성공한다. 그때 마르코니 발보가 수평을 유지했을 때의 고도는 단지 5파섹, 말 그대로 죽음과 삶의 경계에서 간신히 살아난 것이다.

그리고 두 번째 호크 아이 전투기 마저 마르코니 발보를 놓치자 처음 추격하던 전투기가 이제 완전히 속도를 잃어 간신히 떠 있는 마르코니 발보를 향해 마지막 공격을 하기 위해 선회를 하기 시작했다. 이제 마르코니 발보가 피할 길은 없어 보였다.

하지만 그때 고공에서 요란하게 바람을 가르는 소리가 들려오기 시작했다. 앞서 나가던 형 이탈리 발보의 전투기가 나타난 것이다. 그것도 마르코니 발보를 공격하기 위해 고도를 낮췄던 두 대의 호크 아이 전투기보다 높은 고도에서 말이다. 한 대는 마르코니 발보를 공격하기 위해 선회 중이었고, 한 대는 오버슛을 하고 그대로 다시 고도를 높이면서 멀리 떨어져 있는 상태, 최고의 기회였다.

선회 중이던 호크 아이의 조종사는 맹렬하게 달려드는 이탈리 발보의 SAI-203 전투기를 발견했는지 선회를 멈추고 다시 고도를 높이려고 시도했다. 하지만 너무나 늦은 발견이었고, 너무나 늦은 기동이었다.

"잡았다!"

에르하트가 주먹을 휘두르면서 환호성을 토해냈다. 순식간에 거리를 40파섹까지 좁힌 이탈리 발보의 전투기에서 오렌지 빛 섬광이 번뜩이기 시작한 것이다. 작렬하는 무수한 탄환의 소나기 속에서 호크 아이 전투기는 엄청난 파편을 튀기면서 무너져 갔다. 그리고 이탈리 발보의 전투기가 호크 아이 전투기의 바로 위를 지나 급상승을 시작했을 때, 공격을 받았던 호크 아이 전투기는 주익이 떨어져 나가면서 찢어지는 듯한 파공음을 하늘 속에 뿌리면서 커다란 물보라와 함께 아드리안의 품속으로 뛰어들고 말았다. 순식간에 벌어진 일이었다.

발보 형제의 무모한 도박이 성공한 것이다. 하지만 이것은 절반의 성공이었다. 무사한 줄 알았던 마르코니 발보의 엔진 카울링 부분에서 하얀 연기가 솟아 나오기 시작한 것이다. 적의 마지막 공격 때 마르코니 발보 역시 피격당한 것이었다. 산산조각나면서 격추당한 호크 아이 조종사의 비극에 비한다면 양호했지만 말이다.

결국 마르코니 발보는 대결을 포기하고 말았다. 하얀 연기를 내뿜으면서 해안을 향해 착륙을 시도하는 마르코니 발보의 머리 위로 두 대의 전투기가 고도를 높이면서 서로의 꼬리를 잡기 위해 비행운을 뿌리면서 하늘을 가르기 시작했다.

마르코니 발보가 캐노피를 열고 칵핏(조종석)에서 내려오지 않고 그대로 서서 하늘을 향해 뭐라고 고함을 지르는 모습을 지켜보던 에르하트는 다시 두 조종사의 사투가 벌어지고 있는 아드리안 해의 하늘 위로 시선을 옮겼다. 에르하트의 표정이 밝지만은 않았다.

하늘에서는 속력과 선회율을 동시에 얻는다는 것이 어려웠고 그래서 각 기체들마다 유리한 전투 방식과 성능을 최대한 발휘할 수 있는 고도가 달랐다. S-200 호크 아이과 암브로시니 SAI-203 전투기 역시 다르지 않았다.

선회율에서 우수한 이탈리 발보는 선회전을 통한 턴 파이트에 적을 끌어들이려 하고 있었고, 해적 측 조종사는 에너지 전투에 이탈리 발보를 끌어들이려고 했다.

하지만 누가 보더라도 현재 상황은 호크 아이 전투기가 유리했다. 이유는 단 하나, 호크 아이 전투기는 교전을 피하려고 마음먹으려면 언제든지 우수한 상승 속도와 속력을 살려 SAI-203 전투기의 추격을 피할 수 있었지만 SAI-203 전투기는 그렇지 못했던 것이다.

속도가 빠른 전투기는 그 월등한 속력을 무기로 이탈한 후, 보다 유리한 상황에서 적기를 쫓아가 자신이 원하는 상황대로 다시 싸울 수 있기 때문에 '스피드는 생명이다' 라는 말이 공군에 존재했다. 실제로 서부 통합 전쟁 기간 동안 발렌슈타인 제국을 비롯한 엘링턴 왕국, 그라드 공화국, 그리고 신성 폴센 제국까지 신형기의 제1순위 개발 조건이 바로 속도였다.

에르하트는 이 대결을 지켜보면서 그뤼네발트 공군에 제일 필요한 것이 바로 우수한 엔진을 가진 재빠른 파이터라는 것을 깨달았다. 고속 이탈 후 공격을 다시 가해오는 호크 아이에게 고전을 면치 못하던 이탈리 발보의 전투기가 그전까지와 다른 기동을 하기 시작한 것은 에르하트가 그런 생각을 마치고 난 다음이었다.

"헤드온(Head On)인가?"

에르하트가 씁쓸하게 웃으면서 입을 열었다. 헤드온이란 중세의 랜스 차지마냥 두 기의 전투기가 서로를 바라보면서 기총을 난사하면서 돌격하는 공중전 방식을 뜻했다. 이때의 승리 조건은 아주 간단했다. 두둑한 배짱과 정확한 사격술, 그리고 상대방보다 뛰어난 운, 이것이 다였다.

자신을 향해 날아드는 엄청난 기총탄 세례를 보면서도 적기를 향해 돌격해 들어갈 수 있는 용기가 승부를 좌우했다. 헤드온 상황에서 공포에 질린 나머지 기체를 선회시킨다면 속도를 유지하면서 그대로 돌입한 적기에게 뒤를 잡히고 만다. 그것도 갑작스러운 선회로 인해 속력을 잃은 상태에서 말이다.

에르하트는 헤드온을 좋아하지 않았다. 헤드온을 해서 적기를 격추시킬 정도로 실력과 용기, 운이 뛰어난 조종사라면 기동술을 펼쳐서 얼마든지 적기를 격추시킬 수 있다고 믿었기 때문이다. 그리고 설사 헤드온에서 승리하더라도 무모한 정면 대결이었기에 승자 역시 다칠 확률이 높았다. 서부 통합 전쟁 기간 내내 JG(전술 항공대) 3 Jasta(비행 중대) 7의 지휘관으로서 늘 조종사 부족에 시달리던 에르하트는 이 헤드온을 너무나 위험하면서도 사치스러운 전투로 여겼다. 그리고 그런 에르하트가 휘하의 신참 조종사들에게 제일 피해야 할 일 중 하나라고 주입시킨 것이 바로 이 헤드온 상황이었다.

뛰어난 비행 실력을 가진 이탈리 발보를 고전시키고 있던 호크 아이의 조종사 역시 평상시라면 헤드온을 유도하려는 이탈리 발보의 도발에 넘어가지 않았을 것이다. 하지만 이 두 사람이 대결을 펼치고 있는 상공 아래로 수많은 사람들이 모여 있다는 것이 그를 이탈리 발보의 도발에서 벗어날 수 없게 만드는 한 요인이 되었다.

공군의 에이스들은 군대 내에서 제일 자존심이 강한 인물들이라는 평가를 받고 있었다. 에이스라는 단어는 조종사들에게 영광의 이름이기도 했지만 한편으로는 구속하는 굴레이기도 했다. 일반인들에게는 서로를 향한 무자비한 돌격이 가장 멋지게 보이는 결투였고, 정면 도전을 피하고 성능 차를 이용해 승리한다면 그 승리에 대한 찬양 대신 비아냥이 들려올 것은 불문가지 사실이었다. 그리고 호크 아이의 조종사는 에이스였다. 두 대의 전투기가 서로를 향해 맹렬하게 돌격하기 시작한 것이다.

"이제 승리는 운명의 여신이 누구의 손을 드는가에 따라 결정되겠군요."

"그렇군요."

"저들과 제대로 인사를 나누지 못한 것이 아쉽군요."

"어쩔 수 없었습니다. 에르하트 남작님과 참가 조종사들이 대면했을 때 저 형제들은 일 때문에 그곳에 없었으니까요."

그러자 에르하트가 미소를 지었다.

"제발 두 형제와 제대로 인사를 나눌 수 있으면 좋겠습니다."

그리고 잠시 후, 운명의 여신은 한 사람의 손을 들어주었다. 용기와 실력, 그 무엇 하나 부족하지 않았던 두 사람의 대결이었지만 운명은 결국 한 사람의 손을 들어줘야만 했다.

검은 연기를 뿌리면서 추락하는 호크 아이 전투기의 머리 위로 SAI-203 전투기가 새하얀 비행운을 뿌리면서 선회하고 있었다.

이탈리 발보와 마르코니 발보 형제는 레지나 섬 근처의 조그만 어촌 마을 출신의 25, 24의 연년생 형제였다. 하지만 에르하트는 이 형제들이 자신들의 이름을 말하기 전에는 그 누구도 이 인간들이 형제 사이라고는 생각조차 못할 것이라고 장담할 수 있었다.

"오오! 정말 에르하트 남작님이십니까? 형님! 굉장하지 않습니까? 우리가 에르하트 남작님과 아드리안 해의 운명을 걸고 하늘을 날게 되다니 말입니다. 이것은 주신 하유크 님의 축복입니다."

형인 이탈리 발보가 동생의 말을 듣고 고개를 끄덕였다.

"그리고 저 옆에 보이는 전투기는 처음 보는 것인데……. 에르하트 남작님의 전용기입니까? 오옷! 거기다 명성에 걸맞게 붉은색으로 도장을! 멋집니다!"

다시 고개를 끄덕이는 이탈리 발보. 에르하트는 어지러웠다. 어서 빨리 일행이 있는 곳으로 도착하기만 바랄 뿐이었다. 삭막한 남자 이스카야르는 어디에 있는지 보이지도 않고… 괴로웠다. 이스카야르라면 저 인간들을 다룰 방법을 알 텐데…….

수많은 사람들이 지켜보는 가운데 엄청난 팀워크로 해적 측 조종사들을 물리친 두 형제가 영웅 대접을 받으면서 사람들에게 둘러싸여 있을 때, 원래 에르하트는 결전은 어차피 내일 벌어지니까 만남은 잠깐 미루고 휴식을 취하기 위해 그냥 물러서려고 했다.

하지만 에르하트가 머리를 긁적이면서 입고 있던 조종복을 벗으면서 발걸음을 돌렸을 때 그의 이름을 부르는 소리가 뒤쪽에서 들려왔다.
"에르하트 남작님!"
에르하트가 고개를 돌리자, 인파를 헤치며 마르코니 발보가 만면에 활짝 웃음을 지으면서 반가운 듯한 과장된 몸짓을 하면서 그에게 다가왔다. 그리고 사람들이 건네주는 시원한 맥주를 정신없이 받아 마시고 있던 이탈리 발보 역시 동생인 마르코니를 따라 에르하트에게 다가왔다.

그리고 간단한 소개. 자신들을 소개한 것은 동생인 마르코니, 금발의 웃는 얼굴이 인상적인 청년이었다. 키가 껑충 큰 대신 깡마르고 눈이 보일 듯 말 듯한 실눈이 인상적인 이 조종사가 에르하트에게 요주의 인물로 찍힌 것은 순식간이었다.

과장된 어조와 몸가짐, 튀어나오는 말의 절반가량은 걸러 들어야 할 것만 같은, 아주 말이 많은 사람이었던 것이다. 오죽하면 마르코니와 대화를 주고받던 에르하트가 그의 말을 들으면서 어머니인 마가레타를 떠올렸겠는가?

그에 비해 형인 이탈리는 아주 말수가 적었다. 만난 뒤부터 지금까지 한마디도 하지 않았으니까. 깡마른 체구에 커다란 키를 한 동생보다 머리 하나가 작은 이탈리 발보는 마지막의 그 살벌한 일 대 일 결투를 벌인 사람답지 않게 인상 좋고 통통한 몸집의 사내였다.

검은색 곱슬머리에 턱부터 난 구레나룻 수염이 인상적인 이탈리 발보는 모든 의사 표현을 눈빛과 몸짓으로 했다. 그리고 그런 이탈리의 독특한 의사 표현을 다른 사람에게 알리는 것이 바로 저 말 많은 동생 마르코니였고 말이다.

여유가 느껴지는 푸근한 미소가 얼굴 곁을 떠나지 않는 이 형제들과 대화를 나누면 나눌수록 진흙탕에 빠져드는 듯한 느낌을 받은 에르하트는 도움을 청하기 위해 그라시아니에게 눈길을 돌렸다. 그러자 그라시아니가 에르하트에게 다가오면서 말했다.

"저기 있는 발보 형제는 실력이 비슷합니다. 그런데 제가 굳이 이탈리 발보를 부길드장에 임명한 것은 도저히 저기 저 마르코니 발보의 수다를 견딜 자신이 없었기 때문입니다."

그것으로 끝이었다. 그라시아니는 내일까지 저 형제들과 같이 지내면서 내일의 결전에 대비하라는 당부의 말을 건네고는 바쁜 걸음으로 순식간에 멀리 사라져 갔다. 그 모습을 보고 도망간다라는 느낌을 받은 것은 에르하트뿐이었을까? 어쨌거나 순식간에 이 독특한 개성의 형제를 떠맡게 된 에르하트는 어이가 없을 뿐이었다. 하지만 어쩌겠는가? 내일의 전투는 발보 형제의 용전분투를 무색하게 할 정도로 압도적인 위용으로 승리를 따낸 야로섹 남작 덕분에 4대 12라는 암담한 대결이 되었는데, 오늘같이 개인 기량만으로 승부를 내려 했다가는 그뤼네발트의 하늘도 아니고 엉뚱한 아드리안 해의 창공 위에서 마지막이 될지도 몰랐다.

할 수 있는 한 최대한 준비를 갖춰야만 했다. 에르하트는 혼자서 형인 이탈리에게 신나게 떠들어대고 있는 마르코니에게 시선을 주었다.

"일단 우리 일행이 머물고 있는 여관으로 갑시다."

"일행이요?"

에르하트가 고개를 끄덕이자 마르코니가 다시 말을 이었다.

"혹시 일행에 엄청난 미녀라도 있는 것 아닙니까, 에르하트 남작님? 아! 죄송합니다만, 옷 좀 제대로 갖추고 와도 되겠습니까? 땀을 많이 흘렸더니 조종복이 다 젖어 있어서 말이죠. 거기다 여자 분이 계시다면 이거이거 매너가 아니죠. 그렇지, 형? 예쁜 처녀가 많기로 소문난 발렌슈타인 제국의 미녀를 볼 수 있다니. 하하하!"

아무리 봐도 제정신이 아닌 듯한 마르코니가 혼자서 두 수 세 수 멋대로 내다보면서 질문을 던지자 형인 이탈리가 음충스런 웃음을 지으면서 고개를 끄덕였다.

그리고 나서 두 형제는 웃음을 터뜨리더니 서로 이상한 방식으로 악수를 나눴다. 손뼉을 마주치고 나서 주먹을 쥐고 이리저리 부딪치는 생경한 방식의 악수를 에르하트가 헛웃음을 흘리면서 구경하자, 마르코니 발보가 가느다란 실눈이 더욱 작아지는 미소를 지으면서 말했다.

"하하하! 이것은 우리 형제가 개발한 인사법입니다. 독특하고 멋지지 않습니까? 진정한 로맨티스트라면 사소한 것이라도 언제나 새로운 것을 개발해야 하는 법이지요. 이게 만들어진 이유가 궁금하지 않습니까?"

결국 에르하트는 모든 것을 포기하고 아무 말 없이 길을 재촉하고 말았다. 어딘가로 새어버린 이스카야르에게 괜한 원망을 던지면서······.

이미 대결이 벌어지고 말았으니 해적 측에서 암살 시도를 할 이유는 더 이상 없었다. 이스카야르가 경계한 것은 그뤼네발트의 동부 하멜인들과 신성 폴센 제국의 인물들이었다.

에르하트는 잘 모르겠지만 이스카야르의 예민한 감각에 미미한 살기가 잡혔다. 그리고 이스카야르가 그라시아니와 함께 발보 형제를 만나기 위해 떠난 에르하트를 놔두고 진트의 병문안을 가겠다는 로니의 뒤를 따라 인파 속으로 숨은 것은 그 순간이었다.

물론 에르하트에게 동료를 잃은 해적들의 살기일 수도 있었다. 하지만 에르하트가 바랑기스 공국에 도착한 지는 꽤 많은 시간이 흘렀다. 동부 하멜인들은 모르겠지만, 신성 폴센 제국의 힘이라면 에르하트에게 손을 뻗치기 충분한 시간이었다.

이스카야르는 지금 골목길로 들어서는 몇몇 남자들의 뒤를 따르고 있었다. 인파 속에서 에르하트에게 다가가는 기감을 찾던 이스카야르가 발견한 남자들이었다.

그의 칠흑 같은 머릿결 사이로 보이는 에메랄드빛 눈동자에 섬광이 스쳐 지나갔다. 비릿한 미소가 그에게서 흘렀다.

"냄새가 나는군······."

이스카야르는 허리띠 양쪽에 매어 있는 자신의 검을 살짝 뽑아놓았다. 그리고 이스카야르가 골목길로 들어섰을 때 그는 의외의 광경을 보고 말았다. 추격하던 남자들이 모두 피를 흘리면서 쓰러져 있던 것이다.

"안녕하십니까?"

그리고 시체들 사이에서 한 남자가 피가 흐르는 에스토크를 들고 웃음을 지으면서 인사를 건네왔다. 이스카야르가 검을 빼 들자 새하얀 웃음을 짓고 있던 그는 피가 묻어 있는 자신의 검을 세차게 한 번 휘두르더니 허리띠에 매달려 있는 검집에 다시 검을 꽂아 넣었다.

"누구지?"

그가 손을 흔들면서 입을 열었다.

"이스카야르 씨죠? 저는 제임스 밀너라고 합니다."

"내가 알고 싶은 것은 밀너 씨, 당신의 이름이 아니오."

살기가 물씬 풍겨나는 야수 같은 웃음을 흘리면서 이스카야르가 말을 건네자, 밀너는 자신의 머리를 한 번 쓸어 올리더니 싱긋 웃으면서 대답했다.

"마찬가지입니다. 내가 만나고 싶은 사람 역시 당신이 아니라 에르하트 남작입니다. 안내해 주시겠습니까?"

온몸을 울리는 격렬한 진동과 귓속을 파고드는 폭발할 듯한 엔진 배기음, 그리고 가슴속에서 맹렬하게 요동치는 심장의 고동……. 온몸을 압박하는 거대한 중력의 힘을 받으면서 에르하트는 멀리서 빠르게 다가오고 있는 조그만 점들을 향해 엔진의 스로틀을 급격하게 올렸다.

"18번 기, 너무 빠르다! 다시 말한다. 너무 빠르다! 속도를 낮추기 바란다!"

에르하트의 귓속으로 마르코니 발보의 목소리가 파고들어 왔다. 하지만 에르하트는 속도를 늦추지 않았다. 눈앞에 보이는 적은 열 기, 여유있게 편대 비행을 이루면서 그들은 에르하트를 향해 다가오고 있었다. 에르하트는 보이지 않는 두 기의 전투기를 찾았다. 그리고 남은 두 기를 발견한 것은 선두에서 질주해 오는 네 기의 스패드 9 전투기가 거의 교전 거리에 들어왔을 때였다.

두 기의 전투기는 전투에 참여할 의사가 없는 듯, 열 기의 전투기 아래에서 천천히 저공 비행을 하고 있었다. 에르하트는 조준경에 스패드 9 전투기를 집어넣으면서 생각했다.

'지그프리트 폰 야로섹…….'

이유야 어떻든 간에 그가 빠져 있는 것은 다행이었다. 에르하트는 격렬한 포화 속을 가르면서 적을 향해 그대로 돌격해 들어갔다. 그리고 엄청난 빛무리가 에르하트가 차지한 공간 속을 가르기 시작했다.

에르하트가 어제저녁 새로운 동료들과 함께 여관으로 들어섰을 때, 그의 눈길을 끈 것은 이스카야르의 뒤에 서 있던 한 남자였다.

엷은 웃음을 지으면서 서 있던 그는 에르하트가 눈길을 주자 곧 앞으로 나서더니 손을 내밀었다.

"기억하시겠습니까? 제임스 밀너 대위입니다."

그리고 에르하트가 과거의 망각 속에서 그를 끄집어내는 데는 그렇게 많은 시간이 필요치 않았다.

"기억하고 있습니다."

에르하트가 떨떠름한 표정을 하면서 대꾸했다. 그도 그럴 것이 그를 처음 만났을 때 그가 자신을 소개하면서 한 말이 떠올랐기 때문이다.

엘링턴 왕국 소속 방첩부 장교. 그것이 그의 직함이었다. 웃음이 머물고 있던 밀너의 얼굴에서 미소가 더욱 짙어졌다.

헤드온! 에르하트가 전방의 적을 향해 돌입하기 시작했다. 엄청난 수의 오렌지색 빛줄기들이 에르하트에게 뻗어왔다. 하지만 에르하트는 피하지 않았다.

4대 1. 에르하트가 생각하기에는 10대 4보다는 나았다. 그리고 4대 1의 상황을 돌파하고 나면 그는 다시 6대 1의 상황이 될 것이다. 에르하트가 원하는 것이 바로 6대 1의 상황이었다.

누가 봐도 미친 짓이었지만 에르하트의 마음속에 두려움이란 없었다, 수많은 사선의 끝을 넘나든 그였기에.

에르하트는 앞에 보이는 적의 전투기들 속으로 그대로 뛰어들었다. 그리고 충돌이라도 할 듯이 그대로 롤을 그리면서 달려드는 에르하트의 과감한 돌격에 네 기의 스패트 9 전투기는 편대 비행을 풀어야만 했고, 에르하트의 전투기는 그 비어 있는 공간을 빠르게 관통했다.

에르하트는 바로 눈앞을 스쳐 지나가는 적기의 동체를 확인하자마자 조종간의 발사 버튼에 힘을 줬고, 에르하트의 센타우로 전투기의 날개와 기수에서 격렬한 포화가 쏟아져 나오기 시작했다. 그리고 에르하트의 곁을 스쳐 지나간 네 기의 스패드 9 전투기 중 한 대에서 검은 연기가 뿜어져 나온 것은 바로 그때였다.

투명할 정도로 맑은 창공을 가르면서 남은 스패드 9 전투기들이 선회를 마치고 에르하트를 찾았을 때 이미 에르하트의 전투기는 보이지 않았다.

그들의 눈에 보인 것은 고도를 높이면서 올라오는 나머지 여섯 기의 전투기에게 전속력으로 급강하해서 돌입해 들어가는 붉은 전투기의 뒷모습뿐이었다. 하지만 이 세 기의 전투기들은 격추당한 동료 기의 복수를 위해 에르하트를 추격하지 못했다. 선회를 위해 속도가 늦춰진 스패드 9 전투기들에게 어느새 도착한 에르하트의 동료 기들이 달려들었다.

엘링턴 왕국제 S-200 '호크 아이' 전투기 네 기와 그라드 공화국의 GF-4 '펜랄' 전투기 두 기는 에르하트의 붉은 18번 기가 가속도를 살리면서 돌격해 오자 원형 방어진을 짜기 시작했다. 원형 방어진은 서로를 엄호하기 위한 편대 비행 전술의 하나였다.

방어진 안의 전투기를 적이 공격해 오면 원형 방어진 안의 다른 전투기들이 공격해 온 적기의 뒤를 잡는다라는 방식의 전술이었다. 실제로도 공격 정신이 투철한 많은 전투기 조종사들이 이 원형 방어 전술에 의해 격추되곤 했다. 그들의 상대가 평범한 상대였다면 그들은 순식간에 공격해 온 적을 하늘 아래 지상으로 떨어뜨렸을 것이다.

하지만 돌입해 온 적은 바로 붉은 18번 기, 바로 크리스티안 폰 에르하트였다.

트르르륵!

조금은 답답하게 느껴지는 묵직한 기관포의 둔탁한 총성과 함께 에르하트의 붉은 18번 기 밑으로 엄청난 양의 탄피가 쏟아져 내리기 시작했다. 그리고 공격을 마친 에르하트의 붉은 18번 기는 일체의 선회 동작도 없이 곧바로 급강하해 내려갔다.

그리고 그전과 마찬가지로 초근접 상태에서 에르하트의 공격을 뒤집어쓴 한 기의 전투기가 불이 붙은 채로 추락하다가 그대로 공중에서 폭발했다.

자신의 편대 기가 격추당한 것을 지켜본 다른 전투기가 밑으로 떨어져 나간 에르하트의 붉은 18번 기를 추격하기 위해 기수를 돌렸을 때, 조종사의 눈에 보인 것은 어느새 아래에서 급상승하면서 짓쳐 들어오는 에르하트의 센타우로 전투기였다. 미처 대응할 사이도 없이 조종석 안에 있는 에르하트의 모습이 뚜렷하게 보일 정도로 가까이 접근한 붉은 18번 기는 눈앞에 있는 호크 아이 전투기의 기수를 향해 모든 화력을 쏟아 부었다.

믿기지 않는 기동술과 뛰어난 사격술로 선회 기동을 통한 장거리 사격을 즐기던 에르하트가 그전까지와는 다른 근접 전투를 걸어온 것이다. 실제로 에르하트가 타고 있는 MC-55 '센타우로' 기의 화력 집합점은 현재 단지 50파섹에 불과했다. 한마디로 지금 에르하트의 공격 범위가 단 50파섹에 불과하다는 소리였다. 그것은 정비를 하고 있던 프라이어에게 에르하트가 직접 부탁한 거리였다.

프라이어가 우려를 가득 담은 눈으로 너무 짧은 것이 아니냐고 했을 때 에르하트가 겸연쩍은 표정을 지으면서 대답했다.

"내일의 전투는 여유가 없을 것입니다. 아주 위험한 승부가… 아니, 어중간한 마음가짐으로는 목숨을 부지하기도 힘들 것입니다. 그래서 제가 총대를 매야 하겠지요. 그 유명한 붉은 18번 기의 조종사가 아니겠습니까?"

"굳이 그렇게까지 할 필요가 있나? 이번 대결은 어디까지나 해적과 길드 간의 대결일세. 아직도 할 일이 많은 그뤼네발트의 영주인 자네가 목숨을 걸 만한 아닐세. 솔직히 말하자면 내가 자네라면 바로 포기했을 것이네."

그러자 에르하트가 자신의 갈색 머리카락을 흔들면서 고개를 가로저었다.

"아닙니다. 이것은 제 일입니다. 나를 믿고 길드원들을 설득해 준 그라시아니님과 나를 감싸준 진트, 그리고 나를 믿고 내일을 위해 준비하는 로니와 언제나 유쾌한 발보 형제를 알고 난 후부터는요. 그들은 저를 믿습니다. 그래서 그들을 위해 날 것입니다."

"그래도 너무 무리한 일이야."

프라이어가 인상을 쓰면서 말하자, 에르하트가 옆에 주기돼 있던 자신의 붉은색 전투기의 동체를 어루만지면서 대답했다.

"저는 이기주의자입니다. 저의 목적을 위해, 그리고 내가 아는 사람들을 위해 지금까지 저 순수하고 맑은 하늘 위를 날고 있습니다. 비록 적이라는 이름으로 불리지만 수많은 사람들을 창공 위에서 쓰러뜨려 왔습니다. 그리고 내일의 전투에서 설사 죽는다고 해도 그렇게 억울하지는 않을 것 같습니다. 저를 대신해 이미 수많은 사람들이 죽어갔으니까요. 언제 제 차례가 돌아온다고 해도 이상하지는 않지요. 다만······."
"다만?"
"살아가는 오늘 하루하루를 열심히 살고 싶습니다. 무섭다고 피하지 않는 제가 되고 싶고, 힘들다고 피하지 않는 제가 되고 싶습니다. 그리고 저를 믿는 다른 이들에게 배신을 하지 않는 그런 사람이 되고 싶습니다. 저는 수많은 다른 이들의 생명을 대신해 살아가고 있는 그런 사람이니까요."

말을 마친 에르하트가 왠지 처연해 보이는 웃음을 지어 보였다. 그러자 프라이어가 고개를 흔들면서 말없이 다가오더니 포켓에서 담배를 꺼내 들고 에르하트에게 건네주었다. 석양이 녹아 내리는 하늘 위에 시선을 주면서 두 남자는 침묵을 나눴다.

아득해져 가는 정신과 온몸을 짓누르는 중력의 압박이라는 이율배반적인 상황, 에르하트는 90도에 가까운 급상승을 하면서 가까스로 조종간을 힘껏 당겼다. 그러자 그의 붉은 18번 기는 커다란 루프를 그리면서 다시 수평을 유지할 수 있었고, 바로 눈앞에서 선회를 하고 있는 또 하나의 전투기의 추격할 수 있었다. 하지만 적들 역시 만만치 않았다. 에르하트가 적기를 추격하기 위해 선회를 하고 있을 때 뒤에서 또 다른 적기가 공격을 해온 것이다.
"쉽게 당해줄 수는 없다는 건가?"
에르하트는 추격을 포기하고 곧바로 회피 동작에 들어갔다. 그리고 뒤에서 쫓아오는 적기를 살피기 위해 고개를 돌렸을 때 에르하트는 자신의 칵핏 근처에 난 몇 개의 탄흔을 발견할 수 있었다.
"아직 멀었나?"

어딘가에서 싸우고 있을 동료 기들을 생각하면서 에르하트가 다시 하강 선회를 시작했을 때 그의 뒤로 두 기의 전투기가 빠르게 쫓아왔다. 어지러운 비행운들의 잔영이 하늘을 수놓고 있었다.

특히 전투 초반 순식간에 세 대나 되는 전투기를 격추시키면서 불가능한 상황을 어쩌면이라는 상황으로 돌변시킨 에르하트의 위용은 그 명성 그대로였다.

마르셀라니는 GF-4 펜릴 전투기 두 기에 쫓기면서도 끝없이 묘기를 펼치면서 포위 상황을 빠져나가는 에르하트의 비행술에 한 사람의 조종사로서 감탄을 금할 수 없었다.

"대단하군!"

인상이 험악한 거한들이 둘러싸고 있는 해변 한편에 마련된 이슬라한 식의 화려한 천막 안에서 마르셀라니가 들고 있던 잔을 입술로 가져가면서 말했다.

"그렇게 감탄만 할 상황은 아닌 것 같습니다. 비록 숫자상으로도 앞서고, 우리 조종사들의 실력 역시 크게 떨어지지는 않지만 싸움에는 기세라는 것이 있습니다. 그리고 실제로도 지금 일곱 기의 우리 전투기 가운데 네 기가 저 에르하트 남작의 전투기를 쫓고 있습니다. 즉, 지금 다른 곳에서 벌어지는 전투 상황이 우리에게 그렇게 유리하지 않다는 소리입니다."

"그렇지."

마르셀라니가 고개를 끄덕이면서 동의를 표하자 브로이는 전투가 벌어지고 있는 하늘 위로 시선을 돌리더니 다시 말을 이었다.

"그런데 저 발렌슈타인 제국의 조종사들은 움직이지를 않는군요. 좀 불안불안하다 그랬는데 말입니다."

"이봐, 브로이. 저기 저 발렌슈타인 제국의 조종사 분들은 말이야, 귀족이라네. 우리 같은 천박한 해적들과는 다르게 명예라는 것을 소중하게 여기는 사람들이지."

마르셀라니가 작게 웃음소리를 내면서 말했다.

"저한테는 저들의 명예 따위 알 바가 아닙니다. 다만 저들 때문에 전투 상황이 어렵게 돌아가는 것이 마음에 들지 않을 뿐입니다."

마르셀라니의 오른팔 브로이가 인상을 굳히면서 대꾸했다. 그러자 마르셀라니가 이미 비어 있는 잔을 앞에 있는 테이블 위에 올려놓더니 자신의 충복과는 다른 여유가 느껴지는 미소를 지어 보였다.

"그래, 이것이 더 쉬운 길이기는 하지. 나도 어렵게 일을 처리하는 것은 좋아하지 않네. 하지만 미리미리 대비는 하고 있는 것이 좋겠지?"

마르셀라니가 말을 마치고 일어서자 브로이가 재빨리 입을 열었다.

"준비는 갖춰져 있습니다만……."

말끝을 흐리는 브로이의 반응을 본 마르셀라니가 웃음을 지으면서 반문했다.

"뭐가 마음에 들지 않는 것이 있나?"

"과연 다른 두령들이 마르셀라니님의 계획에 따를까요?"

그러자 마르셀라니가 브로이의 어깨를 두드리면서 말했다.

"어렵게 생각할 것 없네, 브로이. 사람은 누군가가 앞장서서 뭔가 할 수 있다는 것을 보이면 그 뒤를 따르기 마련이네. 거기다 이미 인원은 충분하네. 이러니저러니 해도 해적의 반 이상이 내 뒤를 따르고 있으니까 말이야. 결국 내가 필요한 것은 그들의 무력이 아니야. 그들의 지지이지."

아무 말 없이 고개를 숙인 브로이에게서 시선을 돌린 마르셀라니가 끝없는 선회 끝에 어느새 아드리안의 푸른 물결 바로 위를 가르고 있는 에르하트의 붉은 18번 기를 불길하게 느껴지는 미소를 지으면서 바라보았다.

갑작스러운 공기의 압력으로 인해 하얀 포말을 만들어내는 아드리안의 바다 위로 에르하트의 붉은 18번 기가 날고 있었다. 역시 해적들이 자신만만하게 내보낸 조종사들이라서 그런 것일까? 네 대의 적기는 완벽한 팀을 이루면서 에르하트의 길목을 차단하고 있었다. 두 기가 에르하트를 쫓는 사냥개라면 나머지 두 기는 에르하트를 물기 위한 덫이었다. 에르하트는 이런 완벽한 팀웍을 발휘하는 적들을 맞이해서 수없이 위기를 넘기고 있었다. 더 이상의 선회는 위험했다. 적을 회피하기 위한 끝없는 회전 운동으로 그의 전투기는 이미 고도와 속도, 바로 공중전에서 가장 중요한 두 가지를 잃고 있었다. 특단의 조치가 필요했다.

이대로라면 고도를 잃고 추락하거나 잃어버린 속도로 인해 적에게 추격당해 바로 격추될 수밖에 없었다. 이런 상황에 말려든 조종사가 에르하트가 아니었다면 자포자기한 나머지 무모하게 고도를 올려 적에게 격추당하거나 공포에 질린 나머지 전투기를 바다 속으로 처박고 말았을 것이다.

하지만 이런 암담한 상황 속에서도 에르하트의 눈 속엔 아직도 맹렬한 투지가 발하고 있었다. 아니, 오히려 위기에 이어진 위기 속에서 에르하트의 정신은 그 어느 때보다 맑아지고 있었다. 극도의 긴장, 한순간의 실수가 치명적인 결과를 야기하는 이러한 상황 속에서 에르하트의 정신은 더욱 단단해져 가고 있었다.

적들 역시 서두르지 않았다. 압도적으로 유리한 상황이었지만 그들은 초반에 에르하트가 보여준 신기와도 같은 조종술에 부담감을 느끼고 있었다. 그들은 철저하게 에르하트를 조여갔다. 그리고 더 이상 피할 수 없는 완벽한 상황이 오기를 오랜 경험 끝에 얻어진 노련함으로 기다리고 있었다.

"아직 멀었나?"

에르하트가 자신의 캐노피 곁을 스쳐 지나가는 오렌지 빛 섬광들에게 시선을 주면서 무전을 보냈다. 그리고 에르하트가 적의 공격을 피하기 위해 다시 조종간을 오른쪽으로 밀어 넣을 때 로노에게서 다급한 목소리가 들려왔다.

"에르하트 남작님! 조금만 버텨주세요. 우리가 유리하기는 하지만 아직 힘들어요."

"알았다, 로노. 절대 서두르지 마라."

"예!"

에르하트는 낮아진 고도를 조금이라도 높이기 위해 선회 동작 중 약간씩 고도를 높였다. 하지만 또다시 추격기들이 위치를 교대했는지 대기하고 있던 다른 두 대의 전투기에게서 다시 총격이 날아오기 시작했다. 에르하트는 다시 조종간을 내려야 했고, 고도는 더욱 낮아졌다.

"후우!"

에르하트가 심호흡을 내쉬었다. 그리고 엔진의 출력을 최대한으로 높이기 시작했다.

에르하트의 센타우로 전투기가 속력을 내기 시작하면서 고도를 급격하게 올리기 시작하자 에르하트를 포위하고 있던 네 명의 조종사는 쾌재를 불렀다. 드디어 저 유명한 에이스 크리스티안 폰 에르하트를 자신의 손으로 끝낼 수 있는 기회가 찾아온 것이다. 에르하르트를 뒤따르고 있던 두 기의 펜릴 전투기가 에르하르트의 뒤를 따라 속도를 내기 시작했다. 그리고 옆에서 대기하고 있던 두 기의 호크 아이 전투기가 에르하르트의 진행 경로를 따라 기동을 시작한 것은 그때였다.

"미쳤나?"

펜릴 전투기를 몰고 에르하르트를 쫓아가던 조종사의 입에서 튀어나온 말이었다. 에르하르트의 전투기가 급속 반전 비행, 즉 임멜만 턴을 시도한 것이다. 임멜만 턴은 수직 기동의 대표적인 기술로 고도를 급상승시키면서 전투기를 반전 추격하던 적기의 뒤를 잡는 비행술이었다.

하지만 지금의 고도와 그가 몰고 있는 센타우로 전투기의 운동 에너지는 너무나 부족한 상태였다. 아무리 크리스티안 폰 에르하르트라고 하더라도 현재 상황에서는 절대로 불가능한 기동이었다. 에르하르트를 추격하던 조종사의 얼굴에서 잔혹한 표정이 떠올랐다.

"쫓기다가 드디어 미쳐 버렸군. 생각지도 못한 움직임으로 다른 두 기의 전투기를 따돌렸다고는 하지만 이대로 실속하거나 무리한 기동으로 인해 속도를 잃고 나에게 격추당하겠지. 끝이다, 에르하르트 남작!"

에르하르트를 쫓고 있던 펜릴 전투기들이 더욱더 빠르게 바람을 가르기 시작했다.

에르하르트는 자신의 뒤를 따르는 두 대의 펜릴 전투기들을 힐끗 돌아봤다. 그리고 자신의 얼굴을 비추고 있는 눈부신 태양을 바라보았다.

"시작이다!"

고함을 지른 에르하르트가 조종간을 힘껏 잡아당겼고, 그의 전투기는 날렵하게 수직 상승을 하기 시작했다.

창공의 정점을 향해 치닫고 있는 붉은 18번 기의 날개에서 새하얀 비행운이 길게 뻗어 나왔다.

　고속으로 질주하는 에르하트의 붉은 18번 기는 초반에 엄청난 기세로 상승하는 듯 보이다 역시나 밑에서 잡아당기는 중력의 힘을 이기지 못하고 빠르게 속도가 급감했다. 그리고 타이밍을 노려 날개에 달린 8문의 12세밀 기관총을 난사하면서 돌격해 온 두 기의 펜릴 전투기는 그대로 최고 속도로 직진해 돌입해 들어왔다. 총 16정에 달하는 12세밀 기관총에서 쏟아져 나오는 엄청난 화력이 에르하트가 머물러 있던 공간을 향해 날아들었다. 그리고 그 광경을 바라보던 모든 사람들이 비명을 지르는 순간, 에르하트의 붉은 18번 기가 엄청난 기동을 선보인다.

　항공기를 기동시키는 데 있어서 가장 중요한 것 중 하나가 바로 러더였다. 러더는 항공기의 수직 미익, 수직 꼬리 날개를 조종할 때 쓰는 것인데, 요우(Yaw)의 움직임만 담당한다.

　즉, 러더는 비행기가 수평인 상태에서 좌우로 비행기를 움직이는 것을 담당한다. 이러한 러더는 그 쓰임새에 따라 엄청난 기동을 만들어 내고는 했는데, 바로 이 러더를 이용해 에르하트는 수많은 사람이 지켜보는 가운데 자신의 무시무시한 조종술을 선보인 것이다.

　에르하트는 급가속을 통해 수평을 유지하면서 막무가내로 자신의 전투기를 한계까지 급상승시켰다. 급격한 상승으로 인해 안정성이 크게 떨어지고 기체가 요동치기 시작했으나 에르하트는 자신의 전투기를 공중 기동 중의 압력, 즉 G-Force의 극한까지 몰아갔다. 그리고 드디어 MC-55 '센타우로' 기가 결국 무시무시한 중력의 한계에 의해 무너져 가는 마지막 순간, 에르하트의 동공이 크게 확대됐다.

　에르하트가 실속 직전에 빠진 전투기를 러더를 밟아서 센타우로 전투기의 프로펠러가 회전하는 반대 방향으로 기수를 움직이자, 실속 상태의 갑작스러운 요잉, 즉 선회 기동으로 센타우로 전투기의 기수가 빠르게 하늘에서 지상을 향해 떨어졌다. 상승을 하는 동안 엔진 출력을 낮추었다가 러더 선회를 하는 순간 출력을 높여주면 비행기를 뒤에서 미는 힘이 생기고 토크의 도움을 받아 기수의 회전력이 더욱 커진다. 그리고 무서울 정도로 노련하게 플랩을 사용한 에르하트는 급격한 기동 속에서도 기체의 안정을 유지한다. 물론 토크의 영향이 너무 크면 기체는 순식간에 실속에 빠져 그대로 추락하고 말지만, 에르하트는 전투기의 토크와 양력, 그리고 회전력의 사이를 발렌슈타인 제국 제일의 조종사라고 불리는 그 명성답게 정확히 그 절충점을 찾아낼 수 있었다. 그리고 그 결과는 바로 눈앞에서 보면서도 믿을 수가 없는 기동으로 나타났다.

공중에 한순간 멈춘 듯이 보였던 붉은 18번 기가 공중에서 그대로 방향을 돌리더니 지상으로 빠르게 하강하자, 급상승하면서 에르하트를 공격하던 두 대의 전투기가 그의 머리 위를 순식간에 지나쳐 버렸다.

에르하트는 급격한 중력의 변화로 인해 심장이 터질 듯이 고동치는 것을 느꼈지만 곧바로 실속 직전까지 봉인했던 엔진의 힘을 한꺼번에 터뜨렸다. 갑작스러운 출력 변화로 인한 급격한 진동과 엔진의 폭발음, 그리고 바람의 충돌음 속에서 에르하트는 자신을 지나친 두 기의 펜릴 전투기를 뒤로하고 눈앞에서 달려드는 다른 두 기의 호크 아이 전투기를 향해 내달렸다.

엄청난 G-Force를 체험한 나머지 에르하트의 갈색 눈동자에 붉은 실핏줄이 돋아났고, 그의 입에서는 거친 호흡이 끓어올라 왔다.

트르르륵!

순식간에 돌입한 에르하트의 전투기에서 가지고 모든 화력이 쏟아져 나오기 시작했다. 거리는 멀었지만 놀라운 기동을 선보인 에르하트의 실력에 자신도 모르게 위축돼 버린 호크 아이의 조종사들은 자신들에게 날아오는 무수한 섬광과 붉은색 전투기의 모습을 보고는 정면 공격을 포기한 채 양쪽 나뉘어서 선회하고 만다.

 그리고 양쪽으로 갈라지는 호크 아이 전투기 사이를 통과한 에르하트는 스파이럴 클라임을 시도한다. 회오리 모양으로 선회를 하면서 상승하는 스파이럴 클라임 기동은 충분한 속도와 강력한 엔진, 그리고 좋은 선회 능력을 필요로 하는 극한적 기동이었지만 그의 붉은 18번 기는 주인의 의지를 충실히 따랐다. 그리고 급격한 선회 기동을 통해 정면 승부를 포기한 채 다시 편대를 유지하려는 호크 아이 전투기들의 머리 위를 장악한 에르하트는 자신을 향해 날아오는 두 기의 펜릴 전투기를 무시하고 그대로 호크 아이 전투기들을 향해 내리 꽂혔다. 그리고 다시 한 번 붉은 18번 기의 기관포들이 불을 뿜었다. 정확하고 무지막지한 공격이었다.

 순식간에 편대를 유지하기 위해 근접해 있던 두 기의 호크 아이 전투기들을 에르하트가 공격 범위에 넣었던 시간은 말 그대로 찰나에 불과했다. 그리고 에르하트가 급강하를 멈추고 자신의 전투기를 뒤집으면서 다시 고도를 상승시켰을 때 두 기의 호크 아이 전투기가 있던 공간에는 지상을 향해 이어져 있는 검은색 연기만이 가득 차 있었다.

 파괴 흔적을 뚫고 두 기의 펜릴 전투기가 에르하트의 붉은 18번 기를 쫓아 그대로 달려나갔다. 그리고 그대로 수평으로 날고 있던 붉은 18번 기를 자신의 조준경에 집어넣은 펜릴 전투기의 조종사가 이를 갈면서 사격 버튼을 누르려고 했을 때, 태양 속에서 엄청난 포화가 그의 머리 위로 쏟아져 내리기 시작했다.

에르하트를 노리던 펜릴 전투기의 칵핏 안이 그대로 깨져 나가면서 조종사의 몸에서 뿜어져 나온 엄청난 피보라가 창공에 번져 나갔다. 그리고 남은 한 대의 펜릴 전투기가 동료 기의 폭발을 뒤로하고 그대로 반전했을 때 어느새 그의 뒤에는 붉은 18번 기가 바짝 붙어 있었다.

"늦어서 죄송합니다."

에르하트의 귓속으로 피곤에 지친 마르코니의 음성이 들려왔다. 에르하트는 아무런 말도 하지 않았다. 그의 모든 신경이 조준선을 가득 채우고 있던 펜릴 전투기의 뒷모습에 집중돼 있었던 것이다. 데드 식스, 공중전에서 이렇게 뒤를 완벽하게 잡혔다는 것은 죽음을 의미했다. 그리고 죽음을 의식하게 되는 인간은 살아남기 위해 아무리 헛되더라도 몸부림을 치기 마련이다.

에르하트에게 완벽하게 뒤를 잡힌 펜릴 전투기의 조종사가 바로 그랬다. 에르하트는 알 수 있었다, 눈앞에 보이는 펜릴의 조종사가 공포에 질려 있다는 것을. 의미없는 수직 기동와 선회, 쉴 새 없이 움직이고 있는 날개와 플랩을 보면 말이다. .에르하트의 눈에서 괴로움의 흔적이 나타난 것은 어쩌면 당연한 것이었다.

전투 중의 연민은 강자의 여유라고 누군가가 말했다. 하지만 에르하트는 이 완벽한 순간이 언제나 괴로웠다. 적과 정신없이 싸울 때는 미처 느끼지 못했던 감정이 이 완벽한 정적의 순간에는 그를 언제나 덮쳐 왔던 것이다. 살고자 하는 이의 마지막 의미없는 몸부림을 뒤에서 곧바로 바라본다는 것은 이 선량한 젊은이에게는 고통, 그 이상도 그 이하도 아니었다.

하지만 에르하트는 이 순간을 이겨내면서 살아 나온 역전의 전투기 조종사였다. 연민에 잠겨 있던 그의 눈에서 냉혹한 기운이 흘러나온 것은 한순간이었다. 그는 눈앞의 조종사에게 행운이 따르길 빌면서 사격 버튼을 눌렀고, 잠시 후 길게 드리워진 검은 연기를 내뿜으면서 추락해 가던 펜릴 전투기는 그대로 미익이 쪼개지면서 아드리안의 푸른 물결 속으로 사라져 갔다. 하늘에서 지상으로 이어진 검은 연기 속에 에르하트가 그대로 멈춰 선 채 낙하산에 매달려 있는 조종사를 지켜보고 있을 때, 에르하트의 헤드셋으로 마르코니의 목소리가 들려왔다.

"정면에서 남은 적 두 기가 다가오고 있습니다."

"이대로 나의 뒤를 따라라."

"알겠습니다. 그런데 기체 손상이 심하신데 괜찮겠습니까?"

그러자 에르하트가 갑갑할 정도로 좁아터진 칵핏 안에서 웃음을 터뜨렸다.

"내가 누군가?"

마르코니는 아무런 대답을 하지 않았다.

"간다!"

에르하트가 쓰로틀을 그대로 밀어 올리면서 앞으로 힘차게 달려나갔다.

잠시 후, 마테우스 케른 박사의 신형기 MK-152H 전투기가 빠르게 접근하기 시작하자 에르하트는 호흡을 가다듬었다.

'빠르다!'

멀리서 점으로 보이던 두 대의 전투기가 그 새하얀 동체에 빛을 반사시키면서 그의 시야에 그 모습을 드러낸 것은 그야말로 순간이었다. 아직 여유가 있던 에르하트가 연료 게이지와 실탄의 남은 장탄량을 체크했다.

"두세 번 정도밖에 사격을 못하겠군."

남은 실탄은 단지 각 기총당 100발도 채 되지 않았다. 아낀다고 아꼈지만 여기까지가 한계였다. 로노와 이탈리는 아직도 스패드 9 전투기에 붙잡혀 있어서 그를 도울 사람이라고는 뒤에서 따라오는 마르코니밖에 없었다.

"마르코니, 실탄이 얼마나 남았지?"

그러자 곧 마르코니의 목소리가 들려왔다.

"대충 200발 정도 남은 것 같습니다."

에르하트의 얼굴에 그늘이 지기 시작했다. 저들은 동부 전선에서 최강의 비행대로 손꼽혔던 슐라게터의 에이스 조종사들이었다. 거기다 최신예 전투기를 가지고 전투에 참가하지 않았던 그들에 비해 자신들은 격투전으로 인해 거의 만신창이가 된 기체를 몰고 있었다.

언제나 자신만만하던 에르하트였지만 이번만큼은 너무나 힘들게 보였다. 더 이상의 무리한 기동은 기체가 버티지 못할 것 같았기 때문이다. 그렇지만 에르하트는 포기하지 않았다. 아직도 자신은 하늘을 날고 있었고 뒤에는 동료가 따르고 있었다. 에르하트가 위기 상황 속에서도 담담한 표정으로 마르코니에게 말을 건넸다.

"마르코니."

"예, 에르하트 남작님."

"저들이 누군지 아나?"

"물론입니다. 그 유명한 슐라게터이지 않습니까? 가슴이 두근거리는군요."

언제나 쾌활한 마르코니였다.

"왜? 두렵나?"

듀얼 오브 블러디 스카이

에르하트가 웃음기를 머금은 목소리로 질문을 던지자 마르코니가 웃음을 터뜨렸다.

"하하하! 그럴 리가 있습니까."

"그럼 왜 가슴이 두근거리지?"

"전투기 성능도 뒤떨어지고 이쪽은 난전을 치른 상태, 이런 압도적으로 불리한 상황에서 지그프리트 폰 야로섹 남작과 그의 슐라게터 대원을 이긴다면 저는 이제부터 남부 국가 연합 최고의 에이스라고 불릴 겁니다. 어떻게 가슴이 두근거리지 않을 수 있겠습니까?"

"하하하!"

에르하트는 폭소를 터뜨리고 말았다. 유쾌하지 그지없는 마르코니의 말이 너무나 마음에 들었기 때문이다. 역시 자존심과 명예에 죽고 사는 조종사라는 인간이기 때문인가? 아니면 마르코니 발보라는 이 멋진 사나이, 그 자체가 그런 것인가?

"그럼 슬슬 시작해 볼까? 저들이 바로 앞이다."

보기 좋은 미소가 머물러 있던 에르하트의 얼굴에 당혹이라는 감정이 갑자기 떠올랐다. 에르하트가 돌진하기 위해 쓰로틀을 풀로 밀어 올리려 할 때, 눈앞의 적기가 속도를 늦추고 그 새하얀 날개를 위아래로 흔들었기 때문이다. 그것은 바로 교전 의사가 없다는 발렌슈타인 공군 특유의 표시였다.

"왜지?"

무시무시한 속력을 내면서 에르하트의 곁을 스쳐 지나 멀리 사라져 가는 두 대의 전투기를 보면서 브로이가 씹어 내뱉듯이 토해낸 말이었다.

"글쎄… 뭐, 나름대로 이유가 있겠지."

마르셀라니가 이런 갑작스러운 상황 속에서도 여유로운 웃음을 잃지 않고 어깨를 으쓱하면서 대답했다. 그러자 브로이가 분노에 불타는 눈빛을 하면서 고개를 마르셀라니에게 돌렸다.

"그렇게 여유롭게 웃고 있을 상황이 아닙니다. 우리가 이길 수 있었습니다, 마르셀라니님!"

"그렇지. 이길 수 있었다, 브로이. 하지만 저자들은 해적이 아니고 단지 한 사람의 조종사였다. 그리고 그것이 우리가 진 이유다."

"크윽!"

여유가 가득한 마르셀라니와는 다르게 브로이는 분노를 주체할 수 없는 듯 푸른 눈동자 가득히 분노를 담아내면서 격한 신음을 토해내고 말았다.

마르셀라니는 그런 자신의 부하의 모습을 한동안 지켜보더니 아직도 전투를 벌이고 있는 자신의 동료 기를 향해 날아가는 에르하트에게로 눈길을 돌렸다. 그리고 쓴웃음을 지으면서 나직한 목소리로 말을 흘렸다.

"애초에 우리 해적들이 이런 귀족 나리들의 방식으로 뭔가를 차지한다는 것부터가 잘못된 것이었다. 해적은 가지고 싶은 것이 있으면 약탈한다. 당당한 결투 따위는 귀족들이 차지하라고 해라. 나는 내 방식대로 살아갈 것이다."

그렇게 혼잣말을 마친 마르셀라니가 브로이에게 시선을 돌리더니 다시 입을 열었다.

"브로이, 준비하라고 해라. 때가 됐다."

"다시 한 번 생각하실 수는 없습니까? 너무 위험합니다. 자칫 모든 것을 다 잃을 수도 있습니다."
 충복의 간곡한 청원을 들은 마르셀라니가 자신의 가슴속에서 뭔가를 꺼내 들었다. 그것은 너무나 강렬한 핏빛의 깃발, 바로 에스프릴라의 깃발이었다.
 "아름답지 않나, 브로이? 이것은 수많은 사람들의 욕망과 좌절, 그리고 성공을 지켜보던 깃발이다. 성공과 죽음, 오로지 둘 중에 하나만을 주는 멋진 녀석이지. 내가 이 녀석에게 내 인생을 의지한 이유는 단하나, 바로 지금을 위해서였다. 모든 것을 잃을 거라고 했나, 브로이? 난 잃을 것이 없다. 내가 지금 하려는 일 자체가 내가 가진 모든 것이었기 때문이지. 20년의 세월을 기다려 왔다. 더 이상 참을 만한 인내심이 나에게는 없다."
 브로이의 눈에 비친 마르셀라니의 웃음은 너무나 맑았다.

 "어째서입니까?"
 말없이 하늘을 날고 있던 야로섹에게 지난 전쟁 때부터 그를 따른 부하인 마티아스 발케가 질문을 던졌다. 그러자 무심한 눈으로 앞을 바라보고 있던 야로섹이 자신의 새하얀 제국군 조종복 칼라에 걸려 있는 나뭇잎으로 감싼 백색의 검 모양을 한 훈장을 매만지면서 대답했다.
 "내가 원하던 상황, 내가 원하던 기회가 아니었다고나 할까?"
 야로섹이 냉막한 웃음을 지으면서 다시 말을 이었다.
 "비록 에르하트 남작이 내가 가장 쓰러뜨리고 싶은 인물이기는 하지만, 이런 식으로 쓰러뜨리고 싶지는 않다. 물론 전쟁터에서 적으로 만났다면 모르겠지만."
 "하지만 임무는 어떻게 합니까?"

"우리의 임무는 완수됐다. 이것으로 끝이다."

"예? 도저히 이해가 가지 않습니다. 우리는 명령에 따라 저 해적들을 도우러 온 것 아닙니까? 위에서 처벌을 내릴지도 모릅니다."

발켄의 의문은 야로섹의 한마디로 끝이 나고 말았다.

"정치적 기만일 뿐이지, 그 이상도 그 이하도 아니다. 표면적으로 이번 일은 단지 내 독단에 의해 벌어진 일이다. 그들도 우리 측에 뭐라고 할 수 없겠지. 얼마 동안 내가 근신하면 되는 일이다. 그런 가벼운 처벌을 피하기 위해 에르하트 남작을 그런 상태에서 공격하는 것은 나 자신이 용납하지 못한다. 상부에서도 원하지 않을 테고 말이야. 그와는 꼭 다시 만나게 될 것이다."

그렇게 바람인지 예언인지 모를 애매한 말을 남기면서 JG 26 '슐라게터' Jasta 7의 지휘관, 지그프리트 에드만 폰 야로섹이 구름 속을 뚫고 남부 국가 연합의 하늘에서 점점 멀리 사라져 갔다.

#9

마르셀라니, 복수, 상처,
그리고 음모

"안 돼!"

어린 소년은 울부짖었다. 갑작스러운 아버지의 죽음. 이 사실은 이 어린 소년이 감당하기에는 너무나 큰 시련이었다. 눈앞에 놓여 있는 하얀 천 밑에는 아버지의 유해가 있었지만 소년은 차마 아버지의 모습을 볼 수가 없었다. 그저 멍하니 아버지가 누워 있는 침상 곁에 앉아 눈물만 흘릴 뿐이었다. 얼마나 눈물을 흘렸는지 시간의 흐름을 느낄 수조차 없었다.

눈앞이 어지러워져 오고 입술이 말라붙었지만 아직도 눈에서는 눈물이 흘러나왔다. 유일한 혈육의 죽음. 소년에게는 생각해 본 적조차 없었다.

왜 말리지 않았을까? 어째서 아버지가 이길 것이라는 생각만 했을까? 자괴감과 슬픔, 수많은 상념과 과거의 추억이 교차했다.

너무나 쓸쓸한 아버지의 빈소를 그렇게 고독하게 지키고 있었다. 아무것도 하지 않은 채 얼마간의 시간이 흘렀을까. 무심결에 아버지가 누워 있는 침상에 기대어 자신도 모르게 잠들었던 소년은 갑작스럽게 들려오는 커다란 소리에 눈을 떴다.

너무나 울어 부어버린 두 눈에 눈물이 말라붙어 있어서 잘 떠지지 않았지만 열려진 문 사이로 눈을 자극하는 빛이 들어오고 있는 것을 알았다. 그리고 그 빛의 중간에는 누군가의 그림자가 있었다.

"움베르토!"

자신을 부르는 자에게 시선을 돌린 소년은 그 사람을 알아보고는 한동안 닫혀 있던 조그만 입을 열었다.

"라티니 아저씨."

그 사람은 레이오날 라티니, 아버지의 친구이자 직속 부하였던 사람이었다. 아버지와 절친한 사람이 온 것을 알자 움베르토는 다시 나오려는 눈물을 참으면서 그에게 다가갔다. 그러자 그가 마주 다가왔다.

"움베르토, 아버지가 너에게 뭐 준 것은 없느냐?"

"아버지가 준 것이라뇨?"

"잘 생각해 봐라. 빨간 천 같은 것을 너에게 주지는 않았냐?"

"빨간 천?"

라티니의 말을 듣고 소년은 아버지가 싸움에 나서기 전 자기에게 주었던 깃발을 떠올렸다. 아버지가 언제나 품속에 넣고 다니던 깃발이었다. 소년은 자신도 모르게 뒤로 물러섰다.

"움베르토, 이 깃발은 너만 가지고 있어야 한다. 아버지만 빼고 말이야. 혹여 누가 이 깃발을 너에게 달라고 하거든 그 사람을 조심해야 한다. 알았지? 바로 아버지에게 달려오란 말이야."

아버지가 그렇게 말을 하면서 자신에게 신신당부했던 것이 떠올랐기 때문이다. 하지만 아버지는 죽었고, 자신은 갈 곳을 잃었다. 소년은 그렇게 뒤로 물러설 뿐이었다. 의미없는 몸부림에 지나지 않았다. 그리고 라티니의 눈에 악독한 기운이 흐른 것은 그때였다.

"내놔!"

라티니가 달려들었다. 소년은 도망치려 했지만 그의 손을 피할 수는 없었다.

"어디 있지? 다치기 전에 말해라!"

에우포시토 마르셀라니가 살아 있을 때와는 다르게 소년을 바라보는 라티니의 눈은 너무나 무서웠다. 그리고 말을 마친 라티니는 소년의 얼굴에 파랗게 날이 선 칼을 들이댔다. 소년은 겁에 질리고 말았다. 온몸이 떨리고 너무나 혼란스러웠다. 그때, 소년의 머리에 떠오른 생각은 '왜?' 였다. 왜 자신을 이렇게 다루는 거지? 친절하던 라티니 아저씨가 왜 나를 겁주는 거지? 아버지가 준 것이 뭐길래?

소년은 너무나 혼란스럽고 무서웠지만 아버지가 준 깃발을 절대 라티니 아저씨에게 주지 않기로 마음먹었다. 아버지의 유품이기 때문이었다. 다른 이유는 없었다. 그렇지만 라티니는 그런 소년의 마음에 전혀 신경 쓰지 않았다.

그는 이미 욕망의 노예가 되어 있었던 것이다. 그리고 이미 인간의 마음을 저버린 그에게 어린 소년의 안위 따위는 눈에 들어오지 않았다. 그 결과 소년의 얼굴에서 피가 흘러나왔다.

"아아악!"

라티니의 손에 들려 있던 칼이 소년의 얼굴을 그어버린 것이다. 이마에서부터 눈까지 이어진 상처에서 피가 쏟아져 나왔다. 한순간에 한쪽 눈을 잃어버린 소년은 비명을 질렀지만 라티니는 오히려 그것을 가지고 협박했다.

"두 눈을 잃고 싶지 않거든 어서 내놓아라, 움베르토."

라티니의 눈이 살기와 광기로 물들어 있는 것이 보였다. 그리고 그의 손에 들린 피 묻은 칼이 서서히 자신의 얼굴로 다가오는 것도…….

소년은 눈을 감았다.

"이 자식이!"

라티니의 목소리가 다시 들렸다. 그리고 다시 가해질 끔찍한 고통을 생각하면서 소년이 몸을 떨고 있을 때 다른 사람의 목소리가 들려왔다.

"라티니, 이 미친 자식! 움베르토에게 무슨 짓이냐, 이 개자식아!"

"가리엘리! 뵈메도 자살했다. 에스프릴라의 깃발만 있다면 아드리안의 남부 해안은 우리 차지다."

"닥쳐라! 욕망 때문에 아주 돌아버렸구나!"

"어차피 이 녀석은 죽는다. 에우포시토 때문에 말이야. 이 녀석에게 에스프릴라의 깃발이 있다는 것을 아는 것은 우리 둘뿐이다, 가리엘리!"

"닥쳐!"

"멍청한 자식!"

그 말을 마지막으로 라티니는 가리엘리에게 달려들었고 그와 함께 내던져진 소년은 그대로 바닥에 뒹굴었다. 라티니의 고함 소리가 들렸다. 칼이 부딪치고 욕설과 고함이 방 안에 난무했다. 물건이 부서지고 벽으로 무엇인가가 충돌하는 소리가 한동안 들리더니 곧 바람이 새어

나오는 소리가 소년의 귓가에 들려왔다.
"끅!"
숨이 답답하게 끌어오는 끔찍한 소리. 소년은 왼쪽 눈의 심한 고통을 참으면서 몸을 일으켰다. 내던져서 아프지 않은 곳이 없었지만 소년은 도망쳐야 한다는 것을 알았다. 그리고 그가 오른쪽 눈을 떴을 때맨 먼저 보인 것은 바닥에 누워 있는 라티니의 모습이었다. 목에 박혀 있는 단검을 부여잡은 모습으로 라티니가 누워 있었다. 생기가 느껴지지 않는 두 눈동자는 빨갛게 충혈된 상태로 천장을 바라보고 있었다.
"움베르토!"
누군가가 자신을 이름을 부르자 소년은 목소리가 들려온 곳으로 시선을 돌렸다. 가리엘리 아저씨였다. 그 역시 죽은 라티니와 마찬가지로 아버지의 부하이자 절친한 친구였다. 그가 벽에 몸을 기댄 채 자신에게 손짓을 하고 있었다.
소년은 천천히 그에게 다가갔다. 그의 옆구리에서 피가 흘러나오는 것이 보였다. 라티니가 들고 있던 칼이 그의 몸에 박혀 있는 것도. 가리엘리는 창백한 얼굴을 하고 있었다.
"움베르토."
"예, 아저씨."
가리엘리의 목소리에는 힘이 없었다.
"어서 여기서 도망치거라. 더 이상 이곳에는 네가 있을 곳이 없다."
"아저씨……"
"어서 떠나거라. 이곳을 빠져나가… 부두로 나가면… 널 도와줄 사람이 있을…… 것이다."
거친 숨소리와 점점 작아지는 목소리. 소년은 깨달았다, 가리엘리가 죽어가고 있다는 것을.

"가리엘리 아저씨."

"미안하다… 움베르토."

그것을 마지막으로 가리엘리는 그대로 고개를 숙였다. 그리고 소년은 그날 밤 아버지의 곁을 떠났다. 수많은 상처를 안은 채로…….

마르셀라니는 쓸쓸하게 웃으면서 술잔을 들었다.

"제가 돌아왔습니다, 아버지."

아버지의 죽음과 더불어 이어진 배신, 그리고 너무나 차가웠던 세상, 마르셀라니는 살기 위해 이곳을 떠나야만 했고, 이제 다시 돌아왔다.

자신에게 상처만을 안겨준 이곳을 자신의 것으로 만들기 위해서…….

"재수가 좋았구만. 탄환이 몇 섹트만 더 이동했더라도 자네가 죽었거나 카스톨티 박사님의 신형 전투기는 이곳에서 그대로 격추됐을 것이네."

프라이어가 착륙한 에르하트의 기체를 살피고 나서 말한 소감이었다. 사실 그의 말 그대로였다. 10대 4의 압도적으로 불리한 상황, 그것도 산전수전 다 겪은 조종사들과의 전투를 거친 에르하트의 전투기는 지금 당장 폭발하더라도 이상하지 않을 정도로 상태가 엉망이었다.

"야로섹 남작의 기사도 정신을 칭찬해 줘야 하나?"

프라이어는 말을 마치고 군터가 건네준 양동이 속에 얼굴을 들이밀고 있는 에르하트의 모습을 지켜보았다. 그리고 곧 주위로 시선을 돌린 프라이어가 옆에서 무덤덤한 얼굴로 에르하트의 옆에 서 있던 이스카야르에게 다시 말을 걸었다.

"이보게, 반야르 운터바움. 그렇게 가만히 서 있지 말고 주변에 있는 저 철부지들 좀 돌려보내는 것이 어떻겠나? 이렇게 사람이 몰리면 에르하트 남작의 신상에도 별로 도움이 될 것 같지는 않은데 말이야."

프라이어의 말 그대로 지금 붉은 18번 기와 그 주인인 에르하트, 그리고 그의 동료들이 머물고 있는 주위로 수많은 사람들이 에르하트를 연호하면서 몰려들고 있었다. 봄과 여름의 경계선에 선 변화의 달, 율리아의 마지막 주에 벌어진 이 장엄하고 격렬한 전투에서 에르하트는 어째서 발렌슈타인 제국 최고, 아니, 서부 통합 전쟁이라는 대전쟁에서 그가 에이스 중의 에이스로 손꼽히는가를 레지나의 하늘 아래 모여 있던 모든 사람들에게 뚜렷하게 각인시켜 주었다.

이미 발보 형제, 즉 이탈리 발보와 마르코니 발보는 전투의 피로감이 느껴지지도 않는지 환호성을 지르면서 자신들의 이름을 연호하는 군중 속으로 몸을 내던졌다. 다만 그 군중들의 성별이 한쪽으로 치우쳐 있다는 것이 문제이기는 했지만.

주변 사람들과 정신없이 악수를 나누면서 큰 소리로 떠들고 있는 마르코니와 토실토실한 털복숭이 얼굴 가득 홍조를 띤 채 주변 아가씨들이 건네주는 음료와 술들을 정신없이 받아 마시고 있는 이탈리의 모습을 말없이 지켜보던 이스카야르가 곧 프라이어에게 시선을 옮기더니 입을 열었다.

"글쎄요. 혹시 이곳에 모인 사람들을 다 베라고 하면 모르겠지만, 제가 무슨 수로 저 사람들을 이곳에서 물리칠 수 있겠습니까? 물론 원하신다면 어느 정도의 살기를 내뿜으면 몰아낼 수도 있을 것 같습니다만, 그렇게 할까요?"

"하하하! 이스카야르님도 농담을 하긴 하시는군요."

에르하트 옆에서 수건을 들고 있던 군터가 그 우람한 덩치만큼이나 화통한 웃음을 터뜨리면서 말했다.

"예?"

그리고 이것이 이스카야르의 대답이었다.

"하하…… 저기 농담 아니었습니까?"

"……"

일말의 웃음기도 없이 약간의 의문을 에드랄드빛 눈동자에 담으면서 자신을 바라보는 이스카야르의 시선과 마주친 군터가 어색하게 웃음을 멈추면서 입을 열자, 어느새 양동이에서 얼굴을 들고 젖은 갈색 머리카락에서 물방울을 떨어뜨리던 에르하트가 군터의 손에서 수건을 건네받으면서 말했다.

"저 삭막한 인간 인생에 농담이라는 것이 존재할 것 같나? 이스카야르 저 사람은 필요하다면 자기를 축하해 주러 온 사람도 그냥 베어버릴걸?"

이스카야르는 그런 에르하트의 말을 듣고 흐릿한 미소를 지어 보이고는 바다가 머물러 있는 쪽으로 고개를 돌렸다. 그리고 에르하트는 부정도 긍정도 하지 않는 이스카야르의 모습을 잠시 동안 지켜보다가 옆에 서서 에르하트와 자신의 전투기, 그리고 몰려드는 사람들을 번갈아 가면서 쳐다보던 카스톨티에게 말을 걸었다.

"카스톨티 박사님, 어제 밀너 대위가 말한 것 좀 알아보셨습니까?"

카스톨티가 고개를 가로저었다.

"글쎄… 일단 그라시아니 길드장이 그 문제를 알아본다고 했으니 곧 소식을 가지고 오겠지. 제발 밀너 대위의 말처럼 기우였으면 좋겠구만."

말을 마치고 나서 카스톨티의 표정이 아주 어두워졌다.

그것은 에르하트라고 해서 다르지 않았다. 전날 갑자기 나타난 밀너 대위가 말한 것은 그의 말대로 엘링턴 왕국의 정보부 소속 장교의 개인적인 기우라고 치부하기엔 사안이 너무나 중대한 것이었다.

모두의 시선이 밀너의 얼굴에 집중되어 있었다. 살기가 묻어 나오는 이스카야르의 시선에서부터 그를 의심스럽게 바라보는 프라이어와 카스톨티의 시선까지, 다양한 종류의 시선이 한 사람을 향하고 있었다. 에르하트는 아무 말 없이 그의 말을 기다렸다. 그리고 밀너의 입이 열렸다.

"이것은 어디까지나 우리 엘링턴 왕국의 공식적인 정보가 아닌 정보 장교인 저 제임스 밀너의 개인적인 기우일 뿐입니다."

어두운 조명 아래 그림자의 윤곽이 그의 얼굴의 굴곡을 따라 흐르고 있었다. 흔들리는 암광 사이에서 밀너가 웃음을 짓고 있었다.

"그렇다면 낮에 당신이 살해한 인물들은 에르하트 남작을 노리기 위해 온 사람들이 아니라는 소리요?"

"글쎄요. 그들이 에르하트 남작님을 노리고 왔는지는 잘 모르겠지만, 에르하트 남작님이 이곳에 도착하기 전부터 해적들과 연결되어 있었다는 것은 확실합니다."

이스카야르가 질문을 던지자 밀너가 대답했다.

"그렇다면 그런 그들이 에르하트의 곁에 나타났다면 그들의 원래 임무가 거의 마무리 단계에 와 있다는 소리 아닌가?"

카스톨티가 우려를 담은 표정으로 말문을 열었다.

마르셀라니, 복수, 상처, 그리고 음모

"그렇게 생각할 수도 있겠지요."

"허허. 이런 일이……. 아무리 현재 사정이 어렵다고 하더라도 이곳 바랑기스 공국은 엄연한 남부 국가 연합의 동맹 국가일세. 그런 바랑기스 공국을 상대로 그들이 공작을 펴올 줄은 전혀 몰랐군."

"그렇기는 하지만, 외면상으로는 이것은 어디까지나 바랑기스 공국 내부의 문제, 바랑기스 공국의 탄생이 가진 원초적인 결함이죠. 국가의 성립에는 힘의 논리 이외에도 도덕적인 당위성이 존재해야 하지만, 아시다시피 이 나라는 그 문제에 대해서는 취약한 것이 사실이니까요. 그리고 저들은 그 빈틈을 노리고 들어온 것이고요."

내용의 무게와는 다르게 밀너의 표정은 즐거워 보였다. 흡사 재미있는 놀잇감을 발견한 개구쟁이 아이의 반응과 같아 보였다면 과장일까?

에르하트가 생각을 마치고 밀너에게 질문을 던졌다.

"그래서 나에게 나타난 이유가 뭡니까, 밀너 대위?"

군인다운 단도직입적인 질문. 에르하트의 질문을 들은 밀너가 에르하트 가까이에 얼굴을 갖다 댔다.

"우리 엘링턴 왕국이나 그라드 공화국은 동맹국인 신성 폴센 제국을 막을 수 없습니다. 외교란 것이 참 재미있어서 속으로 칼을 갈더라도 외부로 보이는 것이 더욱 중요할 때가 있으니까 말이죠."

그렇게 운을 뗀 밀너가 자리에서 일어서서 좁은 호텔 방에 모여 있는 에르하트 일행을 둘러보더니 다시 입을 열었다.

"이 문제는 신성 폴센 제국의 힘에 의해 바랑기스 공국 내부의 문제로 제한될 우려가 있습니다. 즉, 남부 국가 연합이 끼어들 여지가 없다는 것이죠. 그랬다가는 내정 간섭이라고 주장하면서 신성 폴센 제국이 직접 개입할 것이니까요. 이런 사태가 벌어지는 것은 최소한 우리 엘링턴 왕국에서 바라는 일이 아닙니다."

"그래서요?"

"하지만 이곳에 아무런 이권도 가지지 않는 바랑기스 공국인들에게 영웅으로 추앙받는 한 인물이 오로지 도덕적 의무감으로 이런 음모를 정면에서 맞서면 어떻게 될까요? 이 나라에 아무것도 바라지 않는 그런 인물이 말이죠."

밀너가 에르하트에게 싱긋 미소를 지으면서 한 가지 말을 덧붙였다.

"아! 물론 이것은 어디까지나 제 개인적인 의견일 뿐입니다. 엘링턴 왕국은 현재 동맹국이니까요."

밀너의 말이 뜻하는 바는 이곳에 모인 모든 사람들이 알 수 있었다. 그는 에르하트가 마르셀라니의 음모에 개입하기를 원하고 있었다.

"어째서 나입니까?"

"하하! 아까도 말했지 않습니까? 어디까지나 제 기우인 문제이고, 거기다 제 개인적인 의견이라고. 당연히 제 개인적인 취향이라고 해야 하나? 그런 것이 개입된 것이라서 그렇습니다. 그리고 마땅히 알릴 만한 사람도 없었고 말이죠. 엘링턴 왕국은 이 이상 개입하기가 힘들기도 하고요. 뭐, 그라드 공화국도 마찬가지겠지만 말이죠."

"그런데 밀너 씨, 어째서 에르하트 남작이 바랑기스 공국 문제에 개입해야 하는 거요?"

이스카야르가 웃음이라는 본래 의미와 상반된 의미를 내포하고 있는 특유의 표정을 지으면서 말했다. 그리고 그런 이스카야르의 미소를 정면으로 받으면서 밀너가 대답했다.

"뭐, 이것은 어떤 권위나 강압이 들어 있지 않은 저의 순수한 권유입니다. 그것에 따르고 말고는 에르하트 남작님의 마음이지요."

밀너의 말이 끝나자, 당연하게도 테이블 앞에 두 손을 모으고 앉아 있던 에르하트에게 모든 사람들의 시선이 집중됐다. 얼마간의 시간, 생각에 잠겨 있던 에르하트가 감겨 있던 눈을 뜨고 밀너와 눈을 마주쳤다.

"그러면 보상은 뭡니까? 아무리 개인적인 의견이라도 밀너 대위 당신의 부탁을 들어줬으니 뭔가 선물이 있겠죠?"

그러자 밀너가 크게 웃음을 터뜨렸다.

"하하! 설마 에르하트 남작님에게서 그런 말이 나올 줄은 정말 몰랐습니다."

"나쁜 사람들과 어울리게 된 별로 안 좋은 대가죠."

에르하트의 대답을 들은 밀너가 에르하트 앞에 마주 앉더니 은근한 목소리로 말했다.

"그뤼네발트에 필요한 몇 가지 기술적 지원, 그리고……."

"그리고?"

말끝을 흐리는 밀너에게 에르하트가 묻자, 밀너가 턱을 괴면서 가벼운 어조로 대답했다.

"어째서 야로섹 남작이 이곳에 나타났는지 궁금하지 않습니까?"

이것이 밀너의 마지막 대가였다.

시민 계급이 서서히 성장하는 18세기 말엽 파라얀 대륙 곳곳에서 하나의 운동이 들불처럼 일어났다. 그것은 코뮌이라고 불렸던 사회 운동으로 지배 권력으로부터의 해방을 목표로 삼고 시장세, 통행세 폐지 등 이른바 상품 유통 규제권과 영주 독점권 철폐를 주장하고 시민에 의한 자치령의 확보를 목표로 한 운동이었다.

이름에서도 알 수 있듯이 이 격렬한 반봉건주의 열풍의 시작은 아이러니하게도 신성 폴센 제국의 코뮌이라는 조그만 도시에서부터였다. 신성 폴센 제국은 가장 시민들의 사회 참여도가 낮은 국가였기에 영주에 의한 가혹한 수탈이 자행되고 있던 코뮌에서 자영업자들과 농민들이 모여 '상호부조를 위한 상호사단' 이라는 이름 아래 코뮌 선언을 했을 때, 각국의 왕족과 귀족, 그리고 정치가들은 그것을 단순히 무모하기 그지없는 시도라고 보았다.

그도 그럴 것이 대륙의 강자이자 가장 봉건적인 정치 체제를 가지고 있는 신성 폴센 제국이 이러한 운동을 그냥 좌시하고 있을 리가 없었기 때문이다.

그리고 실제로 코뮌이라는 도시는 자유를 갈망하는 평민들과 사회운동가들의 저항에도 불구하고 무려 20만의 대병력을 동원한 신성 폴센 제국의 지배자들에 의해 아예 지도에서 지워져 버렸다.

그리고 가혹한 숙청의 바람이 신성 폴센 제국에 불어닥쳤다. 현 체제를 인정하지 않는 일명 불순분자들을 찾아내고 제거하기 위한 피바람이었다.

숙청의 시간이 끝난 후, 많은 사람들은 평민들에 의한 이 혁명 운동이 완전히 멸절됐다고 생각했다. 하지만 코뮌이라는 도시는 사라졌지만, 코뮌이라는 사상은 어느새 시대에 발맞추지 못하는 당시 정치 체계에 불만을 가득 품고 있던 대륙 각국의 평민들에게 퍼져 있었다.

그리고 신성 폴센 제국을 시작으로 파라얀 곳곳에서 코뮌의 정신을 계승한 평민들에 의해 격렬한 반정부 운동이 일어나기 시작했다.

당연스럽게도 이 코뮌 운동은 군주제를 유지하고 있던 각국에서 피를 동반한 탄압을 받았고, 사회주의 사상가들의 지휘 아래 정치적 자유를 갈망하는 평민들은 이러한 정부의 탄압에 격렬하게 저항했다.

당시 신성 폴센 제국의 연대기 작가이자 귀족이었던 기베르 드 노장의 '코뮌! 새로운 이름! 꺼림칙한 이름이여!' 라는 말에서도 알 수 있듯이 갑작스럽게 코뮌 운동은 당시 군주들과 귀족들로 대표되던 지배자 그룹들에게 큰 충격을 주었고, 이 운동을 반란이라고 규정하고 내전 상태에 돌입한 신성 폴센 제국을 제외한 다른 국가에서는 어느 정도 성과를 거둘 수 있었다.

신성 제국이 불참한 가운데 파라얀 대륙의 3대 강국, 즉 발렌슈타인 제국, 엘링턴 왕국, 마지막으로 당시 그라드 왕국의 외상들이 발렌슈타인 제국의 휴양 도시 페솔라트에 모여 공동 성명을 발표한 '페솔라트 협약'이 바로 그것이었다.

이로 인해 거의 무제한적이었던 영주권이 제한되고 시민의 권익이 보장되었고, 귀족이라고 할지라도 사사로이 시민으로 대변되는 평민들을 처벌할 수 없는 등 평민들의 권한과 귀족에 대한 제한이 처음으로 명문화되었다.

물론 사회, 경제적인 발달로 이미 평민들의 세력이 어느 정도 발전한 이 3개 국가에서 암묵적으로 인정하던 것을 명문화한 것뿐이었지만, 그 파장은 매우 컸다. 이 선언에 의해 정체되어 있던 평민들의 사회적 지위가 급성장하게 된 것이다.

그런데 언제나 그렇듯 어느 하나의 주장이 있다면 그것에는 온건파와 과격파가 존재하기 마련이었다. 그리고 과격파는 더 큰 것을 원하는 법이다. 코뮌 운동에서도 그랬다.

대부분의 시민들과 사회 운동가들은 이 페솔라트 협약에 만족하고 정부와 대립하지 않았지만 일명 코민테른, 이른바 국제 노동 조직이라는 사회주의자 그룹은 군주주의 체제 자체를 타파하고 시민 주도의 공동 생산, 공동 분배의 원칙에 입각한 공동 사회 주의를 실현시키길 원했다.

이것은 온건한 귀족주의를 표방하던 엘링턴 왕국과 다른 국가에서도 도저히 인정받을 수 없는 사상이었고, 이 과격주의자들은 과격주의라는 말 그대로 그 실현을 위한 수단으로 폭력을 사용하는 데 주저하지 않았다.

따라서 코뮌 운동의 역사 후반부는 이런 코뮌테른을 주창한 사회주의 과격주의자들과 그들에 대항한 정부 간의 암살과 테러로 얼룩지고 만다.

하지만 과격주의는 어느 사회에서나 주류로 편입하기 힘들었다. 그것은 이 코뮌 운동에서도 마찬가지였다. 어느 정도 정부에게 자신들의 권리를 인정받은 평민들에게 이런 과격주의자들의 너무나 이상적인 사상과 폭력을 동반한 실현 수단은 전혀 지지를 얻지 못했다.

그리고 다수에게 버림받는 소수자들은 사람들의 기억 속에서 대부분 잊혀지게 된다. 그런 의미에서 볼 때 바랑기스 공국의 수상인 파브리지오 그라티 델 레이몬티가 갑작스럽게 나온 코뮌테른이라는 단어에 당혹감을 느낀 것은 너무나 당연한 것이었다.

한 세기 전의 잊혀진 사상이었으니까 말이다.

파브리지오 그라티 델 레이몬티 후작, 그는 70세가 넘은 노인이었다. 하지만 노구임에도 불구하고 정부 체제가 거의 붕괴 상태인 바랑기스 공국 내에서 그는 가장 청렴하고 존경받을 만한 사람이라고 불렸다. 숱이 거의 없는 백발에 약간은 통통한 몸매, 카이저 수염을 기른

단신의 노인인 레이몬티 후작은 바랑기스 공왕가를 3대째 보필하고 있는 충신이자 공국 내에서 공왕 다음의 서열을 가진 귀족이었다.

그는 최고의 항공 축제 씨사이드 에어로 페스티벌이 자국에서 열리고 있음에도 불구하고 한 번도 업무실이 있는 푸셀로 궁을 나가지 못했다. 정부 체제가 붕괴한 지금 이 충직한 귀족 노인만큼 정부를 관리하고 공왕을 제대로 보필할 만한 사람이 거의 남아 있지 않았기 때문이다.

마르셀라니가 그에게 면담을 요청했을 때 레이몬티 후작은 길드와 해적들 간의 대결로 인해 앞으로 바뀌게 될 세력 간의 균형과 무역에 미치는 영향 등을 분석하느라 저녁도 제대로 챙기지 못할 정도로 바쁘게 서류를 검토하고 있었다.

"응? 마르셀라니라는 해적 두목이 날 만나고 싶어한다고?"

"예, 그렇습니다."

머리 높이로 올라와 있는 수많은 서류 더미 사이에서 홍차를 마시고 있던 레이몬티의 말에 소식을 가지고 온 젊은 비서가 고개를 숙이면서 묵묵하게 말했다.

"지금 해적 따위가 아무리 내정이 엉망이고 작은 나라라고는 하지만 일개 공국의 수상을 부른다는 소리인가? 허허, 어이가 없구만."

"죄송스럽습니다."

젊은 비서관은 수상의 노기에 어쩔 줄 몰라 했다.

"그래, 그 건방진 해적 녀석이 날 찾아온 이유가 뭔가?"

"그게……."

비서관이 잠시 말을 머뭇거렸다.

"뭔가. 어서 말해 보게."

답답한 마음이 들었지만 레이몬티는 노련한 정치가답게 안내하면서 자신의 비서관을 부드럽게 달랬다.

"그게… 저기 다른 말은 안 하고 자신이 코뮌테른의 일원이라고만 하더군요."

"뭐라고? 코뮌테른?"

레이몬티가 너무나 놀란 나머지 들고 있던 찻잔을 떨어뜨리고 말았지만 그의 시선은 홍차 때문에 점점 젖어가고 있는 서류 더미 쪽으로 향하지 않았다. 그의 눈은 경악에 물든 채 자신의 비서관에게 고정돼 있었다.

"지금 코뮌테른이라고 했나?"

"예. 면담을 거부하면 후회할 거라고 해서 어쩔 수 없이……."

말끝을 흐리는 비서관 쪽을 바라보며 입을 벌린 채 놀라고 있던 레이몬티가 어느새 신색을 회복했다. 그리고 굳은 표정으로 자신의 비서관에게 말했다.

"안내하게."

비서관의 안내에 따라 레이몬트가 자신이 업무를 보고 있던 수상실 문 밖으로 걸어 나왔을 때, 그는 궁전 복도 창밖으로 초여름의 밤하늘을 수놓고 있는 화려한 불꽃들의 향연을 볼 수 있었다.

"불꽃놀이인가?"

늙은 수상의 입에서 나지막하게 힘없는 목소리가 흘러나왔다. 그러자 앞서 가던 비서관이 그의 말을 들었는지 자신의 상관이 내다보고 있는 창문 쪽으로 시선을 주면서 대답했다.

"아! 요사이 밤마다 이렇게 불꽃놀이를 하고 있습니다. 정말 보기 좋지 않습니까?"

레이몬티는 아무런 말도 하지 않았다.

양란의 일종이자 바랑기스 공국의 국화인 리카스테의 이름을 따서 만들어진 푸셀로 궁의 리카스테 관은 비밀리에 회담을 하기 위한 방으로 애용되고는 했다.

야심한 시각인데도 불구하고 이 리카스테 관의 자랑인 무지갯빛으로 영롱하게 빛나는 남부 국가 연합의 동맹 파리넬리산 크리스털 샹들리에 밑으로 두 남자가 가죽 소파에 앉아 대화를 나누고 있었다.

물론 그 두 남자는 바랑기스 공국의 수상인 레이몬트 후작과 아드리안 해의 약탈자 마르셀라니였는데, 지금 여유만만한 미소를 지으면서 차분한 태도를 취하고 있는 젊은 마르셀라니와는 대조적으로 레이몬티는 얼굴이 새빨갛게 변한 채 언성을 높이고 있었다.

"말이 되는 소리를 해야 들어줄 것 아닌가? 그것을 지금 말이라고 하나?"

"뭐가 말이 안 되는 소리입니까, 수상 각하 나으리?"

마르셀라니가 레이몬티의 말을 받으며 옅은 미소를 흘리면서 자기 앞에 놓여 있는 새하얀 도자기 찻잔을 들어올렸다.

"백이면 백 다들 말이 안 된다고 할 것 아닌가? 범법자인 자네가 나를 만나는 것도 공개적으로 있을 수 없는 일이거늘, 뭐라고? 바랑기스 공국의 통제력을 다시 세우기 위해 의회를 구성하자고? 그것도 자네가 만들었다는 소위 파시스트당을 인정한다는 전제 하에 말인가?"

"그렇습니다."

"허허! 있을 수 없는 일이야."

차분한 마르셀라니와는 달리 레이몬티는 도저히 흥분을 가라앉힐 수가 없었다. 그도 그럴 것이 비서관의 안내에 따라 레이몬티가 리카스테 관에 들어서서 기다리고 있던 마르셀라니를 만났을 때, 마르셀라니가 그에게 요구한 것은 어이없게도 현재 정치 체제를 변화시키라는 것이었다.

레이몬티는 물론 그의 요구를 일말의 망설임도 없이 거부했다. 그러자 마르셀라니가 들고 있던 찻잔을 내려놓으면서 레이몬티의 얼굴을 유심히 바라보면서 말했다.

"이미 바랑기스 공국은 외국의 침입은 물론 국내의 치안을 유지하기조차 버거울 정도로 그 힘이 다한 상태이기 때문에 어차피 한 번은 변화를 겪어야 합니다. 거기다 외부의 자본가들과 정치 세력에 의해서 바랑기스 공국의 주요 산업과 정책들이 이미 우리 바랑기스 공국민들의 손을 떠나 외부 개입에 의해 완전히 잠식당한 상태 아닙니까? 한데 뭐가 말이 안 된다는 겁니까? 우리 해적들이 개과천선해서 정부를 다시 구성하는 데 도움을 주는 게 비상식적입니까? 제가 보기엔 오히려 자기 나라의 정책도 마음대로 만들어내지 못하는 지금의 바랑기스 공국의 모습 더 비상식적으로 느껴지는군요."

"자네가 무슨 말을 해도 그것은 불가하다. 자네 말대로 이미 우리 정부의 통제력은 현저하게 약화된 상태지만 그런 얼토당토않은 방법으로 지배권을 다시 확립할 수는 없다."

"그럼, 다른 좋은 방법이라도 있습니까?"

마르셀라니가 웃으면서 질문을 해오자 레이몬티가 얼굴을 굳히면서 대답했다.

"그렇다고 외국인들을 폭력적인 방법으로 몰아내고 그들의 재산을 국가에 귀속시킬 수는 없다. 우리 바랑기스 공국은 아드리안 해의 해적이 아니다. 설사 이대로 나라가 망하는 일이 있더라도 그런 말도 안 되는 수단을 사용할 수는 없다."

"흐음, 망하는 한이 있더라도… 말입니까?"

마르셀라니가 불길한 여운을 남기면서 레이몬티에게 웃음을 지어 보였다.

"말도 안 되는 소리! 선량한 사람들을 해치고 그들의 재산을 약탈하는 해적 따위가 혁명을 계획한다는 말입니까? 거기다 해적들의 두목인 마르셀라니가 코뮌테른을 주창하고 있다고요?"

그라시아니가 자리에서 일어서면서 고함을 질렀다. 언제나 침착하던 그의 태도에 비추어볼 때 그의 반응은 아주 격렬하다 못해 광기가 느껴질 정도였다.

"너무 그렇게 흥분하지 마시고 제 말을 들어주십시오."

에르하트가 그라시아니를 진정시키면서 말했다.

파도가 부서지는 해변, 이미 해는 기울고 어둠이 짙게 드리워진 하늘에는 수많은 별들이 그 광휘를 밝히고 있었다. 여름밤이었다. 한낮의 열기가 지난 싸늘한 밤바다, 그리고 멀리서 밀려오는 새하얀 파도 소리에 맞춰 육지에서 바다를 향해 바람이 불고 있었다. 거센 밤바람에 흩날리는 자신의 갈색 머리를 살짝 한 손으로 쓰다듬은 에르하트가 그라시아니에게 다시 입을 열었다.

"이것은 거의 확실한 정보입니다. 마르셀라니는 이미 상당한 준비를 갖추고 이곳에 왔습니다. 솔직히 낮에 있었던 대결도 그에게는 별다른 의미가 없었던 것입니다. 그가 이곳에 온 이유는 단 하나 자신이 만든 정치 세력을 합법화하고 극단적인 민족주의 정책을 실시하기 위해서입니다. 어떻게 그가 코뮌의 사상과 극우적 국가주의 사상인 파시즘을 결합시킬 생각을 했는지 모르겠지만, 아마 지금쯤 그는 이곳의 수상인 레이몬트 후작 각하를 만나고 있을 겁니다."

그러자 그라시아니가 어느 정도 진정이 됐는지 흥분을 가라앉히려는 듯 한동안 바다 쪽을 바라보다가 다시 에르하트에게 눈길을 돌렸다.

"불가능합니다. 도대체 마르셀라니 그자가 무슨 수로 이곳의 정치 체제를 그렇게 극단적으로 바꿀 수 있다는 겁니까? 확실한 정보 맞습니까? 도저히 믿어지지가 않는군요."

"출처는 밝힐 수 없지만 확실한 정보 맞습니다."

에르하트가 차갑게 느껴지는 미소를 짓고 있는 밀너의 모습을 떠올리면서 대답했다.

"도대체 무슨 수로 그자가 이곳의 정치 체제를 완전히 뒤바꾼다는 말입니까? 이곳 바랑기스 공국은 에르하트 남작님의 조국인 발렌슈타인 제국은 물론 엘링턴 왕국과 그라드 공화국, 하다못해 동부의 강자 신성 폴센 제국의 이권이 복잡하게 맞물려 있는 곳입니다. 일개 해적 따위가 자신의 독단으로 움직일 수 있는 곳이 아니란 말입니다."

그라시아니의 의문은 당연한 것이었다. 도대체 무슨 수로 일개 해적이 대륙을 좌지우지하는 강대국들의 틈바구니 속에서 그런 말도 안 되는 혁명을 계획한다는 말인가?

"그렇습니다. 그전까지는 그랬습니다."

"그전까지는… 이라고요?"

그라시아니가 되물어오자 에르하트가 고개를 끄덕이면서 대답했다.

"서부 통합 전쟁의 여파가 여기까지 밀려온 것이라고 생각하십시오."

"전쟁의 여파라니요?"

그러자 에르하트가 그라시아니에게서 시선을 옮겨 파도가 치고 있는 아드리안 해 쪽을 바라보면서 말했다.

"마르셀라니는 자신만의 능력으로 아드리안 해역의 남부 지역을 장악한 것이 아닙니다."

"그럼?"

"그는 오래전부터 신성 폴센 제국과 관계를 맺어왔다고 하더군요."

에르하트의 말에 그라시아니의 눈동자가 심하게 떨리기 시작했다.

"신성 폴센 제국과요?"

에르하트가 말없이 고개를 끄덕였다.

"하지만 아무리 신성 폴센 제국의 입김을 받았더라도 이곳 바랑기스 공국은 발렌슈타인 제국은 물론 엘링턴 왕국, 그라드 공화국들 대륙의 강대국들의 이권이 모여 있는 곳입니다."

"아닙니다. 신성 폴센 제국의 힘이라면 지금 그것이 가능합니다."

자신의 말을 부정하는 그라시아니의 말을 역으로 부정하면서 에르하트가 단호한 어조로 다시 말을 이었다.

"전쟁으로 인해 발렌슈타인 제국은 현재 국내 문제를 해결하는 것만으로도 벅찬 상태입니다. 그리고 엘링턴 왕국과 그라드 공화국 역시 전후 처리 문제로 외부로 눈을 돌릴 틈이 없습니다. 거기다 두 나라는 신성 폴센 제국의 동맹국이기도 하지요. 공식적으로 바랑기스 공국의 이권을 지키기 위해 그들이 할 수 있는 일은 얼마 안 됩니다."

"하지만 바랑기스 공국은 남부 국가 연합 소속입니다. 신성 폴센 제국이 이곳을 차지한다면 다른 동맹국들이 가만있지 않을 겁니다."

"그렇습니다. 하지만 내부의 쿠테타에 의해서라면 어떻게 할까요?

거기다 그 쿠테타 세력이 그전부터 남부 진출을 노려오던 신성 폴센 제국과 손을 잡는다면 말입니다. 과연 남부 국가 연합이 신성 폴센 제국과 충돌하면서까지 바랑기스 공국을 지켜줄까요?"

에르하트가 밀너에게 들었던 말을 그대로 들려주자마자 그라시아니의 얼굴에서 핏기가 사라졌다.

"하지만 아무리 마르셀라니 그자가 신성 폴센 제국과 선이 닿아 있더라도 그의 힘만으로는 절대 쿠테타를 성공시킬 수가 없습니다. 분명 레이몬티 후작 각하는 마르셀라니의 제안을 거부할 것이고, 이미 우리에게 그에 대한 정보가 들어온 이상 우리 길드와 공국의 상회들이 모여 대비를 한다면 충분히 막을 수 있을 겁니다."

그라시아니가 강경한 어조로 대답하자 에르하트가 자신의 품속에서 한 장의 서류를 꺼내 그에게 내밀었다.

"뭡니까?"

"정보 제공자가 전해준 서류입니다, 한번 읽어보십시오. 서류 내용에 따르면 신성 폴센 제국은 이미 서부 통합 전쟁 발발 이전부터 이곳 바랑기스 공국을 차지하기 위해 마르셀라니를 지원하고 있었습니다. 특히 마지막 장을 잘 읽어보십시오. 마르셀라니가 이곳에 오기 전 신성 폴센 제국에게 받은 선물이 하나 적혀 있으니까요."

에르하트의 말에 따라 그라시아니는 그가 건네준 서류를 꼼꼼하게 살펴보았다. 그리고 곧 마지막 장을 살핀 그의 얼굴에 경악의 표정이 떠오른 것은 순식간의 일이었다.

"클레망소? 신성 폴센 제국의 클레망소 급 순양전함을 말하는 겁니까?"

본래 신성 폴센 제국은 발렌슈타인 제국이나 엘링턴 왕국과 같이 강력한 해군력을 지닌 해양 국가가 아니었다.

그러나 오랜 세기 동안 이어져 온 동부 개척이 파라얀 대륙의 동쪽 끝 몽쉘에서 마무리된 성력 1840년부터 신성 폴센 제국의 관심은 바다로 향하기 시작했다.

그전까지 순양함과 구축함을 중심으로 한 연안해군 수준이었던 신성 폴센 제국의 해군력이 급속도로 그 전력을 확보해 나간 것은 이때부터였다.

성력 1864년 많은 시행착오 끝에 신성 폴센 제국은 드디어 근대적인 의미의 신형 전함 건조 계획을 수립하게 되었고, 그 결과에 따라 해군의 원양 작전 능력을 향상시키기 위해 최초로 건조된 근대적 전함이 바로 클레망소 급 순양전함이었다.

클레망소 급 순양전함은 순수하게 자국의 기술로 만들어진 전함이 아니었다. 그도 그럴 것이 신성 폴센 제국은 전통적으로 바다를 통한 무역을 중심으로 경제가 구조가 짜이는 해양 국가라기보다는 자국의 풍부한 생산력을 발판으로 경제 구조가 이루어져 있었기 때문에 다른 국가에 비해 해군력을 확보하는 데 있어서는 상당히 소홀했다.

거기다 몇 세기에 걸친 동방 개척은 신성 폴센 제국이 다른 부분에 눈을 돌리게 할 수 없을 정도로 험난한 것이었다. 따라서 신형 전함 건조 계획을 발표할 당시, 해군력 확보에 무관심했던 신성 폴센 제국의 기술력으로는 그전에 비해 엄청나게 대형화된 전투함을 자체적인 능력만으로는 건조할 수 없었고, 기껏해야 구형 전함 수준의 건조 능력밖에 지니지 못한 조선 시설로도 대형화된 현대적인 의미의 최신예 전함을 건조한다는 것은 상당히 무리가 가는 일이었다.

그런 이유로 신성 폴센 제국 해양성은 신조전함의 설계안과 조선소를 공개 입찰하게 되는데, 총 54개의 설계안과 발렌슈타인 제국과 엘링턴 왕국을 비롯한 세계 각국의 29개의 조선 회사가 이에 응모해 오게 된다.

그중에서 낙찰된 곳은 의외로 남부 국가 연합의 카블로니 사였다. 전함 자체의 성능은 엘링턴 왕국과 발렌슈타인 제국의 조선 회사들의 것이 더욱 우수했다. 그렇지만 동부의 최강국답게 무려 여덟 척이나 되는 신형 전함 건조 계약임에도 불구하고 다른 국가들의 조선 회사가 기술 이전을 꺼린 것과는 대조적으로 카블로니 사에서 기술 이전을 약속한 것이 주효했다. 거기다 전함 건조를 신성 폴센 제국 내에서 해야 한다는 조건은 전함 건조를 위한 기술적 노하우를 취득하기 위한 목적이 너무나 노골적으로 드러났기 때문에 더욱 소극적일 수밖에 없었다.

당시 신성 폴센 제국이 카블로니 사에게 요구한 설계안은 다음과 같았다.

주요 무장으로 14인치 대구경 주포 3연장 9문과 5인치 구경의 부포 8문을 장착하고 현측 장갑은 최소한 8인치, 거기에 최고 속도는 26노트에 가까운 고속 순양전함일 것.

클레망소 급 순양전함은 여러 가지 의미에서 대단한 이력을 지닌 전함이었다. 신성 폴센 제국이 최초로 외부에 맡긴 전함이라는 것과 전통적인 의미의 순양전함과는 다르게 그 성능이 너무나 우수했던 것이다.

거기다 정치 군사적 의미의 상징성까지 포함해서 말이다. 순양전함은 대구경 주포로 무장한 주력 전함을 보좌하고 그 빠른 속도를 살려 해상 파괴 작전을 위해 만들어진 전함이었기에 속도라는 면만 빼고는 기존 주력 전함에 비해 방어력이나 화력이 열세에 놓여 있었다.

하지만 클레망소는 달랐다. 그도 그럴 것이 신성 폴센 제국에는 클레망소를 능가하는 최신예 전함이 없었다. 기껏해야 12인치 주포를 달고 있는 몇 척의 구닥다리 전함이 전부였다.

따라서 클레망소는 바다로 진출하려는 신성 폴센 제국의 최일선에 설 수밖에 없었고, 그로 말미암아 순수한 의미의 순양전함이라기보다는 고속 전함에 가까운 순양전함이 되었다.

성력 1869년 봄, 북부 오슬라츠 해역이 위치한 신성 폴센 제국의 항구 도시, 낭트에서 이 최신예 순양전함이 첫 모습을 드러낸다. 그리고 공개된 클레망소는 최초 신성 폴센 제국의 요구를 상회하는 뛰어난 능력을 만천하에 드러내게 된다.

14인치 구경 3연장 9문 주포 대신 명중률과 발사 속도의 향상을 위해 14인치 주포 2연장 8문을 장착한 데다, 통상 순양전함의 장갑 두께인 8인치 정도로는 한동안 주력 전함으로 일선에서 활동해야 하는 운용 특성상 주력 전함으로서 8인치의 장갑은 너무 빈약했기 때문에 재설계를 거쳐 순양 장갑 최초로 11인치에 달하는 갑옷을 두르고 있었던 것이다.

거기에 더해 속도는 최고 속도는 26노트. 당시 그 어떤 주력 전함보다도 빨랐고 어떤 순양전함에도 뒤지지 않는 속도였다. 배수량은 무려 29,000톤, 거의 전함에 필적할 만했다.

그리고 매년 두 척씩 건조되어 배치된 클레망소 급 순양전함들은 오슬라츠 해역에서 발렌슈타인 제국 함대와 대치하게 된다.

본래 오슬라츠 해역에서의 신성 폴센 제국의 해군력은 보잘것없었다. 두 척의 전함과 두 척의 순양전함을 필두로 여섯 척의 중순양함과

네 척의 경순양함, 그리고 열두 척의 구축함을 오슬라츠 해역에 배치, 신성 폴센 제국을 압박하던 크리그스 마린 오슬라츠 함대에 비해 신성 폴센 제국의 오슬라츠 해역 주둔 함대 르 부아제에는 두 척의 구형 전함과 중순양함 두 척, 경순양함 네 척, 그리고 구축함 여덟 척뿐이었다.

이것이 신성 폴센 제국 최강의 함대이자 단 하나뿐인 외양 함대 르 부아제의 실상이었다. 따라서 신성 폴센 제국이 신함 건조 계획을 세우기 전에는 북부 베링 해에서의 제해권은 엘링턴 왕국과 발렌슈타인 제국, 그리고 혁명 전쟁 이후 군비를 확장하고 있던 그라드 공화국이 틀어쥐고 있었다.

특히 오슬라츠 해역을 중심으로 한 중부 베링 해 지역은 발렌슈타인 제국이 인접국인 신성 폴센 제국의 해군력을 압도하고 있었다. 따라서 웨스트 뱅크만부터 시작되어 오슬라츠 해역에 이르는 발렌슈타인 제국의 드넓은 해상 지배력은 발렌슈타인 제국이 대륙의 최강의 위치를 차지하게 하는 데 커다란 이유가 되었다.

하지만 발렌슈타인 제국의 해상 지배력은 새로운 도전에 직면하게 된다.

성력 1869년부터 1873년에 이르는 4년 동안 르 부아제의 오슬라츠 해역에서의 위상이 급변한 것이다.

그리고 그 중심에는 신성 폴센 제국의 신형 순양전함 클레망소 급 순양전함이 있었다. 성력 1874년 제1차 건함 계획이 완료되었을 때, 오슬라츠 주둔 함대 르 부아제에는 기존 전함 이외에 여섯 척의 클레망소 급 순양전함과 빌뇌부 급 신형 중순양함 네 척, 라파예트 급 신형 구축함 여덟 척이 추가 배치 되었던 것이다.

이것은 발렌슈타인 제국의 오슬라츠 함대를 성능상으로나 숫자상으로도 능가하는 전력이었고, 이미 서부 베링 해에서 엘링턴 왕국과 대치하고 있던 발렌슈타인 제국 해군에게 심각한 위기의식을 심어주게 된다.

그래서 야기된 것이 바로 거함거포주의의 개막을 알리는 무한 건함 경쟁. 즉, 신성 폴센 제국의 클레망소 급 순양전함은 이러한 건함 경쟁을 야기한 주요 원인이자 신성 폴센 제국이 대륙을 벗어나 바다에 진출했다는 상징적인 의미를 지니고 있었다.

또한 서부 통합 전쟁에서 이것은 크리그스 마린이 몰락해 버린 주요 원인 중 하나가 되었다. 2개 국 함대를 동시에 상대할 수 있는 해군력의 건설을 부르짖던 발렌슈타인 제국 해군조차도 엘링턴, 그라드, 신성 폴센 제국 3개 연합 함대를 당해낼 수는 없었던 것이다.

비록 웨스트 뱅크만에서 엘링턴 왕국, 그라드 공화국 연합 함대에 패배한 것이 제국 해군 몰락의 표면적인 이유가 될 수는 있었지만, 해군 관계자 누구라도 인정할 수밖에 없었던 사실은 연합 함대의 유기적인 작전 행동 이외에 그 패배의 원인으로 당시 발렌슈타인 제국 해군 원수이자 발렌슈타인 제국 외양 함대 크리그스 마린의 총지휘관 에르라크 제독의 무능과 더불어 오슬라츠 해역에 존재하고 있던 르 부아제의 압박으로 크리그스 마린이 상당수의 함정을 웨스트 뱅크만에 투입하지 못한 것을 들 수 있었던 것이다.

물론 클레망소 급 순양전함이 처음 이 세상에 그 모습을 드러낸 것은 지금으로부터 약 20년 전, 무장이나 방호력에서는 동급 전투함에 그다지 뒤떨어지지 않지만, 이제는 다른 최신예 전함들에 비해 전반적인 능력이 뒤떨어져 있는 것은 분명했다.

이제는 신성 폴센 제국 내에서도 주력 함정으로 활동하지 못하고 서서히 퇴역하고 있는 이선급 구형 전함으로 취급받았다. 그러나 뭐라고 해도 클레망소는 전함이었다.

또한 아드리안 해에는 클레망소와 대적할 만한 전함이 별로 없었다. 클레망소를 상대할 만한 것이라고는 엘링턴 왕국의 아드리안 함대에 속한 라이온 급 전함 두 척과 남부 국가 연합 함대 소속의 카부르 급 전함 네 척뿐이었다.

거기다 바랑기스 공국에는 아예 전함은커녕 8인치 주포를 달고 있는 중순양함조차 없었다. 있는 것이라고는 달랑 남부 국가 연합에서 지원해 준 10년 전의 경순양함 둘리오와 두 척의 구축함뿐이었다.

그나마 그것도 예산 부족으로 훈련은 물론 운용조차 힘든 상태였다.

이런 상태에서 마르셀라니를 필두로 한 해적들이 개혁을 내세우면서 순양전함 클레망소를 이끌고 레지나 앞바다에서 무력 시위를 한다면? 생각만 해도 끔찍한 일이었다. 그라시아니의 얼굴에게 핏기가 빠져나간 것은 너무나 당연한 일이었다.

"큰일이군요. 그럼 발렌슈타인 제국이나 신성 폴센 제국은 그렇다 치더라도 엘링턴 왕국의 아드리안 함대나 우리 연합 함대에서 움직일 가능성은 없는 겁니까?"

그러자 에르하트가 고개를 가로저었다.

"예, 힘들다고 하더군요. 남부 국가 연합은 신성 폴센 제국의 눈치를 봐야 하는 처지라서 힘들고, 엘링턴 왕국과 그라드 공화국은 아시다시피 지난 전쟁으로 상당수의 함정을 잃은 처지라 베링 해에 진출하려고 하는 신성 제국 함대를 견제하기에도 급급한 처지입니다. 이곳의 무역로가 아깝기는 하지만 이미 신성 폴센 제국과의 비밀 회담을 통해서 신성 폴센 제국의 직접적인 개입이 아니라는 조건 하에 바랑기스 내부 문제에 개입하지 않기로 했다는군요. 뭐, 개입한다고 해도 관여할 여력도 없겠지만 말이죠."

"그들이 투자한 자본이나 얻어낸 이곳의 권리들이 마르셀라니의 결정에 따라 허공에 뜰지도 모르는데도 말입니까?"

"예, 바랑기스 공국민들은 너무나 자신의 조국이 가지고 있는 가치에 대해 무감각하게 지내왔습니다. 끊임없이 쏟아져 나오는 황금과 자유에 취해 자신들을 지키는 방법조차 잊고 산 것이지요. 그리고 국민에게 버림받은 국가가 멸망하는 것은 당연한 겁니다. 엘링턴 왕국의 회사들은 비밀리에 자산을 처분하고 일선에서 빠지고 있었다고 합니다. 정치에는 둔감할지 모르지만 경제 문제에는 확실한 당신들이 이런 움직임을 알아내지 못했다는 게 의아할 뿐입니다."

에르하트가 차가운 눈빛을 하면서 냉엄한 현실을 일깨워 주자 그라시아니는 오래전 부하들에게 받은 보고서를 떠올렸다. 그 내용은 엘링턴 왕국의 몇몇 상사들이 자산을 정리하고 바랑기스 공국에서 빠져나간다는 보고서였다. 물론 마르셀라니의 도전 제의 때문에 그곳으로 신경이 집중되고 전쟁으로 어려워진 경기로 인해 몇몇 회사들이 바랑기스 공국에서 빠져나간다고 가볍게 생각하면서 지나간 것이 실수였다.

"그러면 이대로 바랑기스 공국은 무너져야 한다는 소리입니까?"

그라시아니가 머리를 감싸 쥐면서 분노와 절망감에 휩싸여 질문을 해오자 에르하트가 그의 얼굴을 직시하면서 대답했다.

"아닙니다. 마지막 기회가 있습니다."

"마지막 기회?"

답을 갈구하는 간절한 표정으로 그라시아니가 에르하트를 바라보았다.

"마르셀라니는 뛰어난 지도자지만 존경받는 사람은 아닙니다. 우리는 그것에서 가능성을 찾아야 합니다. 그리고 정보에 의하면 그의 계획에 찬성한 해적은 반도 안 된다고 하더군요. 물론 그가 클레망소를 이끌고 이곳 바랑기스의 수도 레지나를 장악한다면 사태가 돌변하겠지만 말입니다."

"그러면?"

"저는 누구하고 싸울 필요가 있다면 맞기보다는 먼저 때리는 것이 유리하다고 생각합니다. 그것도 최대한 빠르게 말입니다. 이런 경우에도 마찬가지고요. 그리고 오늘밤 달이 참 밝은 것 같습니다."

어둠 속을 뚫고 흘러들어 오는 잔잔한 빛줄기를 품속에 가두고 해변을 향해 내리치는 아드리안의 파도를 지켜보던 에르하르트가 고개를 돌려 그라시아니에게 시릴 정도로 투명한 달빛을 머금으면서 환하게 미소 지었다.

모든 이들의 손에 땀을 쥐게 만들었던 낮의 대혈투가 끝나고 이제 다음날부터 시작될 레이스에 대한 기대감으로 인해 레지나의 밤거리는 절정을 향해 치닫고 있는 것과는 대조적으로 아드리안의 날개 본부가 위치한 바이오코 섬은 지금 극도의 긴장 속에 잠겨 있었다.

밤인데도 불구하고 분주하게 움직이는 사람들과 해안에 늘어서 있는 항공기들, 그리고 그 속에서 흘러나오는 매연과 엔진 배기음, 바람을 가르는 프로펠러의 소리가 어둠 속의 정적을 뚫고 밝은 달빛 아래 지상의 공간을 가득 채우고 있었다.

어느덧 달이 하늘의 끝을 지나 아드리안의 물결 속을 향해 내려가기 시작하는 그 시각, 모래사장 가운데에 설치된 간이 테이블 주위로 몇몇 사람이 모여 있었다.

그들은 테이블 위에 놓여 있는 한 장의 지도를 둘러싸고 엄습해 오는 긴장감을 내색하지 않으려 노력하면서 분주하게 의견을 나누고 있었다.

"이것을 보십시오. 이곳이 클레망소가 정박해 있는 타란토 섬입니다."

에르하트가 손에 든 전등을 지도를 향해 고정시키면서 주위를 돌아보며 말했다.

"세상에, 이렇게 가까운 위치에 이런 거대 전함이 접근해 올 때까지 우리가 몰랐다니 믿을 수가 없군요."

그라시아니의 긴급 호출을 받고 바이오코 섬까지 달려온 길드의 간부들이 에르하트의 말을 듣고 놀라움을 표시했다. 그러자 기술 자문 자격으로 이곳에 온 카스톨티가 입을 열었다.

"우리가 마르셀라니의 계략에 완벽하게 넘어간 것이지. 이곳 바랑기스 공국 사람 모두가 말이야. 애초부터 마르셀라니는 대전 결과 따위는 아예 염두에 두지 않았다고 생각하네. 그가 아드리안의 길드에게 20년 전의 일을 가지고 도전한 이유는 단 하나, 자네들은 물론 바랑기스 공국의 모든 눈과 귀를 오늘 있었던 대결에 집중시키기 위한 수단에 불과했다는 뜻이네. 실제로 자네들은 오늘의 대결을 준비하기 위해 해양 정찰도 제대로 수행하지 못했지 않나? 이런 상태에서 낮 동안에는 주위의 공해상이나 무인도 사이에 숨고 밤에만 이동했다면 충분히 이곳까지 도착할 수 있지."

"뭐라 할 말이 없군요."

그라시아니가 괴로운 얼굴을 하면서 말했다. 웬만한 일로는 미동도

하지 않는 마르셀라니의 심각한 얼굴은 사태의 심각함을 대변해 주고 있었다.

"마르셀라니의 준비가 그만큼 철저했다는 것이니 그렇게 괴로워하실 필요는 없습니다. 지금 우리가 해야 할 것이 후회는 아니니까요. 그리고 지금 누구의 잘못을 따지거나 지난 일을 논할 만큼 한가하지도 않고 말입니다. 일단 의견을 모아야 합니다."

그렇게 마르셀라니를 위로한 에르하트는 곧 자신을 바라보는 사람들의 눈길을 의식하면서 손가락으로 지도의 한 지점을 가리켰다.

"정보에 의하면 거사 개시일이 바로 내일이라고 합니다. 클레망소가 위치한 타란토 섬에서 레지나까지는 단지 80큐빗에 불과합니다. 클레망소의 최고 속도가 28노트라고 했을 때, 출항한 이후 대략 세 시간 정도면 레지나 앞바다에 도착해서 14인치 거포를 이용해 포격을 가할 수 있습니다."

"하지만 동원되는 항공기들의 공격력이 너무 빈약합니다. 과연 클레망소를 타란토에서 그대로 침몰시킬 수 있을까요?"

"너무 무모합니다. 다른 계획을 짤 수는 없는 겁니까? 레지나 섬에 있는 마르셀라니를 사로잡으면 어떨까요?"

한 간부가 절망감에 젖은 목소리로 말을 하자, 그에 동조해 많은 사람들이 계획의 무모함을 지적하면서 여러 가지 의견을 어지럽게 내놓았다.

하지만 그들도 알았다. 에르하트가 제안하고 그라시아니가 승인한 이 타란토 공습 작전 이외에는 마르셀라니를 막을 이렇다 할 방법이 없다는 것을 말이다.

그리고 자신들의 의견이 오히려 더 실현 가능이 없다는 것을……

아드리안의 날개를 관리하고 있는 그라시아니는 물론 테이블 주위의 모든 사람들의 표정이 어두워졌다. 그러나 한 사람만은 달랐다.

쾅!

에르하트가 지도가 놓여 있던 테이블을 향해 주먹을 내려쳤다.

"무슨 소립니까? 바랑기스 공국이 남의 나라입니까? 바로 당신들의 나라입니다! 외국인인 저도 포기하지 않고 있는데 국민들인 당신들이 그런 표정을 지을 수 있는 겁니까? 지금 아니면 무슨 수로 그 순양전함을 잡을 수 있겠습니까? 그나마 멈춰 있는 전함을 공격해야 희망이 있습니다. 그리고 이미 마르셀라니를 잡아들이기 위해 사람들이 떠났습니다. 하지만 언제나 대비는 해야 하는 법입니다. 마르셀라니가 잡히면 좋겠지요. 쉽게 끝날 테니까요. 하지만 그자는 지금 같은 엄청난 모략을 꾸민 자입니다. 과연 쉽게 잡히겠습니까?"

에르하트가 말을 마치고 주위를 돌아보자 길드 측 사람들은 아무런 말도 하지 못하고 고개를 떨어뜨리고 말았다.

그때 에르하트의 뒤에서 누군가 바쁜 걸음으로 달려왔다. 마르셀라니를 잡기 위해 떠났던 이스카야르였다.

"이미 늦었습니다, 에르하트 남작. 푸셀로 궁에 가보니 이미 마르셀라니는 몸을 피한 뒤였더군요."

"그렇습니까?"

이미 예상하고 있었던 듯 에르하트의 표정은 변함이 없었다. 그러나 바로 이어진 이스카야르의 말에 에르하트는 물론 모여 있던 모든 사람들이 충격을 받고 말았다.

"그런데 푸셀로 궁이 시끄럽더군요. 이곳의 수상이 마르셀라니에게 암살당했다고 합니다."

이스카야르의 말이 끝남과 동시에 주위에서 분노와 함께 탄식이 터져 나왔다.

"허허……. 정말 너무나 철저한 자이군. 이곳 바랑기스 공국을 실질적으로 다스리던 사람이 바로 레이몬티 수상인데, 그가 살해당했다면 심약하신 공왕 전하께서는 마르셀라니의 위협에 그대로 옥새를 넘기고 말 것이야."

카스톨티가 헛웃음을 흘리면서 말하자 이스카야르가 에르하트를 보면서 입을 열었다.

"에르하트 남작, 사태가 너무 좋지 않소. 이대로 위험을 감수할 것이 아니라 이곳을 빠져나가는 것이 좋을 것 같소."

"아니오. 저는 이곳에서 도망치지 않을 겁니다."

이스카야르의 은근한 제의를 에르하트가 단호하게 거부했다.

"왜죠? 이곳은 당신의 나라도 아니지 않습니까? 오면서 들었는데 자기 나라에 닥친 일인데도 이 사람들은 당신보다도 이 나라를 먼저 포기하려고 했습니다. 왜 당신이 남의 나라인 이곳 바랑기스 공국을 지키려고 하는 겁니까? 당신은 이미 혼자 몸이 아닙니다. 그뤼네발트라는 지역의 영주이고 그곳은 현재 위기 상태입니다. 당신을 구심점으로 많은 사람들이 모여 있고 또 나를 포함해서 그 많은 사람들이 에르하트 남작, 당신에게 많은 기대를 걸고 있습니다. 그런데 잘못하면 죽을 수도 있는데 왜 당신이 이 나라를 지키기 위해 앞장서는 것입니까? 바랑기스 공국은 다른 누구도 아닌 자신들의 이익 때문에 국가를 버린 바랑기스 공국민들 때문에 약해진 나라입니다. 에르하트 남작, 당신이 이렇게 목숨을 걸 만한 가치가 있습니까?"

너무나 직설적인 이스카야르의 말은 주위에 있던 길드 사람들에게 분노와 부끄러움을 동시에 안겨주었다. 그렇지만 아무도 그런 이스카야르에게 따지지 못했다. 그의 말이 사실이기도 했지만 이스카야르의 눈에 담긴 안타까움과 분노가 그들의 입을 막았기 때문이다.

"저는 무능력자였습니다. 어쩌다가 중요한 자리에 오르기는 했지만 전쟁 기간 동안 오로지 살아남기 위해 발버둥 쳤던 무능한 사람이었습니다. 제 눈앞에서 전우들이 하나둘 쓰러져 갈 때도 아무것도 하지 못했던 무능력자였습니다. 저는 그런 제가 싫었습니다. 남의 나라라고요? 그렇습니다, 바랑기스 공국은 남의 나라입니다. 그러나 이곳에서 저는 많은 사람들과 인연을 맺었고, 그들의 삶을 지켜보았습니다. 그리고 저는 마르셀라니의 사상을 거부합니다. 그의 지배 하에서 이곳의 사람들이 행복하게 살 수 있을 것이라고 믿지 않습니다. 저는 바보입니다. 아직 제가 어떤 의미를 지닌 사람인지 아직도 잘 모르겠습니다. 그렇지만 최소한 한 가지는 알고 있지요."

"뭡니까?"

이스카야르가 강요하듯 대답을 요구하던 아까와는 다르게 침잠한 목소리와 눈빛으로 에르하트에게 질문을 던졌다.

"제가 공군에 들어와 그 참담했던 전쟁을 겪으면서도 하늘을 떠나지 않은 이유를 아십니까, 이스카야르 씨? 그리고 저를 기다리던 부모님 곁을 떠나 그뤼네발트에 온 이유와 또 위기 속의 그뤼네발트를 떠나 이곳까지 온 이유를 말입니다."

잠시 동안 말을 멈춘 에르하트가 이스카야르와 카스톨티, 그라시아니, 그리고 모여 있던 모든 사람들과 하나하나 시선을 마주치더니 다시 말을 이었다.

"뭐 두서없이 들리겠지만, 저는 제 마음이 가는 것, 제가 하고 싶은 것, 믿고 싶은 것, 그리고 지켜야 한다고 느끼는 것, 그 모두를 제 의지에 따라 행하고 싶은 욕심쟁이입니다. 저는 제가 할 수 있는 일이라면 또 그것이 모든 사람들에게 조금이라도 도움이 될 수 있다면 최선을 다해 제가 할 수 있는 모든 일을 할 것입니다. 그리고 저는 신이 아닙니다. 한 인간일 뿐이죠. 의지와 양심을 지닌 한 인격체로서 내 눈앞에서 일어나는 부당한 일을 제 이익 때문에, 또는 더 커다란 이유 때문에 제 의지를 거스르면서까지 외면하면서 살고 싶지는 않습니다. 그리고 그것이 저 크리스티안 에르하르트가 살고 싶은 인간의 삶이기도 하고요."

"죽음이 닥치고 당신의 죽음으로 인해 그 모든 것이 혼란에 빠진다고 하더라도 말입니까?"

이스카야르의 마지막 질문에 에르하르트가 고개를 끄덕였다.

"저는 비행 바보라는 별명이 붙은 바보 같은 사람입니다. 똑똑한 사람들이 많은 이 세상에 저 같은 바보가 하나쯤은 있어야 재미있지 않을까요?"

너무나 깨끗한 웃음을 지으면서 말을 마친 에르하르트에게 이스카야르가 씁쓸한 미소를 지으면서 대답했다.

"당신은 당신 말대로 바보요, 크리스티안 폰 에르하르트 남작. 그리고 다른 사람들의 마음은 무시한 채 자기 마음에 따라 살려고 하는 이기주의자고 말이오. 하지만 저 하늘과 마찬가지로 너무나 제멋대로인 당신을 난 도저히 미워할 수가 없소."

별빛이 옅어지고 동녘의 수평선이 차츰 밝아오는 새벽에 이르러 밀물이 밀려들고 있었다. 먼바다에서 서서히 몰려는 거센 바다들을 헤치면서 한 척의 요트가 물보라를 뒤에 남기면서 항해를 하고 있었다.

"어째서 레이몬티를 죽이셨습니까?"

브로이가 묻자 마르셀라니가 옅은 웃음을 지으면서 대답했다.

"난 해적이니까."

브로이는 한동안 아무 말이 없었다. 그저 잠잠한 눈으로 밝아오는 동쪽 바다를 바라볼 뿐이었다. 그리고 잠시 후, 얼굴을 때리는 해풍에 질문을 실어 보냈다.

"각오하신 겁니까? 대가는 무서울 겁니다."

마르셀라니가 자리에서 일어서 자신의 충직한 부관에게 다가갔다.

"브로이, 왜 날 따르는 거지? 이대로 날 죽이면 자네에게는 엄청난 부와 명예가 따를 것인데 말이야. 아니, 자네가 지금까지 가지고 있는 모든 것을 버려야 하는 건가?"

브로이가 마르셀라니에게 눈을 돌렸다.

"저도 해적이기 때문입니다. 솔직히 말씀드리자면 정보부 장교보다 당신을 따르는 것이 더 제 삶을 실감나게 해준다고 할까요?"

브로이가 쓴웃음을 지으면서 대꾸하자 마르셀라니가 낮게 웃음을 흘렸다.

"브로이, 브로이, 나의 충직한 부하 브로이. 자네가 쾌락주의자인 줄은 정말 몰랐군."

"전 쾌락주의자가 아닙니다."

"그럼 왜지? 왜 내 곁에 있어야 실감이 나는 거지?"

"전 어렸을 때의 기억이 없습니다. 재활용 제품이죠, 저는."

"신성 폴센 제국의 촉망받는 정보 장교의 입에서 그런 말이 나올 줄은 정말 몰랐군."

말을 마친 마르셀라니가 시가에 불을 붙였다. 브로이가 자신의 얼굴 곁을 스쳐 가는 하얀 연기를 보다가 다시 마르셀라니에게 시선을 옮겼다.

"칙칙한 곰팡이 냄새와 삐걱거리는 문, 낮은 촉광의 어두운 불빛, 그리고 하나둘 사라져 가는 나의 친구들, 이것이 제가 가진 어린 시절의 기억이죠. 코민 운동가의 아이들이 가지고 있는 공통적인 기억……. 그들의 저의 기억을 지우려고 했지만 그러지 못했죠. 우리는 언제나 기억하고 있었으니까요."

"뭘 말인가?"

마르셀라니가 질문을 해오자 브로이가 두 눈에 힘을 주면서 대답했다.

"우리가 인간이라는 것을요. 그리고 우리의 기억을 지워 우리 부모 세대의 죗값을 대신 치르게 하려던 그들의 생각과는 다르게 말입니다. 하루 이틀 교육을 받으면 받을수록 이상해져 가는 자신을 느끼던 우리는 서로에게 말을 걸었죠. 이상하게 자신에 대한 기억은 잊어가는데 친구에 대한 기억은 오래 남더군요. 그래서 매일같이 우리는 서로에 대해 이야기했습니다. 그리고 하나둘 사라져 가는 친구들을 기억했죠, 필사적으로. 그리고 몇 년의 시간이 흐르고 그 어두운 장소를 떠났죠. 그래서 발령된 곳이 신성 폴센 제국의 정보부. 그리고 첫 번째로 만난 공작 대상자가 바로 당신입니다, 마르셀라니."

"나에게 바라는 것이 무엇인가?"

그러자 브로이가 어깨를 들썩였다.

"아무것도. 다만 제가 인간임을 느끼게 해주십시오. 그리고 당신의 가당치도 않은 야망의 끝을 보게 해주시면 됩니다."

브로이의 말에 마르셀라니가 대답했다.

"잘 따라오는 것이 좋을 거야. 자칫 잘못하면 이 아드리안의 바다보다도 깊은 곳으로 빠져 버릴 테니까."

"절대로 당신보다 먼저 죽진 않을 겁니다. 해적의 얼굴을 뒤집어쓴 희대의 사기꾼, 움베르토 마르셀라니."

"하하하!"

마르셀라니의 통쾌한 웃음이 너무나 푸르른 아드리안 해의 바다 위로 퍼져 나갔다. 그리고 그 웃음을 타고 파도가 흐르고 흘러 그가 향하는 곳과 반대 방향을 향해 달려나갔을 때, 파도가 넘실거리던 아드리안 해 하늘 위로 수십 대의 항공기가 굉음을 울리면서 수평선 너머에서 떠오르는 장엄한 태양을 맞이했다.

"1대가 타란토 상공에 돌입, 제공권을 장악하면 2대는 재빠르게 적을 타격한다. 제1순위 목표는 여러분도 알다시피 순양전함 클레망소. 2대의 타격 여부에 따라 3대가 임무를 수행하기 쉬워질 것이다. 무운을 빈다. 이상."

이스카야르와 에르하트의 대화는 결국 사그라지던 용병들의 가슴에 전의의 불꽃을 다시 일으켰다. 그전까지 '할 수 없다' 와 '할 수 있다' 라는 문제를 가지고 대립하고 있던 회의장에서 '어떻게' 라는 방법론적인 문제가 화두로 자연스럽게 떠오른 것만 봐도 알 수 있었다.

다만 문제는 공격의 시기를 놓고 의견이 엇갈리고 있다는 것이었다.

정확한 공격을 위해 새벽을 기해 공격하자는 측과 호위함과 전투기들의 호위를 받으면 공격하기 어려워지니 어둠을 틈타 공격하자는 의견이 대립하고 있었던 것이다.

둘 다 앞서 말한 바와 같이 일장일단이 있었다. 새벽을 기해 공격한다면 분명 순양전함에 정확한 공격을 가할 수 있을 것이지만 반대 의견대로 클레망소가 분명 타란토에 혼자 머물러 있지는 않을 것이기에 적의 방어망을 우선 돌파해야 한다는 어려움이 있었다.

그리고 어둠을 틈타 공습을 가하자는 쪽은 적의 대공망을 뚫기는 쉬울지 모르겠지만 아무리 조명탄을 미리 뿌린다고 하더라도 그 공격의 정확도가 얼마나 될는지는 미지수였다. 공격 기회가 여러 번 있다면 최대한 빨리 공격하는 편이 유리하지만 앞서 말한 바와 같이 바랑기스 공국은 수많은 부속 도서로 이루어진 열도 국가였다. 많은 용병 길드가 있고, 또 아드리안의 날개에도 수많은 항공기와 조종사들이 있었지만 뿔뿔이 흩어져 있는 것이 문제였다. 현재 축제 기간이라 많은 조종사가 레지나 섬으로 왔지만 그들을 불러들이고 무장시키는 데는 너무 많은 시간이 필요했다.

따라서 현재 공습에 동원할 수 있는 항공기의 수는 충분하지가 않았다. 그리고 타란토는 레지나하고 얼마 되지 않는 거리에 있었기 때문에 기습의 기회는 단 한 번뿐이었다.

단 한 번의 공격으로 클레망소에게 치명적인 타격을 입히지 못한다면 수많은 해적의 전투기들이 클레망소를 보호할 것이고, 클레망소는 레지나에 포격을 가할 것이다.

이번 작전에서 안정성과 정확성 이 두 가지 요인 중 하나는 불행하게도 이번 공습 작전에서 배제되어야만 했던 것이다. 그리고 그 대립을 종식시킨 것은 에르하르트였다.

"현재 바이오코 섬에서 출격시킬 수 있는 전투기의 숫자와 클레망소를 공격할 수 있는 공격기의 숫자는 얼마나 됩니까?"

이 질문 하나로 에르하트는 논쟁을 종식시켰다. 전함은 그 자체만으로도 바다에 떠 있는 강철 요새였다. 엄청난 두께의 강철판으로 보호되는 전함은 어지간한 타격으로는 치명적인 상처를 줄 수가 없는 괴물 같은 존재인 것이다.

따라서 아무리 전함의 상갑판이 같은 전함의 함포를 방어하기 위해 설계된 다른 부분의 장갑들에 비해 약하다고는 하지만 최소한 700킬로 이상의 폭발력을 가진 폭탄으로 공격해야만 타격을 입힐 수 있었다. 그것도 단 한 발이 아닌 여러 발을 명중시켜야만 했다.

그런데 문제는 아드리안의 길드에서 보유한 공격기의 숫자가 턱없이 부족하다는 것이다. 그것은 용병 길드의 한계이기도 했다.

용병은 호위를 위해 존재하는 것이기에 무엇인가를 파괴하기 위해 존재하는 공격기보다는 적기를 공격하고 대상을 호위할 수 있는 전투기의 수가 압도적으로 많았던 것이다.

거기다 해적들의 배 역시 속도를 중시한 조그만 콜벳함이나 고속정들이 대다수를 차지하고 있었기 때문에 전투기에 장착할 수 있는 폭탄만으로도 충분히 함선에 대한 공습이 가능했었다.

하지만 이번에 나타난 전함은 달랐다. 남부 국가 연합에서 생산되는 전투기는 기껏해야 200~250킬로 정도의 폭탄으로 무장할 수 있었지만, 이 정도의 폭탄으로는 절대 치명적인 공격을 가할 수는 없었다.

항공기가 전함을 공격하기에 가장 좋은 수단은 어뢰였지만 어뢰를 다는 뇌격기는 바랑기스 공국의 어느 용병대에도 존재하지 않았다. 또한 수평 폭격을 가할 수 있는 중폭격기가 뇌격기도 존재하지 않는 바랑기스 공국에 있을 리는 만무했기에 클레망소를 공격할 수 있는 유일한 수단은 현재로서는 급강하폭격기밖에 없었다.

그리고 바이오코 섬에 배치된 급강하폭격기는 단 아홉 대였다. 이것으로 인해 공격 시기는 새벽으로 정해졌다.

에르하트가 무선을 마치고 조종간을 다잡았다. 옆으로 지나가는 각양각색의 항공기들을 바라보던 그의 귓가로 마르코니의 격양된 목소리가 다시 들려왔다.

"타란토 상공 돌입! 1대 전개한다! 적의 전투기는 보이지 않는다! 기습이 성공했다!"

공습 시기를 잡고 나서 에르하트와 그라시아니, 그리고 많은 사람들은 출격시킬 수 있는 항공기들의 구성을 두고 많은 고민을 했었다. 물론 클레망소를 멈추게 할 수 있는 능력을 지닌 것은 아홉 기의 급강하폭격기뿐이었지만 이 아홉 기의 급강하폭격기가 그대로 공격을 시도한다면 막강한 전함 자체의 대공망과 호위함, 그리고 아마도 배치되어 있을 호위 전투기들 때문에 그대로 산산조각날 것이다.

그리고 보유기 아홉 기라는 숫자는 단 한 기의 격추되더라도 공격전력에 엄청난 손실을 의미했다. 따라서 공격을 계획하면서 제일 먼저 고려한 것은 급강하폭격기들의 엄호였고, 그 결과는 다음과 같았다.

제1대는 아드리안의 날개가 보유한 가장 강력한 전투기인 SAI-203 전투기 열두 기를 동원한 편대였다.

이 열두 기의 전투기에는 길드가 자랑하는 전투기 조종사들이 배치될 예정이었다. 해적의 호위기가 얼마나 되는지 모르지만 이들은 어떻게든 타란토의 상공을 장악해야만 했다. 그라시아니가 한숨을 내쉰 것도 이때였다.

"해적과의 결투로 사라진 전투기들과 조종사들이 그렇게 아쉬울 수가 없군요. 마르셀라니는 이것도 노렸을까요?"

그라시아니의 말을 듣고 많은 사람들이 마르셀라니의 악마적일 정도로 철저한 계획에 치를 떤 것은 당연한 것이었다.

아무튼 제1대의 편대장은 길드에서 가장 조종술이 뛰어난 파일럿이자 부길드장인 마르코니 발보가 맡았다. 떠벌이에다가 주체할 수 없는 바람기를 가진 사람이었지만 조종 실력은 물론 공중전에서의 편대 지휘 능력 역시 인정받고 있었다.

제2대는 길드의 구형 전투기 20기로 이루어져 있었다. 이들은 대략 200킬로에서 250킬로 폭탄으로 무장한 상태로 출격하게 되는데, 급강하폭격기가 공격을 하기 전 적의 호위함들과 대공망을 무력화시키기 위한 목적을 띠고 구성됐다.

또한 지상 공격을 마친 후 제1대의 상황에 따라 제공권을 장악하는 2차 임무도 가지고 있었다.

그러한 이유로 제2대를 지휘해야 하는 사람은 노련하고 경험이 풍부해야만 했는데, 젠나로 베네토라는 이름을 가진 부길드장이 만장일치로 제2대의 편대장으로 뽑혔다.

그는 나이가 거의 50에 이른 용병으로 아드리안의 날개에 있는 어느 누구보다도 많은 전투 경험을 가지고 있었고, 또 그만치 상황 판단이 빨랐다.

그리고 클레망소에게 일격을 가하다는 가장 중요한 임무를 가진 제3대의 지휘관은 이탈리 발보였다. 이 말없는 사나이는 길드의 모든 사람들에게 가장 용맹하고 가장 정교하게 조종한다는 평가를 받고 있었다. 거기다 느긋하게 보일 정도로 침착한 태도는 대공망을 돌파해서 클레망소의 숨통을 끊어놓기에 누구보다도 어울리는 사람이었다.

그의 선출에는 에르하트도 만족했는데, 해적들과의 대결에서 그의 조종 실력과 상황 판단력과 과감한 대처 능력을 충분히 알 수 있었기 때문이다.

그리고 마지막으로 재편된 제4대는 예비대로서 적의 증원이나 상황에 따라 각 전투 편대를 지원해 주는 임무를 가지고 있었다.

제4대의 전투기 수는 여섯 기였고, 편대장은 당연하게도 에르하트가 맡았다. 그의 풍부한 경험과 지휘 능력, 그리고 압도적인 전투력은 전선의 기동 타격대로 활약해야 하는 예비대의 지휘관으로서 너무나 적합했던 것이다. 거기다 이스카야르와 프라이어의 만류에도 불구하고 에르하트가 적극적으로 나선 탓이기도 했지만 말이다.

급강하폭격기 아홉 기와 전투기 서른여덟 기 총 마흔일곱 기의 항공기가 타란토 공습 작전에 투입됐다. 이 정도 규모의 항공 작전은 유구한 역사를 지닌 아드리안의 날개에서도 몇 안 되는 것이었기에 공습에 투입된 조종사들의 눈에는 전투의 긴장감과 함께 뿌듯한 자부심이 맺힌 것은 어쩌면 당연하다 할 수 있었다.

"무운을 빈다, 마르코니 발보. 제1대를 따라 제2대는 클레망소를 향해 돌입한다!"

에르하트가 명령을 내리고 나서 앞을 바라보았을 때, 그에 눈에 비친 것은 초목이 무성하고 수많은 바닷새들이 둥지를 튼 아름답고 조그만 화산섬이었다. 그리고 아름다운 섬 타란토의 상공을 향해 날고 있는 많은 항공기들 사이로 터져 나오는 것은 엄청난 수의 검은 포연이었다.

하늘을 가득 메우고 있는 검은 포연과 불꽃의 향연을 지켜보면서 에르하트가 두 눈을 부릅뜨면서 거친 음성을 토해냈다.

"대비하고 있었나, 마르셀라니?"

율리아의 달 마지막 주 목요일, 새벽의 여명을 속에서 타란토에 대한 공격이 이렇게 시작됐다.

밤의 여운이 가시는 타란토의 하늘 위로 노란색과 붉은색으로 어우러진 대공포화가 맹렬하게 솟아오르고 있었다. 그리고 화려한 불꽃이 사라진 자리에는 새까만 포연이 그 공간을 차지하고 있었다. 귀를 때리는 요란한 폭발음과 공간을 가르면서 하늘을 향해 치솟아오르는 불꽃들이 어둠이 가신, 아무도 살지 않는 섬 타란토의 주위를 가득 메웠다.

"젠장! 어떻게 알고 있었던 것이지?"

공격기들의 모습을 뒤에서 살피고 있던 에르하트의 입에서 거친 욕설이 저절로 튀어나왔다. 그리고 에르하트의 시선이 향한 곳에는 전함에 접근하다 엄청난 대공포 세례를 받고 떨어져 내리고 있는 공격 편대의 모습이 있었다. 갑작스러운 대공 포화는 엄청난 피해를 양산했고, 그와 함께 공격 편대에 혼란을 야기시켰다.

"대공망이 너무 강력합니다!"

"직진하지 말고 반대 방향으로 돌아!"

"여기는 제2대 베네토 편대! 편대장기가 격추당했다!"

"적의 포화가 너무 거세다! 일단 물러서겠다!"

고공에서 언제 나타날지 모르는 적의 편대를 찾고 있던 에르하트의 귀에 전장이 혼란스러운 상황이 무전을 타고 그대로 들어왔다. 수평선에서 떠오르는 빛을 받아가며 타란토 주위를 선회하고 있던 에르하트는 엄청난 수의 불꽃이 치솟아오르고 있는 타란토 옆에서 검은 매연을 뿜어내면서 서서히 속도를 올리고 있는 거대한 순양전함의 중앙부에

특이한 모양의 구조물이 설치되어 있는 것을 발견했다. 그리고 그것이 무엇인지 깨닫자마자 나지막한 침음성을 토해낼 수밖에 없었다.

"뷔르츠부르크!"

그것은 서부 통합 전쟁 발발과 함께 새롭게 등장한 신무기 뷔르츠부르크, 즉 Radar(Radio Detection And Ranging)였던 것이다. 레이더는 간단하게 말하자면 전자파를 방사하여 목표 물체의 표면으로부터 반사되는 전자파의 에코를 수신하는 장치이다. 군사적 목적을 위해 전자파를 이용하자는 착상은 성력 1860년대부터 군 내부에서 나오기 시작했다.

성력 1864년 발렌슈타인 제국의 무기 개발청에서 일하던 C. 휠스마이어가 전자파를 이용한 선박 충돌 방지 장치의 개발해서 해군의 군함이나 상선에 이 장치를 달기 시작했다.

남부 국가 연합에서는 성력 1871년 가브리엘 마르코니가 단파 보급의 일환으로써 단파를 선박의 충돌 방지에 활용해야 한다고 제안했으며, 엘링턴 왕국에서는 왕립 해군 연구소의 A.H. 테일러와 L.C. 영이라는 두 과학자가 강을 사이에 두고 단파를 실험하던 중 선박에 의해 전파가 방해된다는 사실을 알아냈고, 이 발견으로 현재의 모습을 가진 레이더가 본격적으로 개발되기 시작했다.

그리고 결국 서부 통합 전쟁이 일어나기 8년 전인 성력 1880년 엘링턴의 과학자 A.H. 테일러의 팀이 60MHz파의 FM 도플러 레이더로 65큐빗 전방의 비행기를 탐지하는 데 성공한다.

이후 계속된 개발로 레이더의 전파 발신 반경은 전쟁 직전, 무려 130큐빗에 이르게 되고 이 레이더 장치는 서부 통합 전쟁에서 엘링턴 왕국이 발렌슈타인 공군을 요격하는 데 커다란 도움을 주게 된다.

"폴센 제국 놈들 전함에 레이더를 설치하는 데 성공한 것인가?"

서부 통합 전쟁까지만 해도 레이더 설비는 그 크기로 인해 지상에만 설치가 가능하다는 것이 상식이었다. 하지만 에르하트가 발견한 구조물은 분명히 레이더의 형태를 유지하고 있었다. 그 의미는 단 하나, 신성 폴센 제국이 함선에 설치 가능한 소형 레이더를 개발하는 데 성공했다는 것이다. 그리고 마르셀라니에게 클레망소를 공여하면서 이 레이더 장치를 전함에 설치, 그 실전 테스트를 이곳 바랑기스 공국에서 치르려는 의도로 보였다.

"망할 놈들아! 네놈들 땅에서 그냥 먹고살란 말이다!"

에르하트가 자신의 앞길을 사사건건 막아서는 신성 폴센 제국의 위정자들을 떠올리면서 절규하고 말았다.

악연도 이런 악연이 있을까? 그뤼네발트에서 이곳 아드리안 해까지 에르하트가 가는 곳에는 언제나 그들이 존재했다. 전생에 원수라도 졌는지 무슨 일만 하려고 하면 나타나는 신성 폴센 제국 때문에 죽어라 고생만 하는 자신의 처지가 불쌍하게만 느껴졌다.

그렇지만 이렇게 한탄만 하고 있을 수는 없었다. 이번 타란토 공습은 자신의 주도 하에 계획된 작전이고, 그 결과에 따라 바랑기스 공국의 운명이 결정되는 것이다.

"작전을 변경한다! 제2대는 타란토에 설치돼 있는 적의 대공망을 타격한다! 제3대가 전함을 폭격한다! 제1대는 대공 경계 임무를 수행하라! 제4대가 먼저 클레망소에 접근하겠다! 제4대 돌입한다!"

에르하트가 무전을 날리자마자 제1대를 이끌고 있던 마르코니가 말을 걸어왔다.

"괜찮겠습니까, 에르하트 남작님? 제4대는 예비 편대라서 250킬로급 폭탄밖에 없습니다. 여섯 기로는 좀 무리입니다."

"나도 잘 알고 있다. 그렇지만 클레망소에서 발사되는 대공 포화보다 타란토에 설치된 대공포들이 더 위협적이다. 어차피 제2대 역시 폭탄의 위력이 낮은 것은 마찬가지다. 거기다 이미 제2대는 큰 피해를 입었다. 차라리 그들이 타란토를 잠재우고 우리가 전함의 대공망을 약화시키는 것이 더 낫다. 중요한 것은 1,000킬로 급 이상의 폭탄을 탑재한 제3대다. 그들을 보호해야 한다!"

에르하트는 말을 마치자마자 아드리안의 날개에서 빌린 SAI-203 전투기를 이끌고 그대로 급상승하기 시작했다. 그리고 자신의 편대 기들을 이끌고 공습에서 빠져나가기 위해 서서히 속력을 높이고 있는 클레망소의 바로 머리 위에 도착하자 그대로 공중에서 수직 선회를 하기 시작했다.

"로노! 절대로 폭격 코스를 이탈하지 마라!"

"예!"

에르하트 바로 옆에서 날고 있던 로노가 긴장감을 감추지 못하고 떨리는 목소리로 대답했다.

누구라도 그럴 것이다. 지금 타란토의 하늘은 불꽃과 검은색 포연으로 가득 메워져 있었다. 비산하는 대공포의 유탄들과 수없이 뻗어 올라오는 대공 기관포들의 틈새를 뚫고 전함에 접근하기 위해서는 엄청난 용기가 필요했다. 하물며 실전 경험이 없는 어린 여자 아이에게는 가혹하기까지 했다.

"로노, 미안하다! 살아 돌아가면 예쁜 옷을 사주마."

에르하트는 그렇게 썰렁하기 그지없는 위로 같지 않은 위로의 말을 건네고는 급강하를 시작했다. 그리고 클레망소 주위에 작렬하는 대공 포화 속으로 에르하트를 비롯한 공격 명령을 받은 전투기들이 하나씩 전함을 향해서 떨어져 내려갔다.

에르하트와 제4대의 공격을 눈치챘는지 타란토를 타격하고 있는 제1대를 향해 쏟아져 들어가던 클레망소의 대공포들이 일제히 방향을 바꿔 자신의 머리 위, 즉 급강하하고 있는 에르하트의 편대를 노리기 시작했다.

자신의 몸을 거칠게 밀어붙이는 중력의 압박 속에서 에르하트는 클레망소에 설치된 거대한 전함의 거대한 동체를 향해 내리 꽂혔다. 전함에 설치된 주포와 강철의 구조물 사이에서 끊임없이 피어나고 있는 선명한 불꽃의 향연이 그를 맞이했다.

쾅쾅쾅! 파파팡!

귀를 찢는 엄청난 포성이 돌격하고 있던 에르하트의 귀를 때리고 그의 기체를 흔들어댔다. 눈앞으로 펼쳐지는 엄청난 섬광의 장벽들은 죽음에 대한 인간의 공포심을 끊임없이 자극하고 있었지만 에르하트와 로노를 위시한 여섯 명의 조종사는 억겁처럼 느껴지는 이 찰나의 순간을 견뎌냈다.

그리고 어느 순간, 눈앞을 가득 메우던 검은 매연이 걷히고 엄청난 수의 오렌지빛 섬광을 토해내고 있는 클레망소의 모습이 에르하트의 시야를 가득 메웠다.

급박한 위기의 순간에 순양전함 클레망소는 에르하트와 그의 편대의 공격을 피하기 위해서 필사적으로 선회했다. 이 타이밍이 적절해서 최초에 떨어진 폭탄 네 발은 클레망소의 주위에 떨어져 물보라만 일으켰지만 전함 클레망소가 아무리 빨리 선회를 한다고 해도 이미 가속도가 붙을 대로 붙은 에르하트의 공격마저 피할 수는 없었다.

레이다를 중심으로 전함의 중앙부가 아주 가까이 다가왔고, 에르하트가 조종간에 설치된 버튼을 누른 것은 그때였다. 공격을 마친 에르하트는 곧바로 조종간을 있는 힘껏 끌어당겼다.

"크악!"

엄청난 압력을 이기면서 조종간을 잡아당긴 에르하트의 노력으로 그의 전투기가 클레망소의 곁을 아슬아슬하게 스쳐 지나갔다. 그리고 그 뒤를 이어 폭발과 함께 강철의 파편이 아드리안 해의 물결 위로 쏟아져 내렸다.

"명중인가?"

에르하트가 말을 마치고 공격의 성과를 확인하기 위해 클레망소가 있던 방향으로 고개를 돌렸을 때, 그의 눈에 검은 연기에 뒤덮인 클레망소가 보였다. 검은 연기에 뒤덮인 전함의 중앙부에서 불길이 일어나고 있었다.

"모두 무사한가?"

공격 성과를 확인한 에르하트가 자신과 함께 전함을 향해 돌입한 편대원들의 생사 유무를 확인하기 시작했다. 곧 지친 기색이 완연한 로노의 목소리와 다른 두 명의 목소리를 들은 에르하트가 다시 입을 열었다.

"두 명이 당했군."

에르하트가 씁쓸한 표정을 지으며 고도를 높이면서 연기에 뒤덮인 전함 위를 가로질러 갔다.

에르하트도 알고 있었다, 적함을 향해 돌입한 자신의 편대원들 중 몇몇은 대답할 수 없으리란 걸. 그렇지만 에르하트는 모두에게 물어봤다. 그것이 그가 할 수 있는 모든 것이었기 때문이다.

"제4대는 제1대와 합류, 제공 제압 임무에 들어간다. 나는 전함의

마르셀라니, 복수, 상처, 그리고 음모

상태를 확인하고 합류할 테니 그때까지 마르코니가 잔존 편대 기를 이끌기 바란다."

"알았다."

마르코니에게서 대답을 확인한 에르하트가 다시 기체를 선회시켜서 타란토의 상황을 살피기 시작했다. 제2대의 타란토 공격이 성공해야만 치명적인 일격을 가할 수 있는 제3대가 클레망소에 접근할 수 있다.

에르하트는 고도를 높이면서 타란토와 그 주위를 살폈다.

타란토가 불타고 오르고 있었다. 거센 바닷바람을 오랜 세월 견디면서 이 외딴 섬을 가득 메우고 있던 수목들이 불타오르는 것이 보였다. 그리고 그 불길 위로 수많은 바닷새들과 전투기들이 날고 있었다.

전투기들이 지나갈 때마다 폭발이 섬에서 일어났고, 섬을 스치듯 지나가는 전투기들의 날개에서 탄환이 쏟아져 나오는 것이 보였다. 타란토의 적들 역시 치열하게 저항했지만 그 기세는 전투 초반과는 확연하게 차이가 났다.

"여기는 에르하트, 제2대 타란토의 상황은 어떤가?"

에르하트가 정확한 상황을 파악하기 위해 제2대를 이끌고 있던 크리스티안 루카 편대장을 호출했다. 답신이 들어오지 않았다. 기다리던 답신이 들어온 것은 얼마간의 시간이 지난 후였다.

"여기는 제2대의 지휘를 맡고 있는 에밀리오 에스테반이다."

"베네토 편대장을 대신해 지휘를 맡은 루카 편대장은 어떻게 됐나?"

안타까운 희망을 담으면서 에르하트가 질문을 하자 당연하지만 너무나 잔인한 사실, 즉 루카의 죽음을 알리는 답신이 에스테반에게서 돌아왔다.

"피해 상황은 어떤가? 공격은 성공한 것 같은데……."

"제2대 스무 기 중 현재 남은 잔존 기는 열한 기다. 초반에 전함을 공격하려다 다섯 기가 격추되고 타란토를 공격하다 네 기가 격추됐다. 그렇지만 두 기의 파손 상태가 심해서 복귀해야 한다. 그리고 남은 전투기들 역시 무장이 거의 바닥나서 물러나야 한다."

제2대의 피해는 엄청났다. 편대 기의 거의 절반이 격추되고 지휘관들이 연이어 전사한 것이다. 더 이상의 전투는 무리였다.

"알았다. 제2대는 제3대의 공격이 시작됨과 동시에 귀환하기 바란다."

"알았다."

에르하트르는 교신을 마치고 마지막으로 클레망소의 상태를 확인하기 위해 전함에 접근하기 시작했다.

자신을 따라붙는 대공포화를 뿌리치면서 에르하트르는 클레망소의 주위를 선회했다.

잠시 후 클레망소의 상태를 확인한 에르하트르는 인상을 찌푸리고 말았다. 타격이 생각보다 크지 않은 것처럼 보였기 때문이다. 전함을 가득 뒤덮고 있는 매연 사이로 수병들이 이리저리 뛰어다니면서 소방 호스를 들고 물을 뿜어내고 있는 것이 보였다.

"역시 공격이 약했나?"

그의 생각대로 에르하트르가 이끌던 제4대의 공격은 클레망소에 그렇게 큰 피해를 주지 못했다. 에르하트르와 그의 편대 기들이 뿌린 폭탄의 양이 적었고, 무엇보다 파괴력이 너무 약했다. 거기에 몇 안 되는 폭탄마저 대공포의 집중 사격으로 정확하게 투하하지 못해서 명중한 것은 단 두 발이었다. 그나마도 에르하트르가 클레망소의 바로 위까지 바로 근접해서 떨어뜨린 결과였다. 전문적인 폭격 훈련을 받지 못한 조종사들의 한계였다. 하지만 희망은 있었다. 비록 투하된 폭탄이 갑판을 뚫고 전함 내부에 심대한 타격을 입히는 것에는 실패했지만 두 발의 폭탄으로 인해 대공망이 심각한 손상을 입은 것이다.

순양전함 클레망소에 설치된 105세밀 대공포 12문과 45세밀 대공포 16문의 절반이 함교를 중심으로 한 전함의 중앙에 설치돼 있었기 때문이다. 어차피 공격기의 수가 모자랐기에 전함의 데미지 컨트롤 시스템을 이겨내기에는 무리였다. 전함을 공격하는 가장 효율적인 수단은 어뢰였지만 호위가 주임무인 아드리안의 날개에는 당연하게도 어뢰의 장비가 가능한 항공기가 없었다. 기껏 해봐야 코르벳함이나 포함 수준에 불과한 해적선을 침몰시키기 위해 있던 아홉 기의 단발폭격기들이 전부였다.

따라서 에르하트가 노린 것은 단 하나, 클레망소의 침몰이 아니라 클레망소가 가진 14인치 주포 8문을 파괴하는 것이었고, 해적들의 전투기들이 엄호하기 전에 빠른 공격으로 이 주포들을 잠재운다면 아직 희망은 있었다.

마르셀라니는 바랑기스 공국의 중심인 레지나를 장악하기 위해 이곳에 돌아왔다. 레지나를 마르셀라니가 장악한다면 그의 반란에 동조하지 않던 해적들도 결국 대세에 따르게 될 것임이 분명했다. 그리고 레지나 장악의 핵심에는 클레망소가 있었다. 그러나 마르셀라니의 최대의 무기가 클레망소라면 역으로 마르셀라니를 막을 수 있는 최대의 무기 역시 이 클레망소라고 할 수 있었다. 레지나를 장악하기 위해 마르셀라니가 뽑아 든 카드인 이 전함을 침몰까지는 아니더라도 무력화시킬 수 있다면 결국 마르셀라니의 의도를 무산시킬 수 있다.

항공기의 등장으로 전함의 위세가 약해졌다고는 하지만 전함은 전함이다. 그 존재 자체만으로 엄청난 영향을 줄 수 있는 전략적 무기였다. 그리고 전함에게 그러한 가치를 부여하는 것은 다른 것이 아닌 전함에 설치된 거포였다.

에르하트는 클레망소에게서 그 전략적 가치를 빼앗으려고 한 것이다. 주포가 침묵한 전함은 더 이상 두려운 상대가 아니었기 때문이다. 그리고 최대의 카드를 잃은 마르셀라니는 결국 해적들의 동조를 이끌지 못할 것이다.

"제3대 출동한다. 클레망소의 중앙 대공망이 침묵했다. 목표는 클레망소의 주포. 무운을 빈다."

에르하트가 마침내 대기하고 있던 아홉 기의 급강하폭격기에게 공격 명령을 내렸다. 그리고 제1대의 호위를 받으면서 급강하폭격기들이 클레망소가 머물고 있는 타란토 섬의 상공을 가로질렀다.

에르하트의 지시에 따라 중심부가 검은 연기로 완전히 뒤덮인 순양전함 클레망소의 머리 위로 접근한 아홉 대의 급강하폭격기들은 동체 바로 밑에 1,000~2,000킬로 급 함선 파괴용 철갑 폭탄을 달고 있었다. 폭탄의 종류가 천차만별인 것은 그만큼 아드리안의 날개가 이런 종류의 폭탄을 보유하고 있지 못하는 반증이기도 했다. 물론 해적이 전함을 동원하리라고 아무도 예상하지 못했겠지만 말이다.

그리고 클레망소에게 치명타를 가할 이 아홉 대의 급강하폭격기 역시 달고 있는 폭탄만큼이나 그 종류가 다양했다.

서부 통합 전쟁 전에 개발된 구식 급강하폭격기 엘링턴 왕국의 급강하폭격기 A-24 '베쉬'에서부터 뭔가의 실수로 이곳까지 흘러오게 된 역갈매기형의 주익이 돋보이는 발렌슈타인 공군의 최신예 급강하폭격기 He-100 '하인켈'까지 다른 곳에서는 과연 운용이나 가능할지 의심이 갈 정도였다.

　만일 대륙의 다른 나라 공군 장교들이 이 모습을 보았다면 너무나 종류가 다양해서 오합지졸같이 초라하게까지 보여 이 급강하폭격기의 편대를 보고는 코웃음 쳤을 것이다.

　그렇지만 아홉 대의 급강하폭격기에 타고 있는 말없는 사나이 이탈리 발보와 그의 편대원들의 마음속에는 뜨거운 불꽃이 타오르고 있었다. 자신들의 모습이 초라하거나 말거나 현재 순양전함 클레망소에 제대로 펀치를 먹일 수 있는 존재는 바랑기스 공국 내에서 자신들뿐이었던 것이다.

　이 사실은 자부심을 가지고 하늘을 나는 아드리안의 조종사들에게 커다란 정신적 포만감을 주었다. 누구라도 그럴 것이다. 자신의 손으로 자신의 조국을 구할 수 있는 기회가 왔다는 사실을 인지한다면 말이다. 거기다 잘만 하면 아드리안의 날개 길드 역사상 최초로 전함을 격침한 인물로 이름을 남길 수도 있었다.

　그런 이유로 이탈리 발보를 비롯한 아홉 명의 용사는 기꺼이 이 위험한 임무에 자원했다.

　아드리안의 날개 최일선에서 활동하는 젊은 조종사들은 그 젊음만큼이나 무모할 정도로 용감했고 명예를 사랑했다. 자신에게 사신이 방문할 것이라고는 생각지도 않는 듯이 말이다.

　이런 자원자들을 보고 무모한 비행으로 이름을 날리고, 이곳 바랑기스 공국에서도 무모하다는 그 평가를 유감없이 발휘하던 에르하트조차 젊은 용병들이 주먹다짐까지 하면서 빈약한 무장의 급강하폭격기를 몰려고 하자 혀를 내두르고 말았다. 결국 길드장인 그라시아니는 교통정리를 위해 급강하폭격기를 조종할 비행사의 차출을 아드리안의 날개에서도 가장 용감하고 그만큼이나 무모한 비행을 하기도 유명한 이탈리에게 전부 일임하고 말았다.

발보 형제의 능력은 그도 인정하는 바였고, 발보 형제는 그 나이만큼이나 젊은 비행사들과 친했고, 또 그만큼이나 잘 알고 있었기 때문이다. 젊은 용병 비행사들로부터 신망을 얻고 있는 이탈리—불행히도 동생인 마르코니는 친분과는 별개로 실력에 전혀 신망을 얻고 있지 못했다. 떠벌이 마르코니가 그의 별명이라면 말 다한 것이다—의 선택이라면 조종사들도 수긍할 수밖에 없을 것이었다.

그 판단은 주효했다. 이탈리가 슬그머니 앞으로 나와 입술에 손가락을 갖다 대자마자 다툼을 벌이고 있던 조종사들이 조용해진 것이다. 그리고 이탈리가 한 사람씩 손가락으로 지명하고 마지막으로 자신을 가리키자 급강하폭격기를 조종할 사람들이 모두 정해졌다.

그에 대한 반발은 없었다. 그 누가 보더라도 이탈리가 지정한 사람들은 용기와 실력, 그 두 가지 모두를 겸비하고 있었기 때문이다. 반발한 사람을 굳이 든다면 형제 간의 믿음과 배신에 대해서 장광설을 늘어놓았던 이탈리의 동생인 마르코니 발보를 들 수 있었는데, 전투기들을 이끌고 제공 제압 임무를 맡기로 되어 있었음에도 불구하고 형인 이탈리가 급강하폭격기대의 편성을 맡게 되자 은근히 기대를 했던 모양이었다. 말 많은 동생의 불만만 제외한다면 이탈리의 선택은 모두에게 만족스러운 것이었다.

"제3대, 타란토 섬에서 전함이 빠져나가기 전에 전함의 주포에 치명타를 가해야 한다. 공격은 계획대로 진행한다."

에르하트가 말을 하자, 마이크로 짧게 끊어진 휘파람 소리가 들려왔다. 말을 하지 않는 이탈리 발보 특유의 답신이었다. 에르하트가 전함

위로 다가가는 급강하폭격기 편대를 보면서 고도를 높였다.

"공격을 받고 있다는 연락이 왔습니다."
요트의 난간에 서서 수평선에서 떠오르는 태양을 바라보던 마르셀라니에게 브로이가 말을 건넸다. 하지만 레지나 강습의 중요 전력인 클레망소가 기습받았다는 보고를 하는 사람의 모습치고는 이상할 정도로 여유가 있었다. 그것은 보고를 받은 마르셀라니 역시 마찬가지였다.
"공격 편대의 항공기 수는?"
마르셀라니가 그대로 서서 되물었다.
"대충 40대에서 50대 사이로 보인다고 합니다."
"그래?"
그렇게 말을 마친 마르셀라니가 그제야 고개를 돌렸다. 브로이는 마르셀라니를 바라보다가 자신의 눈을 손으로 가려야만 했다. 마르셀라니가 몸을 돌리면서 수평선을 가득 채우면서 올라오던 태양의 역광이 눈을 자극한 탓이었다. 태양 속에 몸을 가리면서 검은 그림자를 길게 늘어뜨리던 마르셀라니가 브로이에게 미소를 지어 보였다.
"짧은 시간 내에 많이도 모아왔군. 클레망소의 지금 상태는?"
"아직 이렇다 할 피해는 없는 모양입니다만 어느 정도 타격을 입은 것 같기는 합니다."
"그런가?"
"뭐, 아무리 기습을 걸었다고 해도 용병 길드에 전함에 타격을 줄만한 이렇다 할 공격 무기가 있을 리 만무하겠지요."
"그도 그렇군."

마르셀라니가 말을 마치고 다시 거친 파도에 흔들리는 요트의 난간을 잡더니 자신의 헝클어진 머리를 거칠게 쓸어 올렸다. 그리고 아드리안의 에메랄드빛 물결을 잠시 동안 지켜보던 마르셀라니가 가라앉은 목소리로 말했다.

"시작한다."

"예."

대답을 마친 브로이는 고개를 돌리고 요트의 조타실 안으로 들어갔다.

잠시 후, 브로이의 목소리가 바닷바람을 타고 마르셀라니의 귀에 들어왔다.

"작전을 개시한다!"

마르셀라니가 요트의 난간에 몸을 기울이자마자 그의 주변에서 엄청난 수의 엔진음들이 폭발적으로 터지기 시작했다. 그가 타고 있는 요트 주위로 수많은 항공기들이 바다를 가르면서 일제히 달려나가고 있었다. 어지러울 정도의 혼란이 정적이 감돌고 있던 바다를 지배했고, 귀를 울리는 소음들과 거센 바람 속에서 마르셀라니는 이리저리 흔들리는 요트의 난간을 잡으면서 웃음을 지었다.

어느 순간 마르셀라니의 시선이 하늘로 향했다. 그리고 그의 시선이 향한 하늘에는 각양각색의 항공기들이 공간을 가득 메우고 있었다. 순식간에 점으로 변해 사라지는 엄청난 수의 검은 무리들을 지켜보는 마르셀라니의 눈에 섬광이 일었다.

클레망소의 주포 마운트는 고전적인 2연장 포신의 포탑 한 쌍이 전방부와 후방부에 각각 배치돼 있는 형태였다. 방어를 위해 설치된 주포 장갑판의 두께는 전면부와 상층부는 전반적으로 12인치의 두께를 유지하였고, 측면 장갑은 상갑판과 현측상부장갑이 방어를 보조해 주었으므로 7인치 정도로 떨어졌다. 결론적으로 클레망소가 가진 주포의 장갑은 대부분의 동시대 전함들보다 얇다고 할 수 있었다. 순양전함 클레망소가 건조된 시기에는 이 정도로도 충분했지만—당시의 순양전함 중에 클레망소의 장갑을 능가하는 전함은 없었다—시간의 흐름과 함께 나타난 신무기들의 등장은 클레망소의 상대적 방어력을 약화시켰다. 거기다 클레망소의 장갑 재질은 최신에 군함에 적용된 균질장갑이 아니었다.

균질장갑이란 말 그대로 풀이한다면 겉과 속이 균일하게 이루어진 장갑이란 뜻이다. 이 균질장갑은 보통 부드럽고 연성이 있으며, 경화 처리 과정을 통해서 그 탄성과 유연성을 강화시켜 파손 시 파편의 양을 적게 만들어 유탄 효과를 감소시키고, 관통이나 금이 가는 일이 없게 만드는 장갑이다.

균질장갑은 그전까지 쓰인 장갑판에 비해 상대적으로 두 배 이상의 방어력을 전함에게 제공한 신무기였다. 그렇지만 클레망소는 이런 균질장갑 재질이 아니었다. 고전적인 형태의 장갑인 표면경화장갑이라는 것을 사용했다. 이 표면경화장갑은 위에서 떨어지는 포탄이나 폭탄을 장갑이 견뎌낼 수 있다면 항공 공격에 더 우수한 방어력을 보일 수는 있었겠지만 11인치 이상 급의 전함의 함포나 고공에서 엄청난 위치 에너지를 동반하고 떨어지는 철갑 폭탄의 방어에는 취약한 구조적인 문제점을 가지고 있었다. 거기다 표면경화장갑판은 균질장갑에 비해 피탄 시 유탄 효과가 월등하게 높았다. 즉, 견뎌낸다면 문제가 없지만 견뎌내지 못한다면 엄청난 피해가 따른다는 것을 의미했다.

거기다 클레망소는 대구경 대공포를 거의 50문 이상 주렁주렁 매달고 있는 지금의 전함들에 비해 대공화력이 빈약했다.

우려되던 적기의 엄호도 없었고, 타란토의 대공망은 치열한 격투 끝에 제압했다. 일차 공습으로 중앙의 대공망이 무너진 클레망소에게 일격을 가할 기회가 찾아온 것이다.

이탈리 발보와 아홉 대의 급강하폭격기는 서두르지 않았다. 매연을 길게 끌면서 속도를 높이고 타란토를 빠져나가려는 클레망소의 항적이 길게 아드리안의 바다 위로 늘어졌다.

이탈리는 순간 매연에 휩싸인 중앙 마스트 부분을 공격할 것인가 고민했다. 주포를 공격해도 효과는 있겠지만 이왕이면 대공망이 파손되고 매연으로 인해 시야가 확보되지 않는 전함의 중심부를 타격해도 될 것 같았다.

잘만 하면 연돌을 뚫고 들어간 대형 폭탄들이 클레망소의 보일러를 날려 버리거나 탄약고를 유폭시켜 굉침을 유도할 수도 있었다. 그렇지만 고민하던 이탈리는 곧 고개를 가로저어야 했다. 에르하트의 공격으로 중심부가 연기에 뒤덮였다고는 하지만 그가 투하한 250킬로 급의 폭탄으로는 장갑을 파괴할 수가 없었다. 그리고 마음 놓고 클레망소를 두드릴 수 있는 기회는 이번 단 한 번에 불과할 수도 있었다.

연락을 받고 언제 해적의 전투기들이 클레망소를 보호하기 위해 달려들지 몰랐다. 거기다 전함의 중심부는 전함의 약점이었기에 다른 곳을 능가하는 장갑들로 철저하게 보호되고 있었다.

운 좋게 그 장갑들을 뚫고 들어가면 모르지만 실패한다면 그 타격은 컸다. 지금은 확실한 것을 노릴 때다. 전함을 격침시키는 것은 다음 문제였다. 이탈리가 고민을 끝내자마자, 휘파람을 불렀다. 그러자 뒤에서 대기하고 있던 급강하폭격기들이 하나둘 하늘에서 떨어져 내리기 시작했다.

맨 먼저 클레망소에 치명타를 가한 것은 급강하폭격기 편대를 이끌고 있던 이탈리였다. 전방에 설치된 주포의 마운트를 향해 돌격을 감행한 이탈리와 다른 한 대의 급강하폭격기는 자신들을 향해 격렬하게 날아드는 검은 폭연과 노랗고 빨간 대공기관포탄을 개의치 않고 그대로 폭격 코스를 유지하면서 내려갔다.

초반 뒤에서 가만히 지켜보던 때보다 확연히 대공망이 엷어진 것을 느낄 수 있었다. 이탈리는 가까이 다가오는 클레망소의 모습을 보면서 싱긋 미소 지었다.

쾅!

이탈리는 자신의 폭탄이 전함 전방에 설치된 주포를 뚫고 들어가는 모습을 마지막까지 지켜보았다. 역시 에르하트의 정보대로 클레망소의 주포 장갑은 1,000킬로 급 이상의 폭탄을 버텨내기에는 너무나 얇았다.

주포를 향해 떨어진 두 개의 철갑 폭탄이 방어벽을 뚫고 클레망소의 주포를 방어하는 철갑 방벽을 뚫고 그대로 주포에 설치된 탄약고까지 밀고 들어가 탄약을 유폭시키면서 전방에 설치된 2문의 거포를 박살내며 엄청난 폭발을 일으킨 것이다.

급강하를 마치고 다시 고도를 높이는 두 기의 급강하폭격기 뒤로 클레망소가 엄청난 파편을 아드리안의 바다에 흩뿌리면서 불타올랐다.

새벽의 여명이 가시는 시각에 개시된 클레망소와의 치열했던 사투도 태양이 수평선 위로 완전히 드러낸 아침 무렵 종막을 향해 치닫고 있었다. 여기저기서 조종사들의 환호성이 터져 나왔다.

누가 보다라도 클레망소는 현재 전함으로써의 기능을 상실한 상태였다. 네 개의 주포 마운트 중 살아남은 것은 단 하나도 없었고, 거기다 주포의 탄약고가 두 개나 폭발해 이 신성 폴셍의 순양전함은 완전히 불길에 휩싸여 있었다.

실제로 무서운 기세로 뿜어져 나오는 검은 연기 사이로 바다로 구명정을 내리고 있는 전함의 수병들이 여기저기서 보였다. 이탈리의 공격이 예상 외로 클레망소에게 큰 타격을 준 결과였다.

주포에 비치된 폭약이 유폭될 줄은 에르하르트도 미처 예상하지 못한 것이었다. 주포 탄약창의 유폭은 전방 주포 마운트 두 개를 완전히 멈춰 세웠고, 그 결과 남은 일곱 기의 급강하폭격기를 후방에 설치된 14인치 주포를 공격하는 데 집중시킬 수 있었다. 그리고 중앙의 화재와 주포의 폭발로 인해 대공망이 완벽하게 무너진 클레망소는 네 개의 폭탄을 정확히 얻어맞고는 후방 주포마저 날아가 버린 것이다.

거기에 더해 일차 공격 목표가 모두 파괴되자 남은 세 기의 급강하폭격기가 다시 에르하르트가 타격한 전함의 중심부를 타격함으로써 클레망소는 바다에 떠 있는 강철의 불덩어리가 되어버렸다.

이탈리가 이끄는 제3대의 공격 성과를 지켜보면서 에르하르트는 뿌듯한 마음 한구석에 뭔가 놓친 것이 있는 것 같다는 생각이 들었다. 뭔지 잘은 모르겠는데, 뭔가 잘못됐다는 느낌이 계속 들었다.

타란토 섬의 대공망은 피해가 있었지만 붕괴시킬 수 있었고, 기습을 받은 클레망소는 불타오른 채 다급하게 도망가는 중이었다. 완벽한 기습이었다. 그리고 성공했다. 불타고 있는 클레망소가 그 사실을 명확하게 보여주고 있다. 그렇지만 뭔가 이상했다.

마르셀라니, 복수, 상처, 그리고 음모

"내가 뭘 놓친 거지?"

"클레망소가 거의 완파 직전이라고 합니다."
브로이가 눈을 감고 앉아 있던 마르셀라니에게 조심스럽게 말을 걸자 잠든 듯 미동도 없던 마르셀라니의 눈이 갑자기 커다랗게 떠졌다.
"클레망소가 당했다는 말인가?"
"예. 주포가 완전히 날아가고 탄약고마저 몇 개가 날아가 버려서 전함으로서의 능력을 완전히 상실했다고 합니다."
"믿을 수가 없군, 브로이. 대단한데? 설마 그렇게까지 당할 줄은 정말 몰랐는데."
마르셀라니가 두 손을 가슴으로 올리면서 놀라는 시늉을 하자 브로이가 쓴웃음을 지었다. 한 나라를 지배하기 위해 음모를 꾸미고 수많은 사람들을 우롱한 희대의 야망가 움베르토 마르셀라니, 그의 모습이 너무나 여유롭게 보였기 때문이다.
그가 저지른 일들과 상반되는 너무나 한적한 그의 모습이 자신의 운명을 위태로운 벼랑 끝에 걸고, 목적을 위해 자신의 과거와 미래를 모두 던져 버린 야망가의 모습과는 너무나 그 거리가 멀었다. 어디선가 바람에 불어와 그의 머리카락이 흩날리자 얼굴을 가로지르면서 길게 이어진 상처가 보였다. 그리고 상처의 선상 정중앙에 위치해 언제나 감겨져 있는 그의 한쪽 눈.
그의 어두웠던 과거가 멀리서 불어온 갑작스러운 바람으로 인해 엿보였다. 그리고 그가 웃었다. 진정으로 만족스러워 보이는 웃음이었다.

어느새 강렬해진 햇살 속에서 수많은 항공기들이 치열했던 전장의 하늘을 누비고 있었고, 그 밑으로 완전히 속도를 잃고 그대로 멈춰 서 버린 클레망소가 불길 속에 마지막 비명을 지르고 있었다.

"성공입니다! 클레망소가 완전히 멈췄습니다!"

"주포의 탄약 유폭이 컸나 봅니다."

"에르하트 남작님 덕분에 위기를 넘겼습니다. 감사합니다."

여기저기서 축하와 감사의 메시지가 에르하트에게 날아들었지만 정작 본인에게서는 아무런 말이 없었다. 에르하트는 그저 멍하니 불타고 있는 클레망소를 바라볼 뿐이었다. 그때 마르코니의 말이 에르하트의 정신을 번쩍 들게 했다.

"하하! 해적 놈들이 하나도 나타나지 않다니, 저희들은 한 일이 아무 것도 없군요. 그래도 저 거함이 우리 길드의 손에 불타 버린 것은 만족스럽습니다."

"뭐라고 했지, 마르코니? 다시 한 번 말해 주겠나?"

에르하트가 다급하게 말했다.

"뭘 말씀입니까? 저는 그냥 해적 놈들이 나타나지 않아서 아무것도 한 일이 없다고 말한 것밖에는……."

마르코니가 그렇게 말끝을 흐리자 에르하트는 머리를 망치로 맞는 듯한 충격과 함께 가슴 한편에 머물러 있던 답답한 것이 무엇인지 깨달았다.

"대체 해적들은 왜 클레망소를 구출하러 오지 않았지?"

"슬슬 시간이 된 것 같은데……."

마르셀라니가 바지 주머니에서 담배를 꺼내 입에 물었다. 그런 마르셀라니의 모습을 지켜보던 브로이가 라이터를 꺼내 불을 붙여주면서 말했다.

"미끼가 너무 과한 것 아니었습니까?"

"원래 미끼란 것은 과한 것을 써야 통하는 법이지."

마르셀라니가 웃으면서 대답했다.

"그것은 사실이지만 전함을 미끼로 쓰다니 대단하군요."

브로이의 말에 마르셀라니가 담배를 힘껏 빨았다. 새빨갛게 타오르는 담뱃불, 그리고 그것을 문 마르셀라니의 입에서 흘러나오는 하얀 담배 연기가 파도 소리만이 가득한 바다 위로 흘렀다.

"난 무기력한 인간의 모습을 바라보는 게 좋아. 알면서도 그 어떤 것도 하지 못하는 그런 무기력한 상황에 놓인 인간을 바라보는 것을 말이지. 특히 적들의 그런 모습을 볼 수 있다는 것은 축복이지. 그런 것을 보기 위해서라면 내 것이 아닌 전함 따위 얼마든지 바다 속으로 던져 넣을 수 있다네, 브로이."

"기분이 좋아 보이십니다."

"그렇게 보이나?"

마르셀라니가 거칠게 수염이 나 있는 턱을 쓰다듬으면서 질문을 해오자 브로이가 허리를 깊이 숙이면서 대답했다.

"Si! Mio Proprio(예! 나의 주인이시여)!"

마르셀라니의 음모로부터 레지나를 지킨다는 희망과 사명감을 안고 새로운 아침이 열리기 전에 항공기들이 모두 떠난 바이오코 섬의 선착장에 남아 있는 것이라고는 작전에 동원할 수 없을 정도로 낡아버린 몇 기의 플로트 전투기와 고속정뿐이었다. 또한 보급이나 항공기의 정비 또는 예비로 편성된 전투기들이 모여 있는 간이 활주로 역시 기지 방어를 위한 마지막 예비 전력인 지상 발진형 SAI-203 전투기를 제외하고는 이렇다 할 만한 전투기가 없었다.

따라서 새벽에 떠난 공습 부대로부터 클레망소 완파 소식과 함께 들려온 해적 전투기들의 행방을 찾을 수 없다는 보고는 아드리안의 날개의 길드장인 그라시아니는 물론 결과를 기다리고 있던 이스카야르와 카스톨티, 그리고 프라이어 등 많은 사람들의 입에서 환호성이 터져 나오는 것을 억누를 수밖에 없었다.

그렇지만 그라시아니는 이미 다른 군소 항공 길드에게 이 사실을 알리고 자신의 항공 구역을 철저히 경계하고 있을 것을 당부해 놨고, 자신들의 구역인 레지나의 방어를 위해 파견 나가 있는 아드리안의 날개 소속 전투기들을 호출해 놓은 상태였다.

막대한 위약금을 감수하고서라도 레지나를 지키기 위해 계약을 파기시키면서까지 불러들인 전투기들이었지만 드넓은 아드리안 해 곳곳에 퍼져 있는 길드 소속 전투기들이 돌아오려면 어느 정도 시간이 필요했다.

하늘만 바라보면서 우두커니 서 있는 그라시아니의 가슴은 지금 극도의 긴장으로 타 들어가고 있었다. 또한 바랑기스 공국의 핵심 지역은 레지나였지만 전략적 가치를 지니는 섬은 바랑기스 공국을 이루는 수많은 섬들만큼이나 많았다.

비록 그런 중요한 섬들에 다른 용병 길드들이 위치해 있다고는 하지만 아드리안의 날개는 물론 마르셀라니가 이끄는 집중된 해적 연합, 아니, 이제는 반란군이라고 불러야 할 그들에 비해서는 항공 전력이 턱없이 부족했다. 따라서 마르셀라니의 반란군을 막기 위해서는 공습을 떠난 전투기들이 무사히 돌아와야 했고 계약을 파기한 소속기들이 이곳에 때맞춰 돌아와야만 했다. 거기다 돌아온 항공기들은 정비를 마치고 무기를 다시 장착해야만 했기에 가장 필요한 것은 바로 시간이었다. 이제는 시간과의 싸움이었다.

그러나 마르셀라니가 무엇을 노리든 간에 그는 이미 시간과의 싸움에서 앞서 나가고 있었다. 클레망소를 포기하고 마르셀라니는 바로 이 시간을 택한 것이다. 그라시아니는 하늘을 바라보면서 신에게 간절히 기도했다, 제발 시간을 달라고…….

"답답하구만."

나무 그늘에 앉아 그라시아니를 바라보고 있던 프라이어가 한숨을 내쉬면서 말을 흘렸다.

"그러게나 말입니다. 설마 전함을 그대로 버려 버릴 것이라고 생각도 못했습니다, 스승님."

군터가 프라이어의 말을 받아 대꾸했다.

"제일 우려되는 것은 에르하트 남작이 이끄는 공격 편대가 귀환할 때 적이 기습을 걸어오는 것입니다. 이미 대다수의 전투기들이 무장 대부분을 썼을 것이고 연료도 돌아올 때쯤이면 거의 바닥난 상태일 것이니 말이오. 그라시아니 길드장이 저렇게 하늘만 보고 서 있는 심정이 충분히 이해가 갑니다."

카스톨티의 우려대로였다. 에르하트의 보고에 따라 마르셀라니가 이용하려던 것이 클레망소가 아니라는 것은 알게 됐지만 해적들의 위치를 찾을 수 없다는 것이 문제였다. 요 며칠 동안 길드의 모든 눈과 귀는 클레망소로 집중돼 있었기 때문에 어쩌면 당연한 결과라고도 할 수 있었다.

"대단한 자입니다, 마르셀라니라는 자는……."

나무에 기대서 이스카야르가 바다 쪽으로 시선을 주면서 말했다.

"시간이 없다면서 왜 우회해서 복귀하자는 겁니까?"

마르코니의 목소리에는 불만이 가득했다. 그리고 다른 용병들 역시 이렇다 할 말이 없었지만 이번 작전의 책임자인 에르하트의 말에 정면으로 반박하는 마르코니의 항의를 듣고도 침묵으로 일관하는 것으로 보아 그들 역시 에르하트의 명령에 불만을 느끼고 있는 것 같았다.

"마음 급하다는 것은 잘 안다, 마르코니. 하지만 이대로 직항로로 복귀한다면 어딘가에 있을 적기에 기습당할 우려가 있다. 조금 시간이 지체되더라도 우회하는 것이 안전하다."

"그것은 저도 잘 알고 있습니다. 그렇지만 제가 이끌고 있는 제1대는 완벽하게 무장된 상태입니다. 해적이 기습을 걸어와도 충분히 편대를 엄호할 수 있습니다. 그리고 우리에게 필요한 것은 시간이지 안전이 아닙니다. 그 정도 위험 충분히 감수할 수 있고, 또 이겨낼 자신도 있습니다."

"나도 안다. 그렇지만 레지나를 지키기 위해서는 당장 자네가 이끄는 열두 기의 전투기가 필요하다. 만약 마르코니 자네가 적기와 교전할 동안 적의 공격기들이 레지나 섬을 공격한다면 무엇으로 막는단 말인가? 지금 현재 마르셀라니를 막을 수 있는 전력은 자네의 편대가 유일하다. 자네가 지켜야 할 것은 편대가 아니라 바로 시간이란 말이야."

"그렇지만……."

결국 마르코니는 아무런 말도 하지 못했다. 레지나에 많은 조종사들이 머물고 있다고는 하지만 그들 대부분은 어디까지나 페스티벌을 즐기러 온 사람들일 뿐이다. 페스티벌에 맞춰 휴가 나온 용병들을 이용할 수도 있었지만, 설사 그들이 해적들의 기습 소식을 듣고 길드와 함께 전투에 참가하기로 마음먹는다고 해도 그들을 배치하고 편대를 구성하고, 무장시키는 데는 시간이 필요했다. 클레망소의 공격에 참가한 에르하트의 편대 역시 마찬가지였다. 이런 상황에서 지금 유일하게 시간을 벌어줄 수 있는 편대가 바로 마르코니의 편대였다.

로베르토는 레지나의 해변에 있는 건물의 옥상에 서서 주위를 돌아보았다. 아침부터 곳곳이 혼란에 휩싸여 있었다. 거리로 나와 해변을 향해 수많은 차들과 인파가 내달리고 있었다. 서로 먼저 가려고 밀치고 여기저기서 고성이 오가면서 싸움이 일어나고 약탈이 자행되고 있었다.

로베르토는 그 모습을 지켜보면서 싱긋 웃었다. 혼자 높은 곳에서 혼란스러운 지상의 모습을 바라본다는 것이 이렇게 큰 기쁨을 줄 것이라고 미처 생각해 보지 못했었다. 저 혼란 속에서 빠져나와 가만히 서서 지켜본다는 것, 왠지 자신이 신이라도 된 듯한 느낌이었다. 비웃음을 머금으면서도 로베르토는 그 사람들을 이해할 수 있을 것 같았다. 자신이라도 밤사이에 그렇게 많은 일들이 일어난다면 당장 이곳을 떠나고 싶었을 것이니까 말이다. 수상이 살해당하고 전함이 이곳을 공격하려다 침몰당하고 반란이 일어났다는 소식이 아침나절부터 곳곳에서 들려왔으니까 말이다. 물론 자신의 부하들에 의해서 유포된 것이지만 말이다. 그 소식과 함께 위태위태하게 유지되던 레지나의 통제는 완전히 무너졌다.

로베르토는 다시 자리를 바꿔 부두가 보이는 곳으로 이동했다. 다양한 크기와 모양, 수많은 배들과 계류되어 있는 각양각색의 수상기들이 모였다. 해변 역시 이런 배들과 항공기를 타기 위해 많은 사람들이 몰려든 상태였다.

날씨는 맑았고, 화창한 하늘 아래 새하얀 구름이 유유히 허공을 가로지르면서 날고 있었다. 멀리서부터 밀려오는 시원한 바람과 파도, 너무나 아름다운 날이었다.

"너무 보잘것없군."

하늘에서 시선을 옮겨 부두를 바라보던 로베르토가 미소를 지으면서 말했다. 혼란을 뚫고 몇 척의 배들이 서서히 항구를 빠져나오고 있었고, 검은 배기가스를 뿜어내는 항공기들이 보였다. 그리고 서로 먼저 나가기 위해 양보하지 않다 보니 곳곳에서 충돌이 일어났다. 로베르토는 잠시 동안 그 모습을 조금 더 구경하다가 재킷 주머니에서 무전기를 꺼내 들었다.

"시작한다."

로베르토가 그렇게 말을 마치고 난 얼마 후, 혼란 속의 레지나를 공포 속으로 몰아가는 소리가 곳곳에서 터져 나오기 시작했다.

쾅! 쾅! 쾅!

레지나 곳곳에서 커다란 폭발이 연속적으로 일어난 것이다. 엄청난 폭음 속에서 로베르토는 휘파람을 불며 불타고 있는 배들과 산산조각 난 항공기들, 그리고 연기가 치솟아오르고 있는 레지나의 중심가 쪽을 바라보았다.

그리고 로베르토의 시선이 중심가로 향한 지 얼마 지나지 않아 사람들이 만들어내는 수많은 소음 속에서 총성이 흘러나오기 시작했다. 로베르토는 해변 쪽으로 향하던 사람들이 이제는 주변 건물 곳곳으로 이리저리 흩어지는 것을 볼 수 있었다.

"하하하!"

로베트로는 너무나 즐거웠다.

"저기 보입니다!"

군터가 멀리서 보이는 점들을 가리키자 이제나저제나 공격 나간 편대를 기다리고 사람들이 탄성을 지르면서 환호성을 올렸다.

"정비와 무장을 준비한다! 서둘러라!"

굳어진 얼굴로 서 있던 그라시아니가 잠시 동안 웃음을 보이다가 언제 그랬냐는 듯 주위에 몰려 있던 길드원들에게 명령을 내렸다. 그리고 그의 명령을 받은 정비병들이 급유 호스와 탄약이 가득 들어 있는 차량을 이끌고 바이오코 섬의 해안선에 설치된 항공기 계류장으로 달려나갔다.

맨 먼저 에르하트를 중심으로 한 전투기 편대가 착륙하기 시작했다. 플로트가 설치되어 있지 않은 급강하폭격기들은 지상 활주로에 착륙해서 해안을 지나 길드 본부가 있는 곳으로 날아갔다. 그리고 마르코니의 편대가 서서히 고도를 내리고 있는 전투기들을 스쳐 지나 엄호를 위해 고도를 높였다.

물살을 가르면서 맨 먼저 착륙한 것은 역시나 에르하트였다. 부두에 전투기를 갖다 대자마자 무장과 정비를 위해 길드 소속 정비병들이 득달같이 달려들었다. 에르하트는 캐노피를 열고 전투기에서 그대로 뛰어내렸다. 그리고는 자신에게 달려오고 있던 일행에게로 뛰어갔다.

"적 전투기는 발견했습니까?"

에르하트가 맨 앞에 있던 그라시아니에게 질문을 던지자 그가 고개를 가로젓더니 말했다.

"아직입니다, 에르하트 남작님."

"저도 날아오면서 발견을 못했는데, 적기는 대체 어디에 있는 겁니까?"

"저도 잘 모르겠습니다. 그렇지만 편대가 돌아왔으니 정찰을 하다 보면 발견할 수 있을 겁니다."

"일단 물이나 마시게."

프라이어가 물을 건네면서 말했다.

"아! 그렇지 않아도 목이 탔는데 고맙습니다."

에르하트는 프라이어가 건넨 물통을 받아 그대로 물을 들이키기 시작했다. 새벽의 찬 기운이 채 가시지도 않은 이른 아침인데도 불구하고 에르하트의 얼굴과 몸은 완전히 땀에 젖어 있었다. 전투의 긴장과 뒤에 이어진 기습에 대한 불안감 때문이었다.

"정비를 최대한 빨리 마쳐 주십시오."

물을 마신 에르하트가 자신의 머리에 남은 물을 그대로 끼얹고 나서 머리에서 흐르는 물방울들을 닦을 생각도 하지 않고 말했다.

"최대한 노력해 보겠습니다."

"그런데 레지나의 상황은 어떻습니까?"

에르하트의 물음에 그라시아니의 얼굴이 어두워졌다.

"완전히 혼란 상태라고 합니다. 곳곳에서 총격전이 벌어지고 있고, 폭발이 일어나고 있다고 합니다. 공격 전에 테러 공격을 먼저 감행한 것 같다더군요. 맨 먼저 치안청에서 폭발이 일어나는 바람에 치안이 완전히 마비 상태라고 합니다."

"결국 마르셀라니를 막을 수 있는 것은 이곳뿐이라는 소립니까?"

"그렇습니다."

"대충 정비를 전부 마치는 데 얼마나 필요할까요?"

"최선을 다하고 있지만 대략 20분 정도가 더 필요할 것 같습니다."

"예비기가 있다고 들었는데요. 몇 기나 있습니까?"

"세 기가 길드 본부에 있는 간이 활주로에 놓여 있습니다."

그라시아니의 말에 에르하트가 고개를 끄덕이면서 대꾸했다.

"그럼 제가 두 사람을 데리고 가서 예비기들을 몰겠습니다. 이륙 준비는 돼 있습니까?"

"예."

그라시아니가 대답을 하자마자 에르하트가 전투기들이 정비되고 있던 부두를 바라보더니 고함을 질렀다.

"로노!"

"예!"

해변 옆 나무 밑에 쪼그리고 앉아 있던 로노가 벌떡 일어서면서 바쁜 걸음으로 다가오자 에르하트가 말했다.

"지쳤냐, 로노?"

"아니요……."

하지만 말과는 다르게 로노의 얼굴에는 지친 기색이 역력했다. 에르하트는 미안하다는 듯한 얼굴로 로노의 머리를 거칠게 쓰다듬더니 다시 입을 열었다.

"나랑 같이 길드 본부로 가자. 따라올 수 있겠지?"

"예!"

로노가 고개를 끄덕이면서 다부진 눈으로 에르하트의 얼굴을 올려다보았다. 그러자 에르하트가 씨익 하고 웃음을 짓고는 말했다.
"가자!"
"예!"
그렇게 두 사람이 길을 따라 달려가려 할 때, 에르하트의 귓가에 이스카야르의 목소리가 들려왔다.
"에르하트 남작님!"
"왜 그럽니까, 이스카야르 씨? 바쁘니까 할 말 있음 빨리 하세요."
에르하트가 다급한 표정으로 말을 하자, 이스카야르가 대답했다.
"에르하트 남작님, 바쁘게 사시는 것은 좋은데 당신이 그뤼네발트의 영주라는 사실을 잊지 마시길 바랍니다."
"잘 알았소. 이스카야르 씨, 댁은 여기 계시는 분들이나 잘 지켜주시오."
"물론."
이스카야르가 대답하자, 에르하트가 그와 그라시아니, 카스톨티와 프라이어 후작을 돌아보면서 말했다.
"최선을 다하겠습니다. 그럼 이만……."
그렇게 말을 마치고 난 에르하트는 로노를 데리고는 예비기가 있는 간이 활주로로 힘껏 달려갔다.
"바쁘구만."
"그렇군요."
프라이어의 말에 이스카야르가 대답했다.

il colmo del cielo.

절정의 하늘, 남부 국가 연합에서 역사상 최고의 낭만주의 시인으로 인정받는 안드레아스 보넬리가 바랑기스를 방문하고 떠나가면서 남긴 말이었다. 주다스의 달 마지막 주, 신이 인간에게 특별히 선물하는 듯 그 어떤 곳에서도 볼 수 없을 정도로 드높고 청명한 하늘과 그런 하늘을 떠받치고 있는 아드리안의 투명한 바다가 어우러져 있는 광경은 이 대시인의 감성을 자극하기에 충분했다.

그러나 보넬리의 말 그대로 절정의 하늘은 태양을 품에 안으면서 에르하트의 머리 위에서 그 아름다움을 화려하게 발하고 있었지만 그는 그 사실을 전혀 깨달을 수가 없었다.

머리를 적시던 물기가 땀과 어우러져 불쾌한 기분이 들게끔 하고 숨이 차 오르는 것을 느꼈지만, 에르하트는 이를 악물고 참으면서 숲을 가로지는 길을 달리고 있었다. 뒤따라오는 로노의 거친 숨소리가 귀를 자극하고 인적없는 거친 오솔길이 자신의 발길을 늦추게 하기 위해 붙잡았지만 에르하트는 멈추지 않았다.

"로노! 다 왔다! 조금만 더 힘내라!"

100파섹 정도 떨어진 길의 끝에서 숲 사이로 간이 활주로의 모습이 보이자 에르하트가 뒤도 돌아보지 않고 로노에게 말했다. 하지만 로노는 지쳤는지 거친 숨만 토해낼 뿐 아무런 말이 없었다.

잠시 후, 둘은 숲을 벗어나 철제 구조물로 만들어진 간이 활주로 위에 서 있었다. 흐르는 땀방울이 눈앞을 가리고 갈증이 일어났지만 일단 전투기를 출격시키는 것이 우선이었다. 에르하트는 그 자리에 서서 주변을 한동안 두리번거리다 자신에게 다가오는 이탈리의 모습을 발견하고는 재빨리 자리를 옮겼다.

"이탈리! 나와 당신, 그리고 로노가 이곳에 있는 예비기를 몰고 나가야 합니다. 준비해 주시오!"

에르하트는 이탈리와의 거리가 가까워지자 고함을 질렀다. 그렇지만 이탈리는 자신의 말을 들은 것이 분명한데도 그대로 달려오고 있었다. 그런 이탈리의 모습을 보고 다시 입을 열려던 에르하트는 아홉 대의 급강하폭격기와 세 대의 전투기가 있는 간이 활주로가 의외로 조용하다는 것을 깨달았다. 그리고 그가 자신의 의문을 풀기 위해 다시 한번 주변을 살피고 있을 때, 이탈리가 바로 옆으로 다가왔다. 그리고 이탈리는 아무런 말도 없이 아직도 그대로 주저앉은 채로 숨을 헐떡이고 있던 로노의 손을 잡아끌고 에르하트가 걸어 나온 숲을 향해 달려갔다.

"왜?"

에르하트가 묻자 로노를 끌고 가던 이탈리가 고개를 돌렸다. 에르하트는 그의 굳어진 표정과 굳게 다물어져 있지만 떨리고 있는 입술에서 뭔가가 잘못됐다는 것을 깨달았다. 잠시 동안 에르하트와 눈을 마주치던 이탈리가 자신의 머리 위를 가리켰다.

에르하트는 다시 숲을 향해 달려가는 이탈리의 뒤를 따르면서 이탈리가 가리킨 하늘을 살펴보았다.

처음엔 아무것도 없었다. 하지만 멀리서 검은색 점이 하나 나타났다. 그리고 하나둘 계속 늘어나는 검은 점들, 그리고 그 점들은 조금씩 커지면서 바이오코 섬을 향해 다가오고 있었다. 너무나도 푸른 하늘에 불길한 여운이 감돌기 시작했다.

"맨 먼저 할 일은 레지나를 장악하는 것이 아니야. 레지나를 지키려는 자들을 격멸시키는 것이지. 그렇게 하면 레지나는 저절로 따라오게 돼 있다."

마르셀라니가 크리스털 잔에 와인을 따르면서 말했다. 물결에 따라 출렁이는 잔 속의 와인을 들여다보면서 마르셀라니가 다시 말을 이었다.

"그리고 우리에게 제일 방해가 되는 존재는 바로 아드리안의 날개고 말이야."

마르셀라니가 싱긋 웃음을 지으면서 말을 마치자, 그 모습을 지켜보던 브로이가 바이오코 섬이 있는 방향으로 시선을 돌렸다.

"기습이 성공했다는 연락이 왔습니다."

"저항은?"

"예상대로 공격 편대는 정비 중이었고, 몇 대의 적기가 기지 상공을 방어하고 있지만 곧 연료가 떨어져서 물러나야 할 겁니다. 뭐, 그전에 모두 격추될 테지만."

"그런가? 시설물을 공격해 오는 적기야 격추시켜야 하지만, 인명을 노리지는 말게나."

"신신당부해 놨으니 그런 걱정은 안 하셔도 될 겁니다."

"참! 에르하트 남작의 행방은?"

"마지막 연락으로는 바이오코 섬 상공을 지키기 위해 길드 측 비행장까지 갔다고 하더군요."

그러자 마르셀라니가 피식 웃음 짓고 말았다.

"남의 일에 진짜 바쁘게 사는 사람이군, 에르하트 남작은."

"그러게나 말입니다."

브로이가 마르셀라니의 말에 동의를 표시했다.

"에르하트 남작이 죽어서는 절대로 안 되네. 잘 알고 있겠지?"

마르셀라니의 당부에 브로이가 고개를 끄덕였다. 그렇지만 표정은 좋지 못했다.

"저도 잘 알고 있습니다. 그렇지만 그가 저번에 습격했을 때 그냥 죽었으면 더 좋았을 걸 그랬습니다. 그랬으면 마르셀라니님이 이렇게 무모하고 나쁜 꾀를 내지는 않았을 테지요."

"아직도 걱정되나?"

"당연한 것 아니겠습니까? 바랑기스를 혼자서 차지하시려고 하다니요. 아무리 에르하트 남작을 이용하려 한다지만 어려울 겁니다. 아니, 무모하다고 생각합니다."

브로이가 근심 어린 표정으로 마르셀라니를 바라보았다. 그에 반해 마르셀라니는 아무 말도 없이 웃음만 지었다.

주다스의 달 마지막 주 아침 순양전함 클레망소를 완파시켰음에도 불구하고 아드리안의 날개 소속 용병들은 노력에 대한 보답을 얻지 못했다. 여느 때와 같은 화창한 날이었지만 그들의 머리 위로 엔진의 폭음을 울리면서 날고 있는 것은 해적들의 항공기들이었다.

한 대의 단발폭격기가 부두에 착륙해 있던 전투기들 사이에 폭탄을 한 발 떨어뜨리고 가자 거대한 물보라와 함께 주위에 있던 전투기들의 날개가 부러지면서 그대로 물속으로 가라앉았다. 그리고 그 뒤를 이어 수많은 폭격기들이 지상에 묶여 있던 길드 소속 전투기들을 공격하기 시작했다.

바람을 가르면서 떨어지는 수많은 폭탄들, 그리고 물보라를 일으키면서 날아드는 기총소사 속에서도 아드리안의 용병들은 기체를 하늘로 띄우기 위해 최선을 다했다. 기총 사격에 수없이 정비병들이 쓰러져 갔고, 전투기에 탑승하고 이륙하려던 조종사들은 하늘로 미처 떠오르지도 못한 채 그대로 기총 사격을 받고 아드리안의 물속으로 불타는 전투기와 자신을 잠겨 들어갔다. 완벽한 기습이었고, 참상이었다.

"후퇴해! 전투기를 포기하란 말이다!"

그라시아니가 미친 듯이 부두 주위를 뛰어다니면서 아직도 전투기에 미련을 버리지 못하고 있는 조종사들과 정비병들을 근처 숲 속으로 몰아냈다. 충격을 받고 그대로 해변가에 주저앉은 길드원을 일으키고, 울먹이면서 전투기 곁을 떠나지 않은 이들의 등을 떼밀었다.

쾅! 쾅!

해변으로 떨어진 폭발에 휘말려 또다시 많은 길드원들이 피를 뿌리고 쓰러지자 그라시아니의 눈에서 눈물이 흘렀다. 새까만 연기와 해변 곳곳에 쓰러져 있는 길드원들의 시체, 그리고 부서진 항공기의 잔해가 가득한 해변을 바라보고 있던 그라시아니의 두 주먹이 심하게 떨리고 있었다.

"빌어먹을! 덤벼! 덤벼보라구, 망할 자식들! 내가 순순히 당해줄 것 같냐?"

욕설을 내뱉으면서 마르코니는 자신을 추격하는 세 기의 적을 따돌리기 위해 최선을 다했지만, 그들은 자신을 결코 놓아주지 않았다. 자신의 옆을 스쳐 가는 수많은 탄환들을 보면서 마르코니는 울분을 토할 수밖에 없었다.

"피격당했다!"

"적에게 둘러싸였다! 살려줘!"

사방에서 들려오는 편대원들의 비명이 마르코니의 귀를 찌르고 있었지만, 마르코니는 그들을 도울 수가 없었다. 적들에 맞서기엔 전투기도, 연료도, 탄환도 그 모든 것이 부족했다. 그리고 적을 피해 선회를 하고 있던 마르코니의 눈앞에 보인 것은 불타고 있는 바이오코 섬의 모습이었다. 최선을 다했지만 결국 바이오코 섬은 이렇게 무너진 것이다.

"망할!"

마르코니는 울분을 토하면서 전투기의 조종간을 잡아당겼다. 그리고 선회를 하는 그의 전투기를 향해 사방에서 적이 달려들었다.

바이오코 섬의 영공을 지키고 있던 마르코니에게서 급박한 목소리로 통신이 날아온 것은 에르하트가 간이 활주로를 향해 떠난 직후였다. 그리고 그것은 적의 출현을 알리는 경고였다. 급박한 무전 통신을 보낸 후 마르코니의 편대는 수없이 나타난 적의 전투기들과 교전에 들어갔고, 아드리안의 날개 기지 본부가 있는 바이오코의 하늘은 수많은 항공기들로 뒤덮였다. 하늘 저편에서 날아온 해적기들에 의해 바이오코 섬이 요란한 포성과 폭발음에 휩싸인 것은 순식간이었다.

마르코니의 편대가 악전고투하면서 분전했지만 적기의 수가 너무 많았다. 전투기들끼리 치열한 공중전을 벌이는 사이 방어망을 돌파한 폭격기들이 정비를 하고 있던 길드 측 전투기들을 지상에서 그대로 파괴한 것이다.

지상에 있던 길드의 전투기가 공격당하는 동안 다른 한 떼의 폭격기들은 지상에서 올라오는 대공포화를 뚫고 바이오코의 중요 시설물들을 공격하기 시작했다.

그 결과는 눈앞에 보이는 완전한 파괴였다. 타버린 항공기의 앙상한 잔해와 타오르는 불꽃 사이로 무너져 가는 건물들, 불타고 있는 바랑기스에 더도는 검은 포연과 폭음, 그리고 그사이로 하늘을 누비면서 파괴의 불꽃을 만들어내고 있는 항공기들의 모습은 누가 보더라도 아드리안의 날개는 이것이 마지막임을 증명하고 있었다.

"움베르토 마르셀라니……."

하늘을 멍하게 바라보던 그라시아니의 입에서 너무나 영리하고 치명적인 적의 이름이 고통스럽게 흘러나왔다. 그의 강인한 눈에서 두 뺨을 타고 눈물이 흘러나왔다.

마르셀라니가 바랑기스 공국을 차지하기 위해 계획한 것은 다른 것이 아니었다. 바로 레지나의 영공을 책임지고 있고, 아드리안 해에서 해적들에 대항하고 있는 용병 길드의 대표 주자인 아드리안의 날개를 무너뜨리는 것이었다. 그것을 위해 마르셀라니는 비밀리에 각 해역에 흩어져 있던 해적들을 소집해 바이오코 섬을 공략하기 위한 비밀 연합체를 결성했고, 그 그룹에는 에스프릴라의 깃발을 차지한 해적들의 일인자인 마르셀라니는 물론 그의 뒤를 따르는 수많은 해적들이 참가했다.

이익에 따라 이해집산을 반복하는 해적들이었지만 마르셀라니가 대가로 약속한 부와 명예, 그리고 신성 폴센 제국이 지원하고 있다는 명확한 증거, 즉 클레망소 급 순양전함과 정보부 장교 브로이의 존재는 해적들을 통합시키기에 충분했기 때문이다.

해적을 완전히 통합시키는 데 성공한 마르셀라니는 길드 측에 자신의 아버지인 에우포시토 마르셀라니의 복수를 천명하면서 길드 측의 눈과 귀를 자신에게 집중시키게 만들었다.

그리고 한편으로는 자신의 행동에 따라 해적 내부에서 갈등이 야기됐다는 역정보를 흘려 길드 측이 일순위의 적인 해적 집단을 분열시키기 위해서라도 자신을 이기기 위해 노력하게끔 유도하는 데 성공했다.

또한 길드 측이 에르하트 남작의 힘을 빌어 자신들에게 대항하려 하자 마르셀라니는 처음에는 에르하트를 제거하려고 했으나, 에르하트를 조사하면서 그의 주위에 많은 세력이 몰려 있다는 것을 알아냈다. 그리고 그는 자신의 야망을 위해 에르하트를 이용하려고 마음먹게 된다.

한편, 길드의 모든 정보망이 원하는 대로 자신에게 집중되자 마르셀라니는 많은 자본을 들여 아드리안의 남부 해역에 있는 조그만 무인도에 해적 소속 조종사들을 불러들이고, 신성 폴센 제국제 최신예 전투기와 폭격기를 명목상의 암거래를 통해 얻은 뒤 그 무기들을 해적들에게 제공하고 훈련시킨다.

매일 새벽 동이 트자마자 섬 주위에는 항공기들의 엔진 소리와 폭음이 끊이지 않았고, 실전을 방불케 하는 엄청난 훈련에 해적 조종사들은 녹초가 되었다.

그리고 어느 정도 시간이 흘렀을 때 마르셀라니의 명령에 따라 세밀하고 구체적인 폭격 훈련을 받던 조종사들은 깨닫게 되었다.

자신들이 매일 폭탄을 뿌려대고 기총을 난사하는 섬들이 아드리안의 날개가 위치한 바이오코 섬은 물론 다른 용병 길드가 위치해 있는 섬들과 비슷한 구조로 되어 있다는 것을 말이다. 그리고 밤낮을 가리지 않고 시행되던 훈련이 점점 마무리 단계에 이르게 되자 마르셀라니는 다시 한 번 움직였다.

은밀하게 정보를 흘린 것이다, 자신에게 클레망소라는 무서운 무기가 있다는 것을. 그리고 대결에서 믿어지지 않는 실력을 선보인 에르하트에게 정보가 흘러들어 가리라는 것을 믿으면서…….

거의 도박이었다. 만일 에르하트의 눈에 띄길 바라면서 아주 살짝 흘려준 이 정보가 그에게 들어가지 않는다면 위험한 것은 자신이었기 때문이다. 그리고 마르셀라니에게는 다행스럽게도 이 정보는 어떤 경로를 통해 에르하트에게 들어가게 된다.

마르셀라니의 도박은 성공했다. 그의 판단대로 그의 주위에 맴돌고 있는 조력자들의 힘은 대단했던 것이다.

어쨌거나 마르셀라니는 에르하트와 아드리안의 날개가 움직이기를 기다렸다. 그리고 얼마간의 시간이 지났을까, 바이오코에 잠입시킨 첩자에게서 연락이 왔다. 아드리안의 날개가 움직이기 시작했다고…….

숲 속에는 부상자들의 신음 소리와 살아남은 자들의 절규가 가득했다. 그리고 로노의 울음소리가 그 수많은 소리들을 뚫고 들어와 에르하트의 가슴을 후벼 팠다.

"마르셀라니!"

에르하트가 불타고 있는 바이오코 섬 곳곳을 보다가 분함을 이기지 못하고 고함을 질렀다. 분했다. 너무나 분했다. 또다시 이렇게 무력한 자신을 느끼게 될 줄이야. 그런 무력한 자신이 싫어서 영주가 되려 했고, 또 자신의 땅을 지키기 위해, 영주가 되기 위해 이곳에 왔는데, 이곳에서 자신이 잘 알지도 못하는 자에 의해서 또다시 무력한 자신을 느껴야만 하다니, 에르하트는 미칠 것 같았다.

지상에서 그대로 처참하게 파괴된 항공기들과 무너지는 길드 건물들을 지켜보면서 에르하트는 자신이 무너지는 것만 같았다. 마르셀라니는 자신을 이용한 것이다. 씨사이드 에어로 페스티벌에서 벌어진 대결과 이른 아침 벌어진 클레망소 공습 작전 때까지만 해도 자신이 마르셀라니의 음모를 분쇄했다고 생각했다. 그리고 그런 자신의 역량이 뿌듯하게까지 생각했다.

그렇지만 마지막 승자는 결국 마르셀라니였다.

불타고 있는 바이오코 섬이 그 사실을 에르하트의 눈앞에서 적나라하게 보여주고 있었다. 너무나 잔인한 현실이었지만 인정할 수밖에 없었다. 에르하트는 억지로 주먹을 움켜쥐었다. 손이 떨려왔기 때문이다. 어두운 숲 속에 서서 불타는 아드리안의 날개를 바라보던 에르하트는 결국 눈을 감고 말았다. 자신이 진 것이다.

아침부터 정오까지 계속된 공습은 바이오코 섬에 근거지를 둔 아드리안의 날개가 가진 모든 것을 완벽하게 파괴했다. 섬 자체를 지도에서 사라지게 만들려는 듯한 기세로 공격을 해오던 적기가 물러간 것은 순식간이었다. 그리고 생존자들이 숲 밖으로 나왔을 때, 그들 앞에 놓여 있는 참상은 그들에게서 모든 것을 앗아갔다. 희망과 하고자 하는 의욕까지.

생존자들에게 남은 것은 오로지 하나 절망뿐이었다. 완벽한 파괴, 그 자체였다.

"그라시아니님은?"

주변을 돌아보고 있던 에르하트가 힘없는 목소리로 자신의 뒤를 따르던 일행에게 말을 걸었다. 아무도 대답하는 사람은 없었다.

에르하트가 고개를 돌리자 그의 눈의 보인 것은 무기력이었다. 자신도 저렇게 보일까? 에르하트의 머리 속에 그런 생각이 들었다. 퉁퉁 부은 눈을 하고 힘없이 걷고 있는 로노와 그녀의 옆에서 인상을 찌푸린 채 주변을 돌아보고 있는 이탈리, 그리고 살기 어린 눈으로 주위를 경계하고 있는 이스카야르, 혀를 차면서 길드의 참상을 둘러보고 있는 프라이어와 카스톨티까지… 아무런 말이 없었다.

"제가 한번 찾아보고 오겠습니다."

주변을 살피던 군터가 말했다. 그러고는 자신의 스승과 에르하트의 눈치를 잠시 동안 살피더니 해변 쪽으로 뛰어갔다.

"이제 어떻게 하시겠습니까?"

멀리 사라져 가는 군터의 뒷모습을 지켜보던 에르하트의 귀에 이스카야르의 목소리가 들려왔다.

"어떻게 하다니요?"

에르하트가 되묻자 이스카야르가 어깨를 으쓱하더니 무심한 눈으로 에르하트를 잠시 동안 바라보더니 말했다.

"바랑기스 공국은 이제 마르셀라니라고 불리는 해적의 차지가 될 것이 확실합니다."

"그래서요?"

"더 늦기 전에 이곳을 빠져나가는 것이 좋지 않겠습니까?"

"어떻게 말입니까? 비행기도 배도 모두 파괴됐는데 말이오."

에르하트가 쓴웃음을 지으면서 대꾸하자, 이스카야르가 프라이어와 뭔가 이야기를 나누고 있던 카스톨티 쪽으로 시선을 주더니 입을 열었다.

"카스톨티 박사님."

"왜 그러나, 울란 운터바움?"

이스카야르의 부름에 카스톨티가 천천히 걸어왔다.

"한 가지 물어보겠습니다."

"뭔가?"

"제가 알기로는 마법 중에 워프 마법이라는 것이 있다고 들었는데, 카스톨티 박사님도 그 마법을 쓰실 수 있습니까?"

"허허!"

이스카야르가 질문을 해오자 카스톨티가 헛웃음을 터뜨리면서 대답했다.

"당연하지 않나? 워프 마법 정도는 궁정 마법사라면 누구라도 쓸 수 있는 마법이라네. 다만 그 거리와 숫자가 문제지."

"그럼 베를로니치까지 워프를 하신다면 몇 명이나 데리고 가실 수 있습니까?"

계속되는 이스카야르의 질문에 카스톨티는 잠깐 동안 생각에 잠기더니 다시 입을 열었다.

"글쎄, 나 혼자라면 사보이 공국까지 바로 워프할 수 있겠지만, 누군가를 데리고 간다면 마정석을 이용해도 최대한 세 명까지가 한계라네. 베를로니치까지 가는 데만도 말이지. 그런데 그런 질문은 왜 하는 건가?"

"에르하트 남작님과 여기 계시는 프라이어 후작님을 데리고 이곳을 빠져나가 주십시오."

이스카야르가 대답했다. 그러자 두 사람의 대화를 듣고 있던 에르하트가 버럭 화를 냈다.

"그게 무슨 소리입니까? 저만 이곳에서 빠져나가라니요?"

"크리스 군 말이 맞네. 어떻게 이렇게 어려운 처지에 빠져 있는 사람들을 그대로 두고 이곳에서 빠져나가라는 말을 할 수 있는가?"

프라이어 역시 에르하트와 마찬가지였는지 얼굴에 노기를 띠면서 이스카야르를 힐난했다. 그러자 이스카야르가 에르하트와 프라이어의 얼굴을 돌아가면서 차가운 눈빛으로 바라보더니 말했다.

"그럼 이곳에서 여기 있는 용병들과 같이 운명을 함께하시겠다는 소리입니까? 마르셀라니라는 자의 처분에 운명을 그냥 맡기시겠다고요?"

이스카야르의 냉담한 말에 에르하트와 프라이어의 얼굴이 굳어졌다.

"솔직히 말씀드리죠. 에르하트 남작님과 우리들은 이곳을 위해 충분히 할 만큼 했습니다. 애초에 이곳에 온 목적을 생각해 주십시오. 에르하트 남작님, 우리가 이곳 바랑기스 공국에 오고 해적들과 싸운 것은 오로지 그뤼네발트를 지키기 위해서라는 것을 말입니다. 한마디로 말해서, 더 이상 프라이어 후작님과 에르하트 남작님이 이곳에 계실 이유가 없다는 말입니다."

너무나 냉정한 말이었지만 이스카야르의 말은 사실이었다. 논리적으로 따진다면 에르하트가 더 이상 이곳에서 할 일도, 또 있어야 할 이유도 없었다.

하지만 인간은 모든 것을 이성적으로만 판단할 수는 없는 법이었다. 인간은 뜨거운 심장과 피를 지닌 존재였고, 또 도덕적 의무감을 가슴속에 품고 살아가는 존재였다. 그리고 그런 사람을 여기 모여 있는 사람 중에 한 사람 집어보라면 맨 먼저 손에 꼽을 사람이 바로 이 두 사람이었다. 바로 프라이어와 에르하트였다.

"그래서 나 몰라라 하고 그냥 미련없이 여기를 버려두고 떠나라는 말입니까? 돌아가서 여기 있었던 일을 잊어버리라고요? 그게 가능할 것 같습니까? 그리고 군터 군과 여기 있는 로노 같은 사람은 어쩌라고요? 그리고 이스카야르 당신은 어떻게 하려고요? 소드 마스터는 총알이 안 박힙니까?"

에르하트가 이스카야르에게 화를 냈다.

에르하트의 분노를 정면으로 마주하면서도 이스카야르는 아무 말이 없었다. 한동안 에르하트와 프라이어의 얼굴을 번갈아 쳐다보다가 놀란 눈으로 자신을 바라보고 있는 로노와 그녀의 옆에서 흥미진진한 눈으로 대화를 듣고 있는 이탈리에게 시선을 돌렸다.

그리고 다시 고개를 돌린 이스카야르가 에르하트에게 말했다.

"내가 보호해야 할 제일순위의 인물은 바로 당신, 에르하트 남작입니다. 저들의 존재가 당신이 이곳을 떠나가는 데 방해가 되는 겁니까?"

"무슨 짓을 하려는 거요?"

이스카야르의 말속에서 무엇인가 이상한 것을 느낀 에르하트가 다급한 목소리로 질문을 던졌다. 하지만 이스카야르는 아무런 말을 하지 않았다. 그저 한동안 냉정한 눈으로 에르하트와 시선을 마주치다가 로노와 이탈리가 있는 쪽으로 몸을 돌렸을 뿐이었다.

"차앙!"

그리고 금속성의 공명음을 남기고 두 사람 쪽으로 돌아선 이스카야르의 양손에는 그의 검은색 검이 들려 있었다.

"이스카야르!"

"무슨 짓인가, 울란 운터바움!"

이스카야르의 행동을 지켜보던 프라이어와 에르하트가 비명 지르듯이 고함을 질렀다.

고개를 돌린 이스카야르의 두 눈에는 살기가 어려 있었다.

"에르하트 남작, 내가 원하는 것은 바랑기스 공국에 없소. 전에도 말했다시피 내가 가장 관심을 가지고 있는 인물은 당신이고, 내가 가장 관심을 두는 곳은 이곳이 아닌 나의 고향 그뤼네발트요. 그리고 나는 목적을 위해 수단을 가리는 사람이 아닙니다."

"까악!"

마르셀라니, 복수, 상처, 그리고 음모

로노는 이스카야르의 손에 들려 있던 검이 자신을 향하자 눈을 가리면서 그대로 주저앉았다. 그런 로노의 어깨를 감싸면서 이스카야르의 얼굴을 바라보는 이탈리의 얼굴에 떠올라 있던 감정은 두려움이 아닌 분노였다. 언제나 밝은 미소를 짓고 있던 이탈리의 선량한 얼굴이 험악하게 일그러져 있었다.

"당신! 나를 이곳에서 떠나게 하게 위해서라면 이곳에 있는 모든 사람을 베어버릴 수도 있다는 겁니까?"

"물론입니다. 이들을 베고도 당신이 이곳을 떠나지 않는다면 나는 그라시아니 길드장은 물론 이곳에 있는 모든 사람을 베어버릴 것입니다."

"이스카야르, 당신……."

에르하트가 차마 말을 잇지 못하자, 이스카야르는 더 할 말이 없다는 듯 칼을 높이 치켜들었다. 그리고 그의 칼이 정점에서 태양을 머금고 빛을 발하다가 그대로 내려쳐지려 할 때, 에르하트가 다급하게 외쳤다.

"알았소, 이스카야르! 당신 뜻대로 이곳에서 떠나겠으니 칼을 거두시오!"

에르하트의 외침과 동시에 로노와 이탈리에게 날아가던 그의 검이 허공에서 멈췄다. 그리고 잠시 동안 정적이 흘렀다.

이스카야르가 자신의 검을 허리에 멘 검집 속으로 밀어 넣은 것은 얼마간의 흐른 뒤였다.

"이스카야르, 당신 도대체 무슨 생각을 하는 겁니까? 이들을 헤친다면 당신은 무사할 것 같습니까?"

에르하트가 따지듯이 묻자 이스카야르는 주변을 돌아보았다. 당황한 기색이 역력한 카스톨티 뒤에는 분노 어린 기색으로 자신을 바라보는 몇몇 용병들이 서 있었다. 그리고 그들의 손에는 무기가 들려 있었다.

"자기 것도 제대로 못 지키는 얼간이들 따위에게 당할 정도로 어리석지는 않습니다."

차가운 어조로 그렇게 말을 흘린 이스카야르가 이번엔 카스톨티 쪽으로 눈길을 돌렸다.

"부탁드립니다, 카스톨티 박사님."

"알았네."

대답을 들은 이스카야르는 고개를 끄덕이고는 에르하트 곁으로 다가가 팔짱을 끼고 말없이 카스톨티가 마법진을 그리는 것을 지켜보았다.

당장이라도 폭발할 듯한 긴장이 흐르는 가운데 강한 바람이 불어왔다. 바람에 흔들리는 나뭇잎들이 시원한 소리를 냈지만 에르하트는 그것을 느낄 수가 없었다. 수많은 생각이 떠올랐다가 사라졌다.

지친 모습의 용병들, 눈물을 흘리고 있는 로노, 불타는 바이오코 섬의 풍경, 이스카야르의 무표정… 이런 상황에 처한 자신에 대한 분노와 이스카야르에 대한 반발, 그리고 슬그머니 고개를 드는 이기심. 에르하트는 이스카야르 모습을 조심스럽게 살펴보았다.

자신을 무엇보다도 우선시하는 이스카야르. 자신을 위해, 아니, 그 뤼네발트를 위해서라면 누구든지 베어버릴 수 있다는 그의 태도가 부담스럽고 못마땅했지만, 다른 한편으로 그 가차없는 결단과 판단이 믿음직스러운 것 또한 인정할 수밖에 없는 사실이었다.

'나는 이 정도인가?'

누군가의 강요로 인해 이 괴로운 상황에서 빠져나간다는 생각이 들자, 스스로를 합리화하려는 생각이 들었다. 에르하트는 이스카야르를 이용해 자신이 그냥 이렇게 이곳에서 도망치려고 하는 것이 아닌지 진지하게 고민했다. 이스카야르, 에르하트는 결국 그를 원망할 수가 없었다. 자신에게는 그를 원망할 자격이 없었던 것이다.

"무사히 돌아오십시오, 이스카야르."

에르하트의 말에 이스카야르의 차가운 눈에 놀라움의 빛이 떠올랐다. 자신을 바라보는 에르하트와 시선을 교환하던 그가 어느 순간 고개를 끄덕였다.

"고맙습니다."

이스카야르가 낮은 목소리로 말했다.

#10

에르하트의 귀환,
그리고 재회

정적이 흐르는 가운데 카스톨티가 마침내 몸을 일으켜 세웠다.

"다 됐네. 이제 마정석만 여기다 올리고 주문만 외우면 되네."

카스톨티가 화려한 문장으로 수놓아진 마법진 위에서 이스카야르를 바라보면서 말했다. 그러자 이스카야르가 에르하트를 보면서 입을 열었다.

"자, 그럼 마법진에 올라가십시오."

그러자 에르하트가 대답했다.

"살다 살다 같은 편이 인질극을 벌여서 이렇게 끌려 다닐 줄은 정말로 생각 못했습니다."

말을 마친 에르하트는 마법진을 향해 걸어가다가 바닥에 주저앉아 있던 로노를 보고는 그쪽으로 다가갔다.

"로노."

"예."

눈물에 젖은 로노의 얼굴을 바라보던 에르하트의 눈동자에 괴로움의 기색이 스쳐 지나갔다.

"미안하다."

에르하트의 말을 들은 로노는 고개를 푹 숙였다. 그리고 이번엔 그녀의 곁에 서 있던 이탈리를 보면서 말했다.

"미안합니다."

이탈리는 고개를 가로젓더니 에르하트에게 손을 내밀었다.

이탈리와 악수를 나눈 후 에르하트는 카스톨티 박사가 있는 마법진 안으로 들어갔다. 그리고 그 모습을 지켜보던 이스카야르가 이번엔 프라이어로 시선을 돌리자, 프라이어는 투덜거리면서 마법진 쪽으로 발걸음을 옮겼다.

"이렇게 도망가는 꼴이라니 체면이 말이 아니구만."

프라이어마저 마법진 위로 올라서자 이스카야르가 그제야 굳게 닫혀 있던 입을 열었다.

"에르하트 남작님, 프라이어 후작님, 방법이 과격해서 기분이 나빴다면 죄송합니다. 무사히 돌아갈 수 있기를 기원하겠습니다."

"자네나 조심하게, 울란 운터바움. 내 수제자인 군터를 잘 돌봐주게. 스승 된 몸으로 이 위험한 곳에 이렇게 제자를 남겨두고 가게 될 줄이야……."

프라이어가 이스카야르의 말을 받으면서 한탄하자 카스톨티가 그를 위로했다.

"허허… 걱정 마십시오. 제가 마력을 보충하고 꼭 데리러 다시 돌아오겠습니다. 한 일주일 정도만 버텨주시게나. 다시 돌아올 테니까."

이스카야르가 카스톨티의 말을 듣고는 고개를 끄덕였다. 그리고 이스카야르는 에르하트를 바라보았다.

"그럼 안녕히……."

말을 마친 이스카야르가 고개를 숙이고 작별 인사를 하자 에르하트가 그를 바라보면서 말했다.

"젠장! 이스카야르 당신! 돌아오면 가만두지 않을 테니 꼭 살아 돌아오시오!"

가만두지 않겠다는 협박인지 무사히 돌아오라는 부탁인지 애매모호한 말을 내뱉은 에르하트를 쳐다보면서 이스카야르가 쓴웃음을 지었다.

"자, 그럼……."

그렇게 말을 마친 카스톨티가 눈을 감더니 룬어로 된 시동어를 읊기 시작했다. 그리고 그들이 서 있던 마법진에서 빛이 나오기 시작했.

기계 문명의 발달로 이제는 거의 자취를 감춘 마법이 눈앞에서 발현되자 어린 로노는 물론이고 그들 주위에 있던 사람들이 그 신비한 광경을 넋을 잃고 바라보았다. 그리고 주문을 읊던 카스톨티가 감았던 두 눈을 뜨고 마지막 시동어를 외치려는 순간, 멀리서 군터의 목소리가 들려왔다.

"에르하트 남작님! 스승님! 저를 두고 어디를 가시려는 겁니까? 에르하트 남작님! 가시면 안 됩니다! 전할 말이 있습니다!"

다급한 목소리로 고함을 지르면서 군터가 달려오자 카스톨티가 마법을 멈췄다. 물론 카스톨티가 마법을 멈추자마자 이스카야르의 눈에서 살기가 폭사된 것은 순식간의 일이었다. 군터가 그의 표정을 보지 못한 것은 차라리 다행이었다.
"헉헉…… 조금만 늦었으면 큰일날 뻔했군요. 아이고!"
숨을 거칠게 몰아쉬면서 군터가 말하자 카스톨티가 이스카야르의 얼굴을 살피면서 넌지시 군터에게 말을 건넸다.
"전할 말이 무엇이든지 간에 정말로 큰일이 아니라면 자네는 진짜 큰일날 걸세."
"예?"
그전에 있었던 무슨 일이 있었는지 군터가 알 리 없었기 때문에 카스톨티의 말을 들은 군터는 눈을 동그랗게 뜨고 어정쩡한 표정을 하면서 머리를 긁었다.
"그래, 무슨 일로 저를 불렀습니까?"
에르하트가 군터의 모습을 웃으면서 지켜보다 질문을 던졌다.
"저기… 해변에 가셔야 할 것 같은데요?"
"해변에는 어째서?"
"에르하트 남작님을 만나고 싶다는 사람이 있습니다."
"해적에게 공격을 받고 난리가 났는데, 저를 만나러 온 사람이 있다고요?"
에르하트의 의문은 당연했다. 해적들의 공격이 끝난 지 얼마 지나지 않았는데 누가 이곳으로 찾아왔단 말인가?
"그게… 찾아와서 남작님을 만나고 싶다는 사람이 바로 해적입니다."
"해적?"
"예, 해적이요."
에르하트는 군터의 말을 듣고는 살짝 이스카야르의 눈치를 살폈다. 또다시 그가 칼을 들고 인질극을 벌이면 안 되기 때문이었다. 다행스럽게도 그는 평상시와 같이 무표정하게 서 있었다. 속으로 무슨 생각을 하는지 알 수는 없었지만 말이다.

"그럼 해변에 한번 갔다 오겠습니다."

말을 흘리면서 슬그머니 마법진에서 발을 빼는 에르하트였다.

"그런데 그라시아니님은 무사하십니까?"

"예, 지금 해변에 계십니다. 빨리 가서야 할 겁니다. 가뜩이나 용병들이 독이 올라 있는데 해적이 나타났으니까요. 그라시아니님이 간신히 말리고 계십니다."

군터가 심각한 얼굴로 서두르라고 하자 에르하트가 프라이어와 카스톨리를 번갈아 가면서 쳐다보더니 그들에게 말을 건넸다.

"그럼 다녀오겠습니다."

그러자 해변 쪽으로 발걸음을 옮기려는 에르하트에게 이스카야르가 말을 걸어왔다.

"같이 가시죠."

에르하트는 떨떠름한 표정을 지었지만 고개를 끄덕였다. 당장 떠나라고 칼춤을 추지 않은 것만 해도 다행이었기 때문이다.

"아이고! 스승님, 저를 놔두고 혼자 떠나려 하시다니, 정말 실망했습니다."

"놔라, 이놈아! 다 큰 놈이 늙은이 다리를 잡고 뭐 하는 짓이야? 가뜩이나 작별 인사까지 다 했는데 이렇게 뻘쭘하게 서 있게 돼버려서 민망해 죽겠는데."

"스승님, 너무하십니다."

무안함을 감추지 못하는 프라이어와 스승의 배신(?)을 눈치채고 울먹이면서 따지는 군터, 그 두 사제가 벌이는 유쾌한 소동이 해변으로 향하던 에르하트의 귓가에 들려왔다. 에르하트가 고개를 가로저으면서 웃음을 터뜨리자 이스카야르가 말했다.

"즐거우십니까?"

"글쎄요, 저도 제가 어떤 기분인지는 잘 모르겠습니다. 그냥 웃음이 나오는군요. 이스카야르 씨, 당신은 어떻습니까?"

에르하트가 질문을 되물었다.

"뭘 물어보시는 겁니까?"

"왜 그냥 떠나라고 강요하지 않았습니까?"

그러자 이스카야르는 천천히 시선을 위로 올렸다.

"저도 인간이기 때문입니다."

하늘을 바라보던 이스카야르의 입에서 나지막이 흘러나온 말이었다.

인간은 사회적 존재라고 한다. 인간의 사회적 속성은 사람들이 결합되어 서로 협력하는 과정에서 형성된다. 인간의 사회적 속성은 고립된 개인의 생명 활동의 산물인 것이 아니라 인간의 협력의 산물인 것이다. 그러므로 인간의 사회적 속성은 어느 개인의 타고난 육체적 생명의 특징인 것이 아니라 서로 협력해 나가는 인간의 집단, 즉 사회적 단체의 존재가 필수 조건이다.

인간의 사회적 속성 가운데서 가장 중요한 것은 사회적 의식이다. 사람이 이성적 존재라고 할 때 이성은 사회적 의식을 내포하고 있다. 이해관계를 타산하여 행동의 목표를 세우며 자기의 능력과 객관적 조건의 호상관계를 타산하여 행동의 계획을 세울 수 있는 능력이 바로 인간 이성의 힘이며 인간 이성의 작용이자 곧 사회적 의식의 작용이다.

하지만 인간 사회는 이성으로만 결합되는 것은 아니다. 인간이 가지고 있는 감정, 애정과 갈등, 믿음과 희망 등 오랜 세월 동안 이어져 온 인간관계의 감정적 요소, 이러한 요소들이 결합되어야만 소속감이 결합되어 비로소 사회를 구성한다고 할 수 있었다.

그런 의미에서 지금 바이오코 섬의 해변에 모여든 많은 용병들의 눈에서 살기가 흐르는 것은 충분히 공감할 수 있는 일이다. 인간이 망각의 동물이라고도 불리지만, 바로 몇 시간 전까지 인간이라는 의미 그대로 자신과 관계를 유지하던 동료들이 이제는 고혼이 되어버린 사실을 용병들이 잊을 수는 없는 것이었다.

이제는 완전히 폐허가 된 바이오코 섬의 선착장, 자신들이 만들어낸 그 결과물 위에 서서 자신을 바라보는 용병들의 살심 어린 눈초리에도 불구하고 남자의 눈은 평온했다. 전장을 정리하느라 분주한 해변, 남자는 누군가를 기다리면서 서 있었다.

"당신입니까?"

자신에게 다가온 에르하트를 발견한 남자가 질문을 던졌다.

"그렇소."

한동안 유심히 에르하트의 얼굴을 뜯어보던 남자가 다시 입을 열었다.

"같이 가시겠습니까?"

에르하트가 고개를 끄덕였다.

"저는 브로이라고 합니다. 마르셀라니님의 수하이지요."

아드리안 해의 물결은 잔잔했다. 파도는 낮았고 바람은 선선하게 불어왔다. 바다 밑이 보일 정도로 투명한 바다, 그 위를 한 척의 보트가 길게 물보라를 남기면서 항해하고 있었다. 금발 머리에 이지적이면서 무심한 파란 눈, 브로이의 모습을 지켜본 에르하트가 그에 관해 알고 있는 모든 것이었다.

"마르셀라니의 수하라고 했소?"

에르하트가 브로이에게 말을 걸었다. 브로이는 그의 곁에 앉아 있다가 질문을 듣고는 고개를 끄덕였다.

"왜 당신 두목이 나를 만나고 싶어 하는지 알 수가 없군요."

에르하트가 그렇게 말을 흘리자 브로이가 미소를 지었다.

"만나보시면 알게 될 겁니다."

"그나저나 당신, 대단히 용감하군요. 바이오코 섬에 그렇게 홀몸으로 오다니······. 거기다 자신이 해적이라고 당당히 밝히면서 말입니다."

그러자 브로이가 대답했다.

"바이오코 섬의 용병들 모두보다 당신과 같이 온 그 사람이 더 무섭더군요."

"이스카야르 씨 말입니까?"

"그분 이름이 이스카야르입니까?"

"그렇습니다."

"두 번 다시 만나고 싶지는 않군요."

브로이의 말에 에르하트가 웃음을 터뜨렸다.

"그 사람이 좀 과격합니다."

브로이가 에르하트를 데리고 마르셀라니에게 가기 위해 보트를 몰려고 할 때, 브로이가 보트 위에서 본 것은 보트로 다가오고 있는 에르하트와 이스카야르 두 사람이었다.

"마르셀라니님이 초대한 것은 에르하트 남작님뿐입니다."
"그렇소?"
이스카야르가 대답했다.
"내려주시지 않겠습니까?"
"당신, 마르셀라니의 수하라고 했소?"
"그렇습니다."
"한 가지만 물어보겠소."
브로이가 이스카야르와 시선을 마주쳤다.
"당신 두목이 어딘지 모를 곳으로 방금 전까지 싸움을 벌였던 인간들에게 간다면 당신은 혼자 보내겠소?"
브로이의 얼굴에 고소가 떠올랐다.
"아닐 것 같군요."
"그럼 내가 같이 가도 되겠소?"
"그래도 안 됩니다."
"왜지요?"
이스카야르가 이를 드러내면서 웃자 브로이가 무심한 눈으로 대답했다.
"당신은 너무 위험합니다."
상황이 험악해지자 사태를 해결한 것은 에르하트였다.
"이봐요, 이스카야르 씨. 저 혼자 가겠습니다."
브로이를 노려보고 있던 이스카야르는 에르하트의 말을 듣고는 그에게 시선을 옮겼다.
"몇 번을 이야기하지만 다른 무엇보다도 중요한 것은 당신입니다, 에르하트 남작님. 그런 당신을 해적들에게 혼자 보낼 수는 없습니다."

"그렇지만 어차피 당신과 같이 가든 나 혼자 가든 함정이라면 살아 돌아오기 힘든 것은 매한가지입니다. 거기다 아드리안의 날개를 비롯한 용병들의 운명이 달린 문제입니다. 이봐요, 브로이 씨. 내가 가면 더 이상 공격하지 않겠다는 말, 확실히 보장할 수 있습니까? 거기다 안전까지도 말입니다."

그러자 브로이가 고개를 끄덕였다.

"마르셀라님이 그렇게 약속하셨으니 그렇게 될 겁니다."

브로이의 말을 들은 에르하트가 이스카야르에게 다시 말했다.

"잘 들었습니까? 안전을 약속한다지 않습니까. 진정하시고 이곳에서 프라이어님과 카스톨티 박사님을 돌봐주세요."

이스카야르는 다시 뭔가를 말하려고 했지만 입 밖으로 내지 못했다. 에르하트의 얼굴을 본 것이었다. 간절함을 가득 담고 있는 그의 얼굴을. 에르하트의 그런 얼굴은 이스카야르가 결국 눈을 감게 만들었다.

"가시죠."

이스카야르가 그렇게 말을 건네자 브로이가 고개를 끄덕이더니 엔진에 시동을 걸었다. 커다란 엔진 소리와 함께 물보라가 일자 에르하트는 걱정스러운 눈으로 자신을 바라보는 그라시아니와 아직도 눈을 감고 이스카야르를 번갈아 가면서 쳐다보더니 말했다.

"꼭 좋은 소식을 가지고 돌아오겠습니다. 너무 걱정하지 마십시오."

"죄송합니다, 에르하트 남작님. 아무런 도움이 되지 못해서……."

"아닙니다, 그라시아니님. 제가 조금이라도 도와야죠."

그라시아니가 미안함이 가득한 얼굴로 사과를 하자 에르하트가 웃음을 지어 보이면서 그렇게 대꾸했다. 말을 마친 에르하트는 이스카야르 쪽을 한 번 힐끗 쳐다보더니 그에게 고개를 끄덕이고는 브로이가 기다리고 있는 보트 쪽으로 걸어갔다. 그리고 그가 보트를 타려 할 때 뒤에서 이스카야르의 고함 소리가 들렸다.
"에르하트 남작님! 한 가지만 물어보겠습니다!"
"뭡니까?"
"사죄입니까? 당신이 마르셀라니에게 가는 것은 이들에 대한 사죄입니까?"
그러자 이제 서서히 출발하는 뱃전에 서서 에르하트가 외쳤다.
"아니오! 책임입니다! 크리스티안 폰 에르하트라는 한 인간으로서의 책임!"

"책임이라……."
브로이가 배를 조종하면서 그렇게 혼잣말을 흘렸다. 그러고는 슬쩍 에르하트를 쳐다보았다. 그는 하늘을 보고 있었다. 브로이의 눈이 하늘로 향했다. 푸른 하늘 위로 구름이 떠다니고 있었다. 아련하게 들려 오는 파도 소리를 벗 삼아 두 사람을 실은 배는 그렇게 투명한 푸른 바다 위에 새하얀 포말을 남기면서 흘러갔다.

수많은 물새들과 투명하게 빛나는 아드리안의 바다, 그리고 해저에서 융기돼서 만들어진 화산섬들의 조화가 완벽하게 이루어져 있는 아드리안 해의 아조레스 해역은 예로부터 아름다운 절경으로 유명한 곳이었다.
어지러울 정도로 하늘을 가득 채운 바닷새들과 기암괴석으로 이루어진 섬들 사이에 지금 한 척의 요트가 닻을 내리고 정박해 있었다.
세일링이라 불리는 범선 형식의 요트가 그것이었는데, 이 요트는 범선이라고 불러도 될 정도로 일반적인 요트에 비해 매우 컸다. 세 개의 돛대를 가지고 있는 스쿠너 형식의 이 요트는 하얗고 날씬한 선체의 아름다움을 자랑하면서 아조레스의 절경 속에 어우러져 있었다.

하지만 지금 에르하트에게 그런 아름다움이 눈에 들어올 리가 없다. 이곳은 해적의 소굴이기 때문이었다. 이 배에 마르셀라니가 있다. 에르하트는 그가 왜 자신을 만나려 하려는지 그 이유가 궁금했다.

"따라오시죠."

브로이가 앞장서서 걸어가자 에르하트가 고개를 끄덕이면서 그의 뒤를 따랐다. 브로이는 요트의 뒤편으로 향했다. 그리고 에르하트는 보았다, 그곳에 한 남자가 서 있는 것을. 왼쪽 눈을 가로지르는 자상의 흔적, 굳건한 인상의 한 남자가 자신을 보고 있었던 것이다. 깊이 있는 그의 두 눈동자 에르하트와 마주치자 그의 입에서 말이 흘러나왔다.

"반갑소. 움베르토 마르셀라니요."

에르하트는 그가 내민 손을 마주 잡았다.

"그뤼네발트의 영주이자 발렌슈타인 제국의 남작, 크리스티안 폰 에르하트요. 미안하지만 그렇게 반갑지만은 않군요."

"그렇겠군요."

"무슨 일로 나를 불렀습니까? 아드리안의 날개를 더 이상 공격하지 않겠다는 조건 때문에 오기는 했지만, 오래 머물고 싶지는 않습니다."

마르셀라니가 에르하트의 말을 듣고 쓴웃음을 지었다.

"일단 앉으시죠."

마르셀라니가 정중하게 자리를 권하자 에르하트는 요트 뒤편에 놓여 있는 의자에 앉았다. 그러자 마르셀라니가 자신의 옆에 놓여 있는 탁자에서 술병을 집어 들더니 술잔에 따르기 시작했다.

"루이벨 와인이죠. 이곳 남부 국가 연합이 자랑하는 좋은 술입니다. 한잔하시겠습니까?"

"아닙니다."

에르하트가 거절하자 마르셀라니는 아쉬운 눈을 하고서 말했다.

"안타깝군요, 좋은 술인데. 구하기도 힘들고……."

"시간이 없습니다. 저를 보자고 한 용건을 말씀해 주시겠습니까? 솔직히 말하자면 방금 전까지 싸웠던 사람하고 오붓하게 앉아서 술을 마실 정도로 마음이 넓지는 않습니다."

에르하트의 말을 듣고 마르셀라니는 웃음을 터뜨렸다.

"알았습니다."

그렇게 말을 마친 마르셀라니가 에르하트의 맞은편에 술잔을 들고 앉았다. 그러자 에르하트가 그를 보면서 말을 꺼냈다.

"이야기에 들어가기 전 한 가지 궁금한 것이 있습니다."

"궁금한 것이 뭡니까? 대답할 수 있는 것이면 대답해 드리죠."

에르하트는 한동안 마르셀라니의 얼굴을 뚫어지게 쳐다보았다. 여유있는 웃음, 그리고 편안한 태도, 지금까지 마르셀라니의 태도는 일국의 수상을 살해하고 바다에서 약탈을 하는 해적 두목의 것이라고 보기가 힘들었다. 오히려 그는 신사다웠다.

의외였다. 얼굴을 마주할 기회는 없었지만 지금까지 자신이 이곳 바랑기스 공국에 와서 싸웠던 상대가 이럴 줄은 정말로 몰랐다. 막연하게 해적 두목의 이미지를 떠올리면서 그를 만나러 왔지만 그는 거칠고 무식한 야만인의 모습을 가지고 있지 않았다.

에르하트는 자신을 데리고 온 브로이가 이런 음모를 계획한 것이 아닐까 하고 의심했다. 하지만 에르하트는 마르셀라니를 보고 나서 그런 생각이 틀렸다는 것을 알았다. 이번 일이 전적으로 그가 계획한 것이었다. 그는 보통 사람이 아니었다. 에르하트의 본능이 그렇게 말하고 있었다.

"순양전함 클레망소, 그것을 미끼로 쓴 이유가 뭡니까? 아무리 생각해도 이해가 가지 않습니다. 차라리 그것을 미끼로 쓸 바에는 미래를 위해서라도 당신이 보유하고 있는 편이 낫지 않았습니까? 비록 당신의 계획이 성공했다지만 말입니다."

에르하트의 의문은 당연했다. 마르셀라니가 클레망소를 이용해서 완벽하게 기습을 성공시켰다지만 클레망소는 순양전함이었다. 물론 훌륭한 전력이 훌륭한 미끼가 될 수 있다는 것은 전술상의 기본이었지만, 이번에 마르셀라니가 사용한 미끼는 너무 과한 것이었다. 마르셀라니가 애초에 노린 것은 용병 길드의 파괴가 아니라 정권의 장악이었다. 정권을 장악하고 유지하기 위해서는 이렇다 할 해상 세력이 존재하지 않은 아드리안 해에 전함을 띄우는 것이 여러모로 전략적으로 유리했다. 그런데 마르셀라니는 그런 전략적 무기를 미련없이 던져 버렸다.

전함을 중심으로 함대를 만들고 자신들을 공격할 때 동원했던 항공 전력을 이용한다면, 어쩌면 그는 더 쉬운 성공을 거뒀을지도 몰랐다. 바이오코 섬을 폐허로 만든 그의 항공 세력은 이미 일개 해적 수준을 넘어 있었으니까.

"전함이라……"

마르셀라니가 자리에서 일어서면서 나직하게 말을 흘렸다.

"에르하트 남작, 당신의 말대로 전함은 쓸 데가 많지요. 그런데……"

바다를 바라보던 마르셀라니가 말을 멈추고 에르하트에게 시선을 옮겼다.

"에르하트 남작, 클레망소가 내 수중에 있다는 사실을 알았을 때 이런 생각이 들지 않았습니까?"

"무슨 생각 말이오?"

에르하트가 되묻자 마르셀라니가 술잔을 탁자 위에 올려놓더니 에르하트에게 다가갔다. 그리고 에르하트의 얼굴 가까이에 자신의 얼굴을 대면서 느릿한 어조로 말했다.

"마르셀라니가 어떻게 전함을 보유하게 됐는지, 또 어떻게 타란토에 전함을 이동시켰는지 생각해 보기 전에, 어떻게 마르셀라니라는 일개 해적 두목이 전함을 운용할 수 있을까? 하고 말입니다."

마르셀라니의 말을 들은 에르하트는 뭔가에 뒤통수를 맞은 듯한 충격을 받았다. 전함은 강력하고 거대한 무기였다. 그리고 운용에 그만큼 많은 인원이 필요했고, 또 그 많은 인원들은 전함을 100% 이해하고 있어야만 했다. 해군의 함선을 유지하기 위해서는 만들기만 해서는 안 됐다. 운용에 관한 기술적 노하우가 필요했다. 그리고 전함에 필요한 선원의 수는 못해도 1,000명 이상. 전함 운용에 필요한 그런 대규모 인원을 그가 어떻게 훈련시킬 수가 있었을까? 전함 운용에 관한 아무런 노하우가 없는 이곳의 해적들이 말이다.

마르셀라니는 놀라고 있는 에르하트의 얼굴을 보면서 천천히 몸을 일으켰다.

"당신이 완파시킨 클레망소에는 1,200명 정도의 수병들이 탑승하고 있었습니다. 아무리 내가 정권 장악을 노린다고 해도 그 정도의 인원을 동원하는 것은 원초적으로 불가능한 것이지요."

"그럼 그 수병들은?"

"당연한 것 아닙니까? 전함을 공여한 쪽에서 동원한 수병이지요. 그들은 신성 폴센 제국의 해군이었습니다. 아, 물론 외교적 마찰을 피하기 위해 서류상으로는 예비역들로 구성됐다고는 하지만 말입니다."

"그럼 당신은 우리를 이용해서 그들을 처리했다는 말입니까?"

마르셀라니가 발걸음을 옮겨 난간에 몸을 기댔다.

에르하트는 그런 마르셀라니를 지켜보면서 머리 속에 떠오르는 생각을 정리하기 시작했다. 클레망소를 보낸 신성 폴센 제국, 그것을 파괴시킨 아드리안의 날개, 그리고 사라진 전함, 우연한 정보, 정권을 잡는 데 성공한 마르셀라니…….

차례대로 밑그림이 에르하트의 머리 속에서 떠올랐다. 그 밑그림을 기초로 그 과정을 추리해 나가던 에르하트는 한 가지 사실을 깨달을 수 있었다.

그리고 에르하트는 경악할 수밖에 없었다.

"당신이 신성 폴센 제국의 지원을 받는다는 사실은 나도 알고 있습니다. 그런데 당신… 마르셀라니 당신은 폴센 제국마저 배제시키려고 하는 겁니까?"

마르셀라니는 말이 없었다. 하지만 그의 얼굴에 떠오른 것은 만족스러운 웃음이었다. 마르셀라니의 입에서 나온 클레망소에 대한 진실, 그것은 이런 것이었다.

신성 폴센 제국이 바랑기스 공국을 차지하기 위해 마르셀라니를 지원하기는 했지만 그들도 마르셀라니의 위험성은 충분히 인지하고 있었다. 아니, 신성 폴센 제국은 마르셀라니를 바랑기스 공국의 그 누구보다도 위험한 인물로 판단했던 것이다. 따라서 정권을 장악하는 데 큰 도움이 될 것이라는 이유를 들어 요청하지도 않은 클레망소 급 순양전함을 마르셀라니에게 보낸 것이다.

분명히 전함이 마르셀라니에게 큰 도움이 되는 것은 사실이었다. 그렇지만 역으로 마르셀라니가 바랑기스 공국의 정권을 장악했을 때 가장 큰 위협이 되는 존재 역시 이 순양전함이었다. 이 순양전함을 운용하고 있는 병사들은 마르셀라니가 통제할 수 있는 해적들이 아니었기 때문이다.

마르셀라니는 클레망소를 보자마자 신성 폴센 제국의 의도를 바로 간파할 수 있었다. 전함은 그 어떤 무기보다도 강력했지만, 그 강력함 때문에 절대 혼자서 움직이지 않는 존재였다. 전함은 함대를 구성하는 전투함들 가운데 가장 거대한 존재이자 동시에 함대를 구성하는 중추적인 역할을 담당하는 존재. 그리고 전함은 아주 높은 가치를 지니고 있었다.

신성 폴센 제국은 클레망소를 근거로 차후 바랑기스 공국 내에 자신들의 외양 함대를 만들 생각이었던 것이다. 마르셀라니를 통제하고 아드리안 해를 통제하기 위해. 그것은 마르셀라니가 원하는 바가 아니었다. 그래서는 절대 신성 폴센 제국의 입김을 영원히 벗어날 수가 없었다. 특히 해상 국가인 바랑기스 공국에서 말이다. 마르셀라니가 클레망소를 보고 난 후 고심한 것은 이것을 '어떻게 이용할까'가 아니라 '어떻게 처리할까'였던 것이다.

"어차피 반갑지 않은 손님, 그냥 유용하게 쓴 것일 뿐입니다."

마르셀라니가 어렵게 생각할 것 없다는 듯 가볍게 말했다.

"신성 폴센 제국이 가만있지 않을 텐데요?"

에르하트가 말을 하자 마르셀라니가 다시 몸을 일으켜 그의 앞으로 다가왔다.
"그래서 제가 당신을 부른 겁니다, 크리스티안 폰 에르하트 남작."
선량하게까지 보이던 마르셀라니가 웃음을 지어 보였다. 아주 무서운 웃음을……. 그는 역시 해적이었던 것이다.

"어디서부터 이야기해야 하나……."
마르셀라니가 와인을 잔에 따르면서 그렇게 혼잣말을 흘렸다. 그리고 잠시 동안 에르하트의 얼굴을 보면서 뭔가를 고민하던 그가 천천히 입을 열기 시작했다.
움베르토 마르셀라니. 그는 어린 나이에 아버지의 부하에게 쫓겼고, 믿었던 이들에게 배신당한 아픔을 가지고 있었다. 잃어버린 왼쪽 눈, 그는 아드리안 해를 사랑했지만 아드리안의 바다, 그리고 사람들은 그를 더 이상 아드리안의 바다를 볼 수 없게 만들었다. 그가 바랑기스 공국을 탈출해서 남부 국가 연합에 들어간 것은 그의 나이 열두 살 때의 일이었다. 열 살에 아버지를 잃어버린 후 그 2년이라는 세월 동안 그는 바랑기스 공국을 탈출할 기회를 노리고 있었던 것이다.
"에스프릴라의 깃발을 노리던 해적들의 집요한 추적을 받았을 텐데 용케 탈출했군요."
에르하트가 말하자 마르셀라니는 말을 멈추고 그를 흘끗 바라보았다. 어두운 천장, 보이지 않는 미래, '툴루즈 로트렉'에서의 2년……. 마르셀라니의 그때의 기억을 떠올렸다. 진한 화장을 한 여인의 난잡한 얼굴, 그리고 자신을 바라보던 그 눈빛.
마르셀라니는 고소를 머금었다. 기억하고 싶지 않은 과거였다. 그는 에르하트와 눈을 마주쳤다.

"어쨌거나 중요한 것은 내가 어떻게 적들의 손길을 피했느냐가 아닙니다."

에르하트가 고개를 끄덕였다. 남부 국가 연합의 항구 도시 베를로니치에 도착한 뒤 마르셀라니가 향한 곳은 한 무역 상사였다. 그 무역 상사를 운영하던 사람은 자신의 아버지 에우포시토 마르셀라니가 최고로 신뢰하던 인물이었다.

"루카스 베르나르디……."

백발에 인자한 미소가 어울리던 그의 모습이 떠올랐다. 루카스 베르나르디는 아버지인 에우포시토 마르셀라니가 처음 해적 생활을 시작할 때부터 그의 곁에 있었고, 그에게 자신이 아는 모든 것을 가리킨 사람이었다. 아버지가 아드리안 해의 대해적이 되자 그는 평안한 노후를 찾아 그의 곁을 떠났다고 한다. 물론 아버지는 그를 잊지 않았고, 매년 그의 생일 때마다 마르셀라니를 데리고 비밀리에 그를 방문하고는 했었다. 가족도 없이 혼자서 살던 그는 자신을 따뜻하게 맞이해 주었다. 예전의 마르셀라니였다면 베를로니치에 도착하자마자 그에게 달려갔을 것이다. 하지만 2년이라는 시간은 그를 더 이상 누구도 믿지 않는 그런 소년으로 만들었다. 마르셀라니는 아버지의 옛 부하를 감시하기로 결정했다. 믿을 수 있는 인물인지 아니면 배신할 인물인지.

"후훗!"

"왜 웃으십니까?"

마르셀라니가 웃음을 웃자 에르하트가 질문을 던졌다. 마르셀라니는 고개를 저으면서 대답했다.

"아무것도 아닙니다."

그러나 마르셀라니는 자신의 존재를 곧바로 그에게 들키고 만다. 열

두 살의 어린 소년이 아무리 은퇴했다고는 하나 수십 년의 세월을 바다에서 보낸 자를 감시할 수 있을 리가 없었다.

"오오! 움베르토! 왜 그런 눈을 하고 있는 거냐? 무슨 일이 있었지? 아아! 움베르토! 불쌍한 아이."

베르나르디가 자신을 발견했을 때 했던 말을 떠올리면서 마르셀라니는 잠시 동안 회상에 잠겼다. 베르나르디와의 만남은 아버지의 죽음 이후 자신의 치열했던 삶 중에서 가장 행복했던 시기였다. 베르나르디는 자신이 손자 행세를 하면서 계속 자신의 곁에 머물기를 원했다. 하지만 마르셀라니는 평범하게 살 수 없는 몸이 되어 있었다. 마르셀라니의 나이 16세. 그는 베르나르트의 아쉬운 눈길을 뒤로하고 발렌슈타인 제국으로 향했다. 세계 최고의 교육을 받기 위해서였다.

"그리고 나는 제국 대학에 들어갔소. 그리고 그곳에서 그를 만났소."

마르셀라니가 그렇게 말을 맺고 자리에서 일어섰다.

"그러니요?"

에르하트가 되묻자 마르셀라니가 담배를 입에 물고 불을 붙였다.

"천재, 그리고 이상주의자, 그리고 인간을 뛰어넘은 그 무엇. 그게 그를 가리키는 말이겠지. 내가 코뮌테른에 들어가게 된 것도 그를 만난 이후였소."

"그가 누굽니까?"

에르하트가 물어오자, 마르셀라니가 웃음을 지으면서 말했다.

"말할 수 없소. 당신은 사람을 보면서 압도적인 공포를 느낀 적이 있소?"

에르하트가 고개를 가로젓자 마르셀라니는 다시 말을 이었다.

"그는 그런 사람입니다. 내가 만나본 그 누구보다도 완벽한 사람이기도 했고."

"한 번 만나보고 싶군요, 그렇게 대단한 사람이라니. 마르셀라니 당신이 그렇게 말할 정도라면……."

에르하트의 말을 들은 마르셀라니가 다시 입을 열었다.

"내가 제일 경계하는 사람은 바로 그입니다, 에르하트 남작. 그를 만나고 싶다고요? 그를 잘 아는 저로서는 말리고 싶군요. 아마 그에게 잡아먹혀 버릴 거요. 그리고 그것은 내가 원하는 바가 아니지요."

마르셀라니가 재미있다는 표정으로 에르하트를 바라보았다.

"그의 이름이라도 말해 줄 수는 없습니까?"

"에르하트 남작, 당신 집요하군요."

에르하트는 그렇게 한 번 더 질문했고, 이번에도 마르셀라니는 그의 물음에 대답하지 않았다. 대신 에르하트가 마음에 드는지 그의 거친 얼굴엔 미소가 떠올라 있었다.

"발렌슈타인 제국 대학은 대단한 곳이지. 세계의 중심 국가인 발렌슈타인 제국이 자랑하는 대학답게 각국의 수많은 인재들이 몰려 있는 곳이었소."

마르셀라니의 말을 들으면서 에르하트는 자신의 동료인 미르코를 떠올렸다. 제국 대학에서 수석으로 졸업했다고 들었어도 단순히 영리한 놈이라고 생각했는데, 마르셀라니의 말을 듣고 있으니 새삼스럽게 대단한 녀석이라고 느껴졌던 것이다.

"내가 만난 그가 제국 대학에 들어온 이유는 단 하나였소. 바로 그

인재들을 끌어 모으기 위해서였소. 대단하지 않소? 내가 발렌슈타인 제국으로 향한 것은 단순히 아버지에 대한 복수를 위한 것이었는데도 불구하고, 솔직히 이렇다 할 계획이라고는 아무것도 없었소. 막연히 내 실력을 늘리고 기회를 노리자, 이런 생각을 하고 있었다고 할까? 뭐, 당시 내 나이 20세, 아직 충분히 시간이 있다고 생각했소. 하지만 그를 만나고는 내 생각이 틀렸다는 것을 깨달았소. 내가 내 자신의 이야기를 해줬을 때 그가 나에게 말했소. '자신에 대한 합리화'가 아니냐고. 아버지의 죽음, 그리고 사람들에게 받은 상처를 잊고 있는 것이 아니냐고 말이오. 베르나르디와 만나서 일상의 평안함에 안주하고 싶은 생각이 들어서가 아니냐고 말이오. 그리고 그때 깨달았지. 내가 복수심만 가지고 있을 뿐 아무것도 하지 않고 있다는 것을 말이오. 그리고 현실에 안주하려는 내 모습을……."

"그래서요?"

"그가 나에게 제안하더군, 자신이 만든 그룹에 들어오지 않겠냐고. 그리고 그를 따라 그의 그룹에 들어갔지. 대단한 사람들이 모여 있더군. 발렌슈타인 제국은 물론 그라드 공화국, 엘링턴 왕국, 신성 폴센 제국, 남부 국가 연합, 그리고 북쪽의 왕국들 세계 각국의 인재들이 모두 모여 있었지. 그리고 그는 그 집단의 리더였고 말이오. 그곳에 있으면서 나는 많은 사람들과 인연을 맺었지. 그리고 그에게 많은 것을 배웠고 말이오."

말을 마친 마르셀라니가 물고 있던 담배를 힘껏 빨아들였다. 그리고 에르하트에게서 시선을 거두고 요트의 난간에 팔을 대고 하늘을 바라보았다.

"복수할 수 있는 방법, 그리고 내가 이곳 바랑기스 공국을 차지할 방법, 모두 그에게 배운 것이오. 그는 그런 사람이었소, 에르하트 남작. 남들이 평생 걸려서 계획하고 행해야 할 일들이 그에게는 아주 단순한 장난과 같은 것이었소."

"그런 사람이 진짜 존재한다는 말입니까?"

에르하트가 놀란 얼굴을 하자 마르셀라니가 시니컬한 웃음을 지어 보이면서 대답했다.

"에르하트 남작, 왜 신성 폴센 제국이 나를 밀어줬다고 생각합니까? 지금이야 아드리안의 남부 해안을 장악한 해적 두목이지만, 아니, 이제 바랑기스 공국의 수상인가? 아무튼, 처음 내 손엔 아무것도 없었소. 그런 나에게 왜 신성 폴센 제국이 관심을 가졌을까? 생각해 봤소?"

"그가 신성 폴센 제국의 고위층 자제였습니까?"

"아니, 그는 발렌슈타인 제국 사람이오."

"발렌슈타인 제국 사람이라고요? 그런 그가 어떻게 당신을 도왔단 말입니까?"

"그에게는 쉬운 일이었지, 말 한마디만 하면 됐으니까."

"무슨 뜻입니까?"

"그는 발렌슈타인 제국 사람이었지만 신성 폴센 제국의 공작 중 한 사람이 그의 말에 따라 움직이니까 말이오. 그도 그 비밀 단체의 소속원이었소. 물론 대제국의 공작 정도 되는 사람에게 이 정도 지원은 쉬운 일이죠. 그리고 아드리안 남부 해역을 차지한다는 명분도 있고 말이오."

"그런데 나에게 이런 이야기를 하는 이유가 뭡니까?"

에르하트는 궁금했다. 그가 해주는 이야기는 흥미롭고 관심이 갔지만, 이렇게 자신을 불러서 얘기할 이유가 없었다. 거기다 자신은 그와 방금 전까지 바랑기스 공국의 운명을 걸고 싸웠던 사람 아닌가? 하지만 에르하트의 궁금증은 곧 마르셀라니의 말에 의해서 풀리고 말았다.

"나는 클레망소를 버림으로써 신성 폴센 제국과의 끈을 잘라 버렸소. 그와 동시에 그의 손아귀에서 벗어났지. 코뮌테른에 가입하고 파시즘을 표방했소. 모두를 기만했지. 솔직히 이렇다 할 정치 세력이 없는 내가 바랑기스 공국민들의 지지를 얻기 위해서는 외국 자본에 불만을 가지고 있는 바랑기스 공국 내부의 갈등을 이용할 수밖에 없었소. 한마디로 정권은 차지했지만 언제 무너질지 모르는 게 나의 현재 위치요. 그래서 나에게는 시간이 필요하오."

"그게 나랑 무슨 관계입니까?"

"신성 폴센 제국에게 중요한 것은 돈이 아니오, 정치적 확장이지. 지금 신성 폴센 제국의 창고에는 황금이 넘쳐흐르고 있으니까. 동방 개척의 성공으로 막대한 재화가 들어오고 있으니까 말이오. 아드리안 해는 그들에게 황금을 가져다줄 수 있을지 모르겠지만, 이 무역로를 독점함으로써 타국과의 관계가 악화되면 악화됐지 정치적으로 아무런 이점이 없소. 물론 순양전함 클레망소를 날려 버리고 자신을 배신한 그 신성 폴센 제국의 공작이 나에게 이를 갈고 있겠지만 말이오."

"그래서요?"

"그들이 현재 제일 관심을 가지고 있는 지역은 바로 에르하트 남작 당신의 영지, 그뤼네발트요. 아이러니하지만 당신이 그곳에서 시간을 끌어줘야 내가 무사할 수 있다는 소리지. 그들이 그뤼네발트를 차지한다면 다음에는 이곳으로 시선을 돌릴 테니까 말이오."

에르하트는 그제야 마르셀라니가 자신을 불렀는지 알았다. 마르셀라니는 자신을 이용하려고 하는 것이다.

에르하트가 놀란 표정을 짓는 것을 한동안 지켜본 마르셀라니가 다시 말을 이었다.
"에르하트 남작, 용병들을 죽이지는 않겠소. 듣자 하니 당신도 조종사를 구하기 위해 이곳에 왔다고 들었소. 이미 레지나는 나의 손에 들어왔고, 오늘 오후 공왕을 만나 정권을 이양받을 것이오. 한동안 숙청의 바람이 이곳 바랑기스 공국에 불겠지. 용병들을 데리고 그뤼네발트로 떠나시오. 아드리안의 날개는 물론 주요 용병 길드 거의 전부가 무너졌소. 조종사는 충분할 거요."

주다스의 달, 마지막 주 그리고 마지막 날, 에르하트는 해풍을 맞으면서 레지나의 항구를 바라보고 있었다. 파괴의 흔적이 곳곳에 남아 있는 레지나의 모습은 황량하기 이를 데 없었다. 수많은 상인들과 뱃사람, 그리고 용병과 숨어든 해적들로 붐비던 항구는 활기를 잃고 과거의 영화를 그리워하고 있었다. 씨사이드 에어로 페스티발의 시작을 알리는 현수막이 찢어진 채로 바람에 이리저리 휘둘리고 있었다.
"이제 돌아가는군요."
이스카야르가 다가와서 말을 걸었다.
"그렇군요."
"무사히 돌아가게 돼서 다행입니다."
"무사하다? 그게 이 상황에 어울리는 말입니까?"
에르하트가 주위를 돌아보면서 말했다. 그러자 이스카야르가 싱긋 웃음을 지으면서 대답했다.
"거듭 말하는 것이지만, 내가 관심을 가지는 것 단 하나, 당신입니다, 에르하트 남작님."

"부담스럽군요, 남자가 이렇게 나에게 관심을 가지다니."
"불편하십니까?"
"그럴 리가요. 다만……."
"다만?"
"이왕이면 여자가 댁같이 관심을 가져 주면 더 좋을 것 같은데 말이죠."
"하하하!"

에르하트가 농담을 던지자 이스카야르가 웃음 터뜨렸다. 한동안 시원하게 웃던 그는 곧 웃음을 멈추더니 에르하트를 바라보면서 말했다.

"다행입니다."
"뭐가 말입니까?"
"저는 당신이 이곳 바랑기스의 일 때문에 한동안 우울하게 지낼 줄 알았습니다."
"글쎄요. 뭐, 그렇게 좋은 기분은 아니지만, 완전히 모든 것을 잃지는 않았으니까요."

에르하트가 쓴웃음을 지으면서 말했다. 그리고 아드리안 해의 모습을 눈에 담아두려는 듯 한동안 아무 말 없이 새하얀 포말을 일으키며 해안으로 몰려드는 파도를 바라보았다.

"저는 아직 모든 것이 미숙하니까요. 하나씩 하나씩 배워 나가고, 또 사람들과 관계를 맺어나가면서 조금씩 나아지겠지요. 그리고 지금은 이렇게 초라하게 이곳 바랑기스 공국을 빠져나가지만 언제가 이곳에 다시 돌아올 것입니다. 오늘을 잃었다고 해서 내일까지 잃은 것은 아니니까요."

그때 귀를 울리는 커다란 뱃고동 소리가 들려왔다.

"이제 출발하나 봅니다."

이스카야르의 말에 에르하트는 커다란 화물선이 머물러 있는 부두 쪽을 바라보았다.

"그라시아니 길드장이 많이 노력했습니다. 쉬운 일이 아니었을 텐데……."

이스카야르가 말했다.

"아직은 아드리안의 날개가 사라진 것이 아니니까요. 그리고 사람은 내일을 바라보면서 사는 존재이니까요. 희망이 보이면 역경이 닥쳐도 어떤 사람이라도 좌절하지 않을 테지요."

이스카야르가 그의 말에 고개를 끄덕이면서 동의를 표시했다.

"어떤 상황에서도 그 희망이라는 것을 바라볼 수 있는 사람이 얼마나 될런지는 잘 모르겠지만, 그 희망을 볼 수 있는 사람은 내일이 있을 겁니다. 그리고 그라시아니 길드장은 물론 에르하트 남작, 당신은 그런 사람일 테고요."

"고맙군요, 그래도 인정을 좀 해주시니. 아직까지 제 손으로 한 일은 아무것도 없는데도 말이죠."

"왜 한 일이 없습니까? 조종사를 저렇게 많이 구해서 돌아가는데요."

"나라 하나를 대가로 치르고 말이죠. 거기다 적이었던 사람의 도움을 받고서요."

에르하트가 씁쓸하게 웃었다.

"그래서 인생이 재미있는 것 아닙니까? 설마 죽을 때까지 웃고만 살고 싶은 것은 아니겠지요, 에르하트 남작님?"

에르하트는 대답하지 않았다. 시원한 바람이 불어왔다. 에르하트는 자신의 옆에 서 있는 이스카야르의 얼굴을 천천히 살펴보았다. 그리고 말했다.

"고맙습니다, 이스카야르 씨."

난데없는 에르하트의 말에 이스카야르가 영문을 모르겠다는 듯 저 사람이 왜 저러나 하는 표정을 짓자 에르하트가 미소를 머금은 얼굴을 하고 다시 말을 이었다.

"쉬운 일은 아니었습니다. 많은 일이 있었고, 또 많은 생각을 하게 됐습니다. 그리고 그때마다 당신에게 받은 도움 잊지 않겠습니다, 이스카야르 씨."

"그렇게 생각해 주신다니 고맙군요."

"그런데… 이스카야르 당신은 왜 저를 에르하트 남작님이라고 불렀다, 남작이라고 불렀다 왔다 갔다 하십니까? 그냥 에르하트 남작님이라고 통일하세요, 듣기도 좋은데."

"하하하! 그런 것에 신경을 쓰고 있었습니까? 전혀 몰랐군요."

"뭐, 저도 일단 존중받고 싶은 사람입니다."

"그럼 에르하트 남작님부터 저를 이스카야르 씨라고 부르지 말고 울란 운터바움이라고 존대해 주시죠."

"이런 젠장! 한 방 먹었군."

"하하하!"

울란 운터바움이라고 부르고 싶은 생각이 들지는 않는지 에르하트는 더 이상 뭐라고 말하지 않았다.

"빌어먹을! 레지나 섬이여! 바이오코 섬이여! 나는 꼭 돌아온다! 기다려라!"

서서히 항구에서 멀어지고 있는 화물선에서 누군가의 절규가 바람에 실려 아련하게 들려왔다.

"마르코니로군요."

"구사일생으로 살아왔어도 저 입담은 여전하군요."

이스카야르가 말을 걸어오자 에르하트가 유쾌하기 그지없는 발보 형제를 떠올리면서 미소를 지었다.

"이제 슬슬 출발하지요."

이스카야르가 옆에 보이는 장거리 화물기 쪽으로 시선을 주면서 말했다. 그리고 에르하트가 고개를 끄덕이자 먼저 화물기 안으로 들어갔다.

"이봐, 크리스 군! 바쁘다면서 빨리 들어오라고. 카스톨티 박사님은 벌써 사보이 왕국에 갔단 말일세. 일을 처리하려면 서둘러야 하네."

프라이어가 화물기 안에서 고개를 내밀더니 에르하트를 재촉했다.

"프라이어님, 저와 같이 그뤼네발트로 가기로 한 겁니까?"

"당연한 것 아닌가? 이번에 엘링턴 왕국에서 제공한 설계도 중에 쓸 만한 게 꽤 있다네."

"하하하! 그래서 저를 따라오는 겁니까?"

프라이어가 뚱한 표정을 지으면서 대답했다.

"그렇지 않으면 내가 왜 그런 위험한 동네로 가겠나? 거기다 신형기가 저기 저 화물선에 실려 있으니 따라갈 수밖에."

"예, 어련하시겠습니까?"

에르하트는 그렇게 말을 마치고 화물기 안으로 들어갔다.

잠시 후 에르하트와 그의 일행을 태운 장거리 화물기의 엔진이 움직이기 시작하더니 거센 바람을 일으키면서 프로펠러가 돌기 시작했다.

그리고 서서히 물살을 헤치면서 앞으로 달려나간 화물기는 그 동체를 띄우기 시작했다.

어두운 실내에 앉아 창밖을 바라보던 에르하트는 자신이 타고 항공기가 하늘로 떠오르는 것을 느꼈다. 중력을 이탈하는 압력을 느끼면서 에르하트는 점점 작아져 가는 레지나의 모습을 바라보았다.

"당신은 그뤼네발트에만 신경 쓰십시오. 다른 것은 아직 알 필요가 없습니다. 굳이 이름이라도 듣고 싶으시면 말씀드리죠. 안드레아스 바우펠트. 그게 그의 이름입니다. 가명인지 실명인지 아니면 아직까지 그 이름을 쓰는지 잘 모르겠지만. 우리는 그를 펠트라고 불렀습니다."

마르셀라니와 헤어지기 전 에르하트가 마르셀라니가 만났다는 그 사람에 대해 마지막으로 다시 물어보자 마르셀라니가 졌다는 듯 고개를 저으면서 한 대답이었다.

"엘링턴 왕국이나 그라드 공화국은 움직이지 않을 겁니다."
"왜죠?"
"젊었을 때의 우리는 펠트를 믿고 그의 말대로 모든 것을 따랐습니다만 나이를 먹고 나니 겁을 먹었다고 할까요? 그의 악마적인 카리스마가 두려워지더군요. 그리고 펠트의 그룹에 속해 있던 멤버들 가운데 저와 같은 사람들이 꽤 있더군요. 당신에게만 말하겠습니다. 지금까지의 바랑기스 공국은 사라질 겁니다. 대신 그라드 공화국의 민주정이라고 부를 수는 없겠지만 나름대로 의회도 구성하고 그럴 겁니다. 물론 외국인의 정치 참여는 철저히 배격할 것이고 과거의 보호 무역 주의를 부활시킬 겁니다."

에르하트는 푸른 바다 곳곳에 보이는 섬들을 멍한 눈으로 지켜보았다. 자신을 보면서 웃음을 짓던 마르셀라니의 얼굴이 떠올랐다.

"예, 역사의 반동이죠. 하지만 어떻게 보면 세계에서 두 번째로 왕정이 사라진 국가가 될 겁니다. 그것으로도 그라드 공화국은 어느 정도 만족하더군요. 엘링턴 왕국? 엘링턴 왕국에는 펠트를 제일 두려워하는 인물이 있습니다. 그리고 그는 저와 유대 관계를 맺고 있지요. 얼마간의 시간이 지난 후 저는 주식회사를 하나 만들 겁니다. 국가가 운영하는 국영 주식회사죠. 그 정도면 엘링턴 왕국도 만족하지 않을까요? 내가 가장 두렵고 또 그만큼 주시하는 국가는 당신의 조국, 발렌슈타인 제국입니다. 왜냐하면 펠트가 그곳에 있기 때문이죠. 조심하시오, 에르하트 남작. 이곳에서 당신과 싸웠던 내가 할 말은 아니지만, 당신이 펠트의 눈에 띄지 않기를 바라겠소."

점점 멀어져 가는 아드리안 해를 보면서 에르하트의 머리 속에는 수많은 상념이 떠올랐다 사라져 갔다. 그리고 얼마간의 시간이 지났을까, 극도의 피로감이 밀려오기 시작했다.
"그러고 보니 잠을 못 잤군."
그뤼네발트로 돌아간다는 마음에 긴장이 풀려서였을까? 에르하트는 눈꺼풀이 무거워지는 것을 느꼈다. 어두운 화물기 안, 에르하트가 고개를 돌리자 이스카야르와 군터, 프라이어 후작은 이미 잠을 자고 있었다.
"그렇군. 잠을 자야겠군. 내일을 위해서……."
에르하트는 눈을 감았다. 감겨진 눈으로 창으로 들어오는 따뜻한 햇

살의 포근함이 느껴졌다.

"에르하트 남작이 떠났다고 합니다."
푸셀로 궁의 화려한 알현실에서 브로이가 방 안을 구경하고 있던 마르셀라니에게 보고했다. 크리스털로 만들어진 샹들리에와 오래된 바로크 양식의 가구들, 그리고 예술가의 혼이 녹아 있는 그림과 예술 조각품들은 방 안에 화려함과 품격, 이 두 가지를 모두 선물하고 있었다.
"그런가?"
마르셀라니가 브로이에게 시선을 주면서 대답했다.
"이제 그가 그뤼네발트를 지키길 바라야 합니까? 완전히 도박이군요, 우리가 할 수 있는 일이 거의 없으니까요."
"못마땅한가 보군, 브로이."
"그럴 수밖에요. 자신의 운명이 타인에게 결정된다는 사실을 좋아할 사람은 없을 겁니다."
"그런가? 나는 흥미로운데? 그리고 자네 말과는 다르게 우리도 바쁘게 움직여야 하네. 그가 2년 이상만 그뤼네발트 내전을 끌어준다면 이곳 바랑기스는 완전한 독립국이 될 수 있네."
마르셀라니가 쿡쿡거리면서 웃었다.
"잘 알겠습니다."
브로이가 못마땅한 기색을 감추고 고개를 조아리자 마르셀라니가 그에게 물었다.
"참, 공왕은 어떻게 됐나?"
"산드라스 섬의 별장에 유폐시켰습니다."
"그런가? 그의 건강에 많은 신경을 써주게. 병들어 죽기라도 하면

왕을 죽였다는 오명을 얻을 수도 있거든."

"그건 제가 잘 알아서 하겠습니다."

말을 마친 브로이가 알현실 밖으로 걸어 나가려고 할 때 마르셀라니의 목소리가 들려왔다.

"브로이."

브로이가 고개를 돌리자 마르셀라니가 플랜더스 화풍의 대표적인 화가인 루벤스의 작품에 시선을 주면서 말을 이었다.

"에르하트 남작을 본 소감이 어떻던가?"

"좋은 사람이더군요. 누구와는 다르게 말입니다."

질문을 듣고 생각에 잠겼던 브로이가 뚱한 표정으로 그렇게 대답하자 마르셀라니가 피식 웃음을 지었다.

"잘 알았네. 그만 일을 보러 가보게."

브로이가 나가자 알현실 안에는 마르셀라니 혼자만 남았다. 그리고 혼자서 이리저리 주변을 둘러보던 마르셀라니는 알현실에 설치된 왕좌로 걸어갔다.

"어째서 모든 것을 차지하기 위해 이런 모험을 하냐고 했나, 브로이? 에스프릴라의 깃발은 자신의 주인에게 많은 것을 주지만 결코 평온한 운명을 주지는 않는다네. 그리고 긴장과 음모 속에 자신의 몸을 던진 사람은 결코 평온한 삶에 만족하면서 살 수가 없네."

마르셀라니가 왕좌를 쓰다듬으면서 말했다. 그리고 털썩 왕좌에 앉아 알현실을 둘러보았다. 넓적한 공간, 오롯하게 알현실에서 유일한 왕좌가 있는 상석에서 바라보자 알현실의 모습이 한눈에 들어왔다. 마르셀라니가 한 손으로 턱을 괴면서 말했다.

"시시해."

세상 사람들은 이상한 면이 있다. 결혼 적령기에 든 사람들을 만나면 그들은 항상 이렇게 물어본다.
"결혼 하셨어요?"
왜 그렇게 물어보는지는 알 수가 없지만, 아니라는 대답을 들었을 때 그들의 반응은 두 가지이다. 이성이라면 흥미로운 눈으로 천천히 관찰을 하든지 아니면 '왜요?' 라고 되묻는 것이다. 특히 그런 경향은 여자에게 더욱 심하게 나타나는데, 그들의 질문만 듣는다면 마치 세상 여자들은 모두 결혼을 해야 하는 의무라도 가지고 태어나는 것처럼 느껴졌다. 그리고 그것은 발렌슈타인 제국 제일의 공국이자 파라얀 대륙의 북서 지방의 중심지 에세인 공국의 공왕 프레데리커 하이엘 폰 에세인이라고 해서 크게 다르지는 않았다.
그녀의 나이 27세. 그녀는 현재 파라얀 대륙에 존재하는 모든 처녀들 중 결혼 여부에 관해 가장 많은 관심을 받는 여성일 것이다. 빠른 결혼이 많은 어머니들의 자랑거리가 되던 이 시대, 프레데리커 하이엘 폰 에세인 공왕은 이미 결혼 적령기를 넘기고 있었지만 아직도 각국의 귀족과 왕족들에게서 청혼이 들어오고 있었다. 물론 결혼 지참금이 왕국에 필적하는 에세인 공국의 왕위 계승권인데 설사 그녀가 할머니라고 하더라도 왕위만 그녀가 가지고 있다면 갓난아기를 신랑을 바쳐서라도 결혼을 성사시키려고 할 것이다. 본인이 이런 귀족과 왕족들의 결혼 풍속에 질려 버려 혐오감을 가지고 있더라도 말이다.
에세인 공왕의 일상은 거의 매일 똑같았다. 이른 아침에 일어나 세안을 하고 아침 식사를 한다. 물론 이 아침 시간 부왕인 미터마이어 전대 공왕에게 결혼은 언제 하냐고 식사 시간 내내 잔소리를 듣지만 그녀는 무표정한 얼굴로 간단히 식사를 마친다.

그리고 아침 산책. 그녀가 제일 좋아하는 시간이었다. 훌륭한 정원사가 혼신을 다해 가꾼 나무와 꽃들을 보는 것만큼 그녀를 만족시키는 것은 없었기 때문이다.

산책을 마치고 그녀는 업무를 본다. 국가를 다스리는 최고 결정권자로서 그녀는 단 한 번도 그 의무에서 벗어나는 행동을 하지 않았다. 오히려 그녀와의 면담은 에세인 공국의 모든 관리에게 가장 두려운 순간이기도 했다. 차가운 눈으로 날카로운 질문을 던져 대는 이 공왕의 모습을 본 누구라도 그녀를 여자로 볼 수는 없을 것이다.

점심 식사까지 집무실에서 업무를 본 후 별일이 없는 한 그녀는 해가 지기 시작하는 무렵에 일을 마친다. 그리고 자신이 총애하는 크놀프 백작가의 영애 에반젤린과 티타임을 즐긴 뒤 아버지의 잔소리를 들으면서 저녁 식사를 하고 개인 시간을 갖는다. 그리고 그녀가 누리는 이 자유 시간 중 취침 전에 하는 그녀의 유일한 유희는 의외로 한 사람에 대한 정보를 모으는 것이었다. 물론 미터마이어 전대 공왕이 이 사실을 안다면 당최 남자에게 흥미를 보이지 않는 딸을 위해 사윗감으로 삼으려고 당장 그 사람을 데려오라고 할 것이지만, 다행스럽게도 그녀의 이러한 취미 생활을 아는 사람은 아무도 없었다. 그도 그럴 것이 야밤에 공왕의 개인 침실을 마음대로 들어올 수 있는 사람이 있을 리가 없었기 때문이다.

크리스티안 폰 에르하트에게 관심을 가지게 된 때만 하더라도 솔직히 말해서 프레데리커 하이엘 폰 에세인 공왕은 그에게 어떤 비범한 면을 그렇게 느끼지는 못했다. 브레멘 상공에서 처음 본 이후 그에게 관심을 가졌지만 그것은 하나의 흥밋거리일 뿐 그녀의 일상에 이렇게 다가오지는 않았다. 하지만 그에 대해 많은 것을 알아갈수록 점점 관심이 끌리기 시작했다.

좋은 사람. 이것이 그를 평가할 때 꼭 들어가는 말이었다. 좋은 사람이란 말이 그녀는 너무나 마음에 들었다. 하긴 정략 속에서 매일을 살아가는 그녀가 언제 좋은 사람을 만날 수가 있었겠는가? 그리고 단 한 번의 만남은 크리스티안 폰 에르하트 남작이 그녀의 가슴 깊숙이 들어오게 만들었다.

그가 자신을 바라보고 자신을 만졌을 때 그녀는 난생처음 두근거림을 느꼈다. 그리고 자신을 윽박지르는 그의 모습을 보면서 슬픔을 느꼈지만 이제는 그런 그의 모습이 소신있고 너무나 믿음직스럽게 보였다. 일개 남작이 공국의 왕위 계승자에게 화를 내다니, 그녀에게는 너무나 강한 충격이었다.

"바랑기스 공국이라……."

하얀색 원피스형 잠옷을 걸친 그녀가 탁자에 앉아 그의 마지막 소식을 자신의 스크랩북에 적어 넣었다. 그리고 스크랩북 책장을 덮고 난 후, 그녀는 의자에 앉아 몸을 뒤로 기울였다. 자신이 한심스럽다는 생각도 들었다. 그 몰래 그의 일거수일투족을 알아보고 또 이렇게 스크랩까지 하다니…….

"요즘 유행하는 말 그대로 마치 스토커라도 된 것 같잖아?"

불빛을 받아 윤기가 흐르는 기다란 흑발 머리와 새하얀 피부, 그리고 그녀의 매력을 돋보이게 하는 아름답고 지적인 눈매. 공왕이라는 지위가 아니더라도 이런 매력적인 여인의 관심을 받는 남자는 행복할 거라 생각할 테지만, 냉철한 판단력과 공평한 업무 처리로 성왕으로 추앙받는 프레데리커 하이엘 폰 에세인 공왕은 의외로 이런 부분에 둔감했다. 그래서 지금도 그녀의 가슴을 안타깝게 하는 것은 그에게 제대로 사과를 못했다는 것과 그가 자신을 안았을 때 에반젤린과 그의 친구가 나타났던 것이었다. 물론 이것은 그녀만의 비밀이었다.

에세인 공국의 수도 브레메는 아름다운 도시였다. 본래 일개 영지령에 지나지 않았었는데 후에 발렌슈타인 제국을 세운 초대 황제의 동료이자 공신인 에세인 영주가 공왕의 지위를 받아 공국을 건설한 뒤 브레메는 점점 변해갔다. 하지만 한 가지 변하지 않은 것이 있다면 공왕이 머물고 있는 베이레 궁전과 그 주변을 둘러싼 에르후트 숲이었다.

베이레 궁전은 공왕의 거처이자 에세인 공국에서 가장 중요한 문화적 기념물 중 하나였다. 발렌슈타인 제국의 황제가 베이레 궁전의 중앙에 건설된 아름다운 분수대를 보고 쉰부르 궁이라고 이름 붙인 뒤에는 많은 곳에서 쉰부르라고 베이레 궁을 불렀지만 자존심 강한 에세인 공국 사람들은 공왕이 머물고 있는 궁전을 베이레 궁이라고 불렀다.

성력 1696년 레오폴드 필립 폰 에세인 공왕이 바르코 건축의 거장 피셔 폰 에를라하 자작에게 명령하여 발렌슈타인 제국의 오딘 궁전에 맞서 원대한 왕궁 조경 계획을 세우게 해 지금의 모습을 만들게 되었고, 다시 성력 1744년에서 1750년까지 진행되어 니콜라스 파카시의 손에 의해 건물 전체가 완성되었다.

궁전 내부에는 모두 1,421개의 방이 있으며, 왕을 위한 우아한 침실과 대신들과의 회의를 위한 회의실 등 국가 전반을 관리하는 시설물들로 가득 차 있었다. 그렇지만 역시 베이레 궁의 아름다움을 잘 나타내는 것들은 공적인 일보다는 파티나 개인적인 용도의 방들로써 왕의 침실을 비롯해 공자들을 위한 육아실이나 거울로 가득 찬 욕실 등, 사소한 방들이 대단히 아름다웠다.

베이레 궁 내부의 천장은 프레스코화로 가득 차 있고, 크리스털 샹들리에와 거대한 거울 등이 있다. 발렌슈타인 제국의 황제마저 감탄한 베이레 궁의 바로크 식 정원은 약 2백만 평방 파섹이나 되는데, 전설적인 원예 디자이너인 니콜라우스 자도트와 아드리안 폰 스텍호벤이 조성하였다.

또한 이 정원에는 많은 역사적 건축물들이 아름다운 공원 한가운데서 있었는데, 에세인 공왕가는 대대로 기념비적인 업적을 기리기 위해 이곳에 많은 전적비와 전리품을 설치하고는 했다.

따라서 이 역사적 유물들은 하나의 자연과 어우러져 아름다운 경관을 자랑하고 있었다.

에세인 공왕가의 허락 하에 이 아름다운 왕실 정원은 여름부터 가을까지 3개월에 걸쳐 일부분이나마 공국민들에게 개방되었다. 그것은 온갖 기이한 동물이 가득 차 있는 왕실 동물원 역시 마찬가지였는데, 특히 아동들을 대동하고 올 경우 무료로 개방할 정도여서 베이레 궁의 정원은 에세인 공왕가가 공국민들에게 절대적인 지지를 받는 한 가지 요인이 되었다.

에세인 공왕 프레데리커 하이엘 폰 에세인은 왕실의 자랑인 베이레의 정원을 산책하고 있었다. 원래는 점심 식사를 마치고 집무실에서 업무를 보는 것이 보통이었으나, 오늘은 그렇게 많은 일이 있지는 않았다. 그녀가 즉위한 이후 제일 신경 써서 계획한 일 중 하나가 바로 업무의 효율성을 극대화시키는 것이었는데, 이제 그 성과가 나타나고 있는 것이었다. 그녀는 세부적인 것은 신하가, 큰 줄기는 왕이 하는 것이라고 믿었기에 그때까지 왕에게 집중되어 있던 많은 부분을 산하 각 부처에다 귀속시켰다. 그리고 대신 감찰 기능을 강화시켜서 관리들이 부정을 저지르는 것을 예방하였다.

행정은 잘 돌아가고 에르후트 숲과 이어진 산책로는 너무나 아름다웠지만 현재 에세인 공왕의 얼굴은 그렇게 좋아 보이지 않았다. 물론 '얼음의 미녀'라는 별명을 들을 정도로 표정이 없는 공왕이었지만, 그녀와 지내는 시간이 많은 에반젤린은 그녀의 기분이 그렇게 좋지 않은 것을 바로 알아챌 수 있었다.

"또 부왕 전하 때문에 그러세요?"

에반젤린이 질문을 던지자 프레데리커가 가볍게 인상을 찌그리면서 고개를 끄덕였다.

"왕위를 물려주신 후 할 일이 없으신지 요즘은 매일같이 성화구나."

에반젤린은 공왕의 모습을 찬찬히 살펴보았다. 여자인 자신이 봐도 에세인 공왕의 모습은 너무나 아름다웠다. 품위를 위해서 화려하고 예쁘기보다는 우아하고 장중한 느낌의 검은색 드레스를 입은 공왕이었지만 그 미모를 감출 수는 없었다. 그러니 그녀의 아버지인 미터마이어 전 공왕이 얼마나 안타깝겠는가. 눈에 넣어도 아프지 않을 하나밖에 없는 딸이 도통 결혼할 생각을 하지 않으니까 말이다.

"오늘도 전직 수상이던 지게 후작이 손자를 봤다고 집무실까지 찾아오셔서 말씀하시는데, 머리가 다 아프더구나."

프레데리커 눈썹을 찌푸리면서 말하자 에반젤린이 억지로 웃음을 참으면서 그녀를 위로했다.

"다 전하를 사랑하셔서 그러시는 것 아니겠어요? 전하께서 참으셔

야죠."

"그렇긴 하다만, 이러다가 무슨 일이 생길지 알 수가 없구나."

"그래서 집무실에서 나와서 이곳에서 업무를 보려고 하시는 건가요?"

에반젤린이 자신이 들고 있던 서류 더미를 내보이면서 질문을 던졌다.

"더 있다가는 업무고 뭐고 부왕 전하와 싸우게 생겼는데 어쩔 수 없지. 그나마 오늘은 결재할 서류가 적으니 이렇게 밖으로 나와서 일을 하는 것도 좋을 것 같구나."

"그렇습니다, 전하."

그렇게 대화를 마친 두 사람은 곧 정원 한쪽에 마련된 테이블로 향했다. 그곳은 에세인 공왕들이 다과를 즐겼던 곳으로 현재 에세인 공국을 다스리고 있는 프레데리커 역시 옛 공왕들과 마찬가지로 그곳에서 티타임을 즐겼다.

따라온 시녀들이 다과를 차리고 업무 준비를 마치자 프레데리커는 자신의 전속 시녀이자 비서 일도 하고 있는 에반젤린에게서 서류를 받아가면서 업무를 보기 시작했다.

"그래, 지금도 그 카스퍼라는 사람과 편지를 주고받고 있니, 에반젤린?"

"예."

서류를 살피다 말고 쟈스민 차를 마시면서 프레데리커가 갑작스럽게 질문해 오자 에반젤린의 얼굴이 붉게 물들었다.

"요사이 너무 바빠서 연락을 자주 주고받지는 못했지만 그래도 계속 연락은 하고 있어요."

"그래? 카스퍼라는 사람이 꽤 마음에 드는가 보구나. 얼핏 이야기를 들으니 혼처가 들어왔는데 거절했다면서?"

"아, 아닙니다. 저는 그냥 공왕 전하 곁에 더 머물러 있고 싶어서 그랬을 뿐입니다. 송구스럽습니다."

에반젤린은 부정했지만 프레데리커의 날카로운 눈을 피할 수는 없었다.

"그래서 그렇게 얼굴이 새빨갛게 물들었구나, 에반젤린."

에세인 공왕은 그녀의 모습을 보면서 희미하게 웃었다.

"그래, 지금 그뤼네발트 상황이 그렇게 좋지 못하다니 고생이 많겠구나."

"예, 잠잘 시간도 모자라다고 하더군요. 거디다 에르하트 남작이 바랑기스 공국이라는 곳에서 사고를 치는 바람에 마음 고생이 심했다고 하더군요."

순간 찻잔을 잡고 있던 프레데리커의 손이 움찔했다는 사실을 아무도 눈치채지 못했다.

"사고라니?"

프레데리커가 근처에 있는 화단에 시선을 주면서 지나치듯 묻자 에반젤린이 그녀의 찻잔에 차를 따르면서 말했다.

"이미 다 지난 일인데다 무사히 돌아왔지만 꽤 험한 일들을 겪은 모양이에요."

"그래?"

그녀는 에르하트 남작이 남부 국가 연합의 무슨 일을 겪었는지 알아보리라 마음먹었다. 그때 서류를 살피던 에반젤린이 놀라움을 표시했다.

"어머?"

"왜 그러니?"

에반젤린이 한 장의 서류를 내밀었다. 그것은 어제 처리한 업무 결재 보고서였다. 업무의 신속한 처리를 위해 프레데리커는 이렇게 선조치 후보고 형태의 업무 보고 체계를 시행하고 있었다.

"에르하트 남작이 이곳에 왔나 보군요."

"그게 무슨 소리니, 에반젤린?"

"산업부에서 보내온 보고서에 에르하트 남작의 이름이 있습니다, 공왕 전하."

"뭐라고?"

프레데리커의 무표정이 무너지고 말았다.

"이리 줘봐라, 에반젤린."

"예, 전하. 미르코님도 오셨을까?"

에반젤린이 서류를 건네면서 그렇게 혼잣말을 했지만 그녀의 목소리는 이미 프레데리커의 귀에 들어오지 않았다. 그녀의 눈에 보인 에르하트에 관한 업무 보고는 다음과 같았다.

그뤼네발트의 에르하트 남작이 사보이 왕국과 본 에세인 공국을 연계시키는 새로운 사업을 제의했으나 현재 본 공국의 개발 상황을 감안하고 그뤼네발트의 현 상황과 사보이 왕국의 기술력에 대해 의문이 감으로 해서 기각 처리하였다.

프레데리커가 자리에서 일어나 자신의 집무실로 향한 것은 순식간의 일이었다.

시간이 꽤 지났는지 해가 긴 여름날인데도 밖은 상당히 어두워져 있었다. 그뤼네발트와 엘링턴 왕국, 그리고 발렌슈타인 제국을 잇고 있는 에세인 공국의 수도인 브레메답게 날이 어두워져 가고 있음에도 사람들의 발길은 아직도 길에 머물러 있었다. 그럼에도 불구하고 숲이 우거지고 새가 곳곳에서 지저귀는 숲의 도시 브레메의 모습은 황혼의 빛을 받아 인간사의 번잡함을 초탈한 듯 아름답게 빛나고 있었다.

하얗게 회벽으로 칠한 전통적인 가옥들이 나란히 늘어선 거리 사이로 한 남자가 달려오고 있었다. 표정으로 보아하니 틀림없이 뭔가 급한 일이 있는 모양이었다.

'왔구나. 덜렁대기는…….'

상가로 유명한 미르코 남작가의 차남 미르코 카스퍼가 창가 너머로 보이는 하얀 굴뚝 연기와 시가지의 모습을 바라보며 쓴웃음을 짓고 있는데, 계단 구르는 소리가 요란하게 나더니 방문이 덜컥 열렸다.

"미르코!"

숨을 헐떡이며 방 안으로 들어선 이는 갈색 머리의 밝은 인상을 지닌 젊은이였다.

"야, 임마! 오랜만이다!"

그는 바로 크리스티안 폰 에르하트, 그뤼네발트의 영주였다. 그의 얼굴엔 반가움이 가득해 있었는데 미르코는 그의 그런 모습을 보면서 활짝 미소를 지었다.

"크리스, 반갑다."

갑자기 달려든 에르하트가 자신을 덥석 껴안자 순간 당황하는 표정을 지었으나 곧 친구의 등을 두들기면서 흐뭇한 미소를 지었다.

에르하트의 귀환, 그리고 재회

"무슨 10년 만에 만난 친구 같다, 크리스."

"야! 한 달이든 10년이든 반가운 것은 반가운 거다."

에르하트가 미르코의 몸에서 떨어지더니 친구의 얼굴을 살피면서 다시 말을 이었다.

"야! 너, 얼굴 많이 말랐다. 고생 좀 했나 본데?"

미르코는 피식 웃을 수밖에 없었다. 에르하트가 이곳 에세인 공국에 도착하기 전 사보이 왕국의 마리오 카스톨티 박사와 수정구로 이야기를 나눴던 미르코는 지난 한 달 동안 에르하트가 무슨 일을 겪었는지 충분히 알고 있었다.

목숨이 왔다 갔다 하는 사지에 갔다 왔는데도 불구하고 에르하트는 자신의 안부부터 챙기고 있는 것이다. 미르코는 그런 친구의 얼굴을 새삼스럽게 볼 수밖에 없었다.

"너야말로 죽을 위기를 수도 없이 넘겼다던데, 이제 슬슬 자신이 누구인지 자각하는 게 어떠냐? 그뤼네발트의 영주 크리스티안 폰 에르하트 남작."

"야! 그 소리는 이스카야르 씨한테 수도 없이 들었다. 너까지 그러기냐?"

"남들이 그러면 좀 들던가."

에르하트는 눈을 가늘게 뜨고 자신을 쳐다보는 친구의 어깨에 손을 걸치고는 말했다.

"야! 우중충한 이런 방에 혼자서 있지 말고 내려가자. 내려가서 한잔해야지."

"알았다. 그런데 울란 운터바움과 프라이어 후작님은 어디다 두고 너 혼자 왔냐?"

"그 양반들이야 일 좀 보고 온다고 뒤에서 천천히 오고 있으니까 걱정 말고 같이 내려가자."

두 사람은 오랜만에 회포를 풀기 위해 아래층에 있는 주점으로 내려갔다.

해가 완전히 넘어가자 뜨거웠던 여름날의 한낮의 더위도 한풀 꺾였다. 여기저기 정박되어 있는 크고 작은 배들이 브레메를 관통하는 라이멜 강을 거슬러 불어오는 바람에 출렁이고 있었다. 밤이 깊었는데도 불이 환하게 켜져 있는 여관 겸 주점 '엘레이안' 안으로 세 사람의 그림자가 다가들었다. 그들은 이스카야르와 프라이어, 그리고 그의 제자 군터였다.

"반갑네. 내가 프라이어 후작일세. 쉬지 않고 달려왔는데도 이제야 도착했구만."

피곤한 기색이 역력한데도 불구하고 프라이어는 미르코에게 반갑게 인사를 건넸다.

"아닙니다. 이렇게 그뤼네발트를 방문해 주셔서 감사합니다. 미르코 카스퍼라고 합니다. 에르하트에게 이야기 많이 들었습니다."

"이해해 준다니 고맙구만. 이 사람은 내 제자 군터일세. 내 제자지만 나 이상으로 항공기에 대해서는 잘 알고 있는 녀석이지."

프라이어가 자신의 제자를 소개하자 미르코가 군터에게 악수를 건네면서 말했다.

"반갑습니다. 프라이어 후작님이 이렇게 칭찬할 정도라니 정말 믿음이 가는군요."

"감사합니다."

군터가 웃는 낯으로 미르코의 손을 잡았다.

"울란 운터바움도 고생하셨습니다."

미르코가 이스카야르와 눈을 마주치면서 인사를 건네자 그는 아무 말 없이 고개를 끄덕이더니 먼저 자리에 앉았다.

미르코는 이어 프라이어 후작과 군터에게 자리를 권했고, 옆으로 지나가는 웨이터를 불러 브레멘의 명산인 맥주와 라이멜 강에서 잡히는 송어 요리를 주문했다. 잠시 후 요리가 나오고 맛있게 식사를 하던 에르하르트가 문득 생각났다는 듯이 물었다.

"야, 미르코. 사보이 왕국과 이곳 에세인 공국의 전투기 공동 개발 계획은 잘 돼가나?"

"빨리도 물어본다."

미르코가 기가 찬다는 듯 말하자 수염에까지 묻혀가며 맥주를 마시던 프라이어가 미르코에게 말을 걸었다.

"나도 그게 궁금하구만. 사보이 왕국 쪽이야 카스톨티 박사님이 아예 항공기 개발을 맡고 있으니 문제가 있을 리 없지만 이곳 에세인 공국에는 이렇다 할 만하게 우리를 도와줄 사람이 없을 것 같은데."

그러자 미르코의 안색이 어두워졌다.

"저도 그게 걱정입니다. 실은 이미 한 번 상담을 요청해 봤는데 일언지하에 거절당했습니다."

"저런! 에세인 공국에서 거절한다면 다른 곳에서는 더 힘들 텐데."

"그렇죠."

미르코가 근심 어린 표정으로 대답했다.

에세인 공국은 일찍부터 항공 산업의 미래가 밝다는 것을 알아보고,

안정된 정치 기반과 발전된 국내 산업을 바탕으로 예산의 상당 부분을 항공기 개발에 투자하고 있었다. 따라서 서부 통합 전쟁 당시 에세인 공국은 발렌슈타인 제국 공군에서 필요로 하는 항공기 부품을 자체적으로 생산하고, 더 나아가 Fe-121 '파하렌' 과 K-20 '포케울프' 전투기를 자체적으로 면허, 생산할 수 있을 정도로 훌륭한 항공 기술력을 보유하고 있었다.

에세인 공국에서 최고의 기술력을 가진 기업은 에세인 중공업이었다. 그리고 에세인 중공업에서 개발하는 엔진인 EM-410은 에르하트가 그뤼네발트 방위를 위해 도입하려고 하는 사보이 공국의 MC-55 '센타우로' 전투기에 꼭 필요한 것이었다.

에르하트는 이미 바랑기스 공국에서 이 엔진을 단 센타우로 전투기의 실전 테스트까지 마친 상태였으므로 이 엔진만 도입할 수 있다면 그뤼네발트의 공중전에서 커다란 영향을 미칠 것이 분명했다. 그러나 문제는 에세인 중공업은 에세인 공국에서 직접 관리하는 기업이었고, 에세인 공국은 자국의 항공 기술이 외부로 흘러나가는 것을 극도로 꺼려한다는 것이었다. 그것은 9년 전 일어났던 한 가지 사건 때문이었다.

지금으로부터 9년 전, 발렌슈타인 제국 공군은 신형 전투기 도입 사업을 추진했다. 당시 발렌슈타인 제국 공군은 파라얀 대륙 최고 수준의 공군 전력을 유지하고 있었기에 보유 전투기 수 역시 대륙 최고였고, 자연히 신규 전투기 도입을 위한 사업 규모 역시 엄청났다. 그리고 이 황금알을 낳는 거위를 차지하기 위해 발렌슈타인 제국은 물론 각 공국에서도 사업에 뛰어들었다.

그것은 에세인 공국에서도 마찬가지였다. 앞서 말한 바와 같이 발렌슈타인 제국은 폐쇄적으로 항공 산업을 육성하고 있었기 때문에 에세인 공국은 우수한 기술력을 보유하고 있었음에도 불구하고 자체적으로 항공기를 생산하지 못하고 있었다. 하지만 이번 사업에 참여해서 에세인 중공업이 새로 개발한 신형 엔진을 제국 공군에 제공한다면 자연히 발렌슈타인 제국의 차세대 전투기 산업에도 뛰어들 수 있었기 때문에 그 과정에서 이루어질 항공기 설계에 관한 노하우를 습득, 차후 자체적으로 전투기를 생산할 수 있는 기반을 조성할 수 있었다.

따라서 에세인 공국은 자신들의 우수한 자동차, 선박 엔진 기술을 발판으로 개발한 1,600마력이라는 당시로서는 가장 강력한 출력을 자랑하는 신형 엔진을 가지고 신형 전투기 사업에 뛰어들었다.

하지만 엔진의 성능대로라면 에세인 중공업의 엔진이 신형 전투기 도입 사업에 참여해야 했지만 현실은 달랐다. 에세인 중공업이 보낸 1,600마력 수냉식 엔진을 당시 발렌슈타인 제국 최고의 전투기 생산 업체이던 다임러-에메르트 사가 그대로 카피해 버린 것이다. 물론 급하게 카피한 제품이었기에 에세인 중공업의 엔진을 다임러-에메르트 사의 엔진이 따라갈 수는 없었다.

그러나 다임러-에메르트 사는 발렌슈타인 제국 최고의 항공 회사였고, 에세인 중공업은 비록 발렌슈타인 제국의 공국인 에세인 공국의 소유였지만 결코 발렌슈타인 제국의 것은 아니었다. 거기다 다임러-에메르트 사의 대주주는 발렌슈타인 제국의 두 후작 가문이었고, 그들은 공군은 물론 제국 정부 내부에 막대한 로비를 하고 있었기 때문에 결국 차세대 전투기의 엔진은 다임러-에메르트 사가 차지하고 말았다.

에세인 중공업은 그 사건에서 큰 충격을 받았다. 힘들게 개발한 기술은 기술대로 빼앗기고 사업자 선정에서는 부당하게 탈락되었기 때문이다. 미터마이어 폰 루셴 에세인 공왕의 이름으로 항의 서한을 보내

봤지만 이미 제국의 상층부는 비리로 만연해 있었기 때문에 그의 항의는 묵살당하고 말았다.

그 후 에세인 공국의 공왕 미터마이어 폰 루센 에세인은 절대로 자국의 항공 기술을 외부로 유출시키지 않았다. 그것은 서부 통합 전쟁 당시에도 마찬가지여서 에세인 중공업이 자랑하는 엔진 설계자 알베르트 유모가 친구인 마테우스 케른 박사의 요청으로 개인적으로 설계하고 보내준 엔진 이외에는 발렌슈타인 제국에 어떠한 항공 기술 지원도 하지 않았다. 에세인 공국으로부터 항공기용 엔진을 얻는다는 것은 그렇게 어려웠다.

"한마디로 우리가 직접 알아서 만들 테니 중간 상인은 빠지라는 소리구만."

미르코의 설명을 듣고 나서 프라이어 후작이 그렇게 결론을 내렸다.

"그렇죠. 일단 에세인 공국의 책임자부터 만나봐야 뭘 어떻게 해보는데 면담 자체를 거부하니 답답한 노릇입니다."

미르코가 답답한지 한숨을 내쉬면서 말했다. 둘의 대화를 듣는 다른 사람들 역시 앞일이 막막한지 표정이 좋지 않기는 매한가지였다.

"에라, 일단 마시자! 이렇게 울상을 지으면 뭐 하늘에서 동아줄이라도 내려온데냐? 일단 내일부터 에세인 공국 산업부에 가서 죽쳐 보는 거지 뭐. 이렇게 오랜만에 친구 얼굴 보는데 그렇게 울상 지을 거냐? 한 잔 마셔라, 미르코!"

우울한 분위기를 몰아내려는 듯 에르하트가 미르코에게 맥주 잔을 내밀면서 큰 소리로 말했다. 미르코는 눈앞에서 떠다니는 맥주잔을 보면서 웃을 수밖에 없었다.

"야, 이 녀석아! 매사가 왜 그렇게 아무 생각 없는 거냐?"

"머리는 똑똑한 네놈이 써라! 나는 그냥 몸으로 때우련다. 자자, 프라이어님도 한잔하시죠. 그리고 군터 군이랑 이스카야르 씨도. 일단 분위기가 죽으면 될 일도 안 됩니다. 모두 잔을 드세요!"

에르하트르가 사람들에게 맥주잔을 들길 권하면서 활기차게 돌아다니자, 어두운 기운이 감돌았던 모두의 얼굴에서 미소가 떠올랐다.

"얼마나 힘이 될지는 모르겠지만, 나도 최선을 다해 도와보겠네. 항공업계 쪽으로는 아는 사람들이 많으니까 말이야. 내 이름으로 방문을 요청한다면 거절하지는 못할 것이네. 또 내가 이만큼 자신할 수 있을 정도로 그만큼 카스톨티 박사님의 전투기가 우수하기도 하고 말이야. 아마 그들도 직접 우리들과 상담한다면 지금과 같이 노골적으로 거부하지는 못할 것이네."

프라이어가 흐뭇한 눈으로 에르하트르를 바라보면서 말했다.

"고맙습니다, 프라이어 후작님."

에르하트르가 고마움을 표시하자, 미르코가 미소를 지으면서 에르하트르의 말을 이어 받았다.

"일단 거절은 당했지만, 아직 에르하트르의 말대로 아직 포기하기엔 이르죠. 모두 함께 머리를 맞대보면 좋은 수가 나올 겁니다. 물론 저기 저 에르하트르 남작은 도움이 안 될 테지만 말이죠."

"하하하! 자네 말이 맞네."

프라이어가 그렇게 미르코와 장단을 맞추자 에르하트르가 고함을 버럭 질렀다.

"뭐야? 미르코 네 녀석은 무슨 좋은 생각이라도 있냐?"

에르하트르가 미르코에게 따지자, 미르코가 예의 입꼬리를 말아올리는 웃음을 지었다.
"뭐냐, 그 웃음은? 오랜만에 봐도 진짜 재수없구나!"
"내가 너냐? 사실 몇 가지 방안은 생각해 뒀는데, 프라이어 후작님이 저렇게 적극적으로 지원을 하신다니, 한번 시도는 해봐야지."
"헉! 방금 전까진 암담하다면서 인상을 구기고 있던 놈이 왜 그새 말이 바꿔냐?"
그러자 대답한 것은 프라이어였다.
"나를 끌어들이려고 한 소리 아닌가, 카스퍼 군?"
미르코가 프라이어의 말을 듣고 살짝 고개를 끄덕이자 에르하트가 감탄인지 비난인지 모를 말을 했다.
"아! 이 여우 같은 녀석! 이 와중에도 머리를 굴렸구나."
"자기 잘되라고 그러는데 여우 같은 녀석이라니. 하하! 어처구니가 없구나, 크리스."
미르코가 가볍게 항의하자 에르하트가 피식 웃음 짓더니 말했다.
"됐다! 네 마음 잘 알겠다. 얄밉기도 하지만 이렇게 여러모로 도와 줘서 고맙다, 미르코."
에르하트가 그렇게 고마움을 표시하자, 미르코의 얼굴에서 떠올라 있던 미소가 더욱 짙어졌다. 그리고 미르코와 눈을 마주치던 에르하트가 목소리를 높이면서 잔을 높이 들었다.
"자! 잔을 듭시다!"
모두가 잔을 들자 에르하트가 주변을 돌아보면서 말했다.
"저도 많이 아는 것은 없지만, 아무리 어려운 일이 닥쳐도, 앞이 안 보여도 계속 걸어가다 보면 언젠가 길을 찾을 수 있다고 믿습니다. 아직 시간은 있습니다. 암담하게 보이겠지만 노력하면 뭐든지 이룰 수는 있겠지요. 잘되든 못 되든 간에 말이죠. 모두 힘내시고요, 밝은 내일을 위해 건배를 합시다!"

에르하트가 건배를 외치자 모두가 힘차게 건배를 외쳤다.

그리고 맥주를 벌컥벌컥 들이키는 에르하트를 보는 모두의 얼굴에는 미소가 떠올라 있었다.

"뭐라고요? 다시 한 번 말씀해 주시겠습니까?"

에세인 공국 산업부 산하 항공 개발부 부장인 크리스토퍼 알트는 놀라움을 감추지 못하고 자신의 상관인 산업부 장관 슈테판 요르그 폰 슈레에크에게 다시 한 번 말해 줄 것을 요구했다.

"안 본 사이에 귀가 먹었나?"

슈레에크가 능글맞은 미소를 지으면서 농을 걸어왔지만 알트 부장은 농담할 기분이 아니었다.

"말도 안 되는 명령을 하시니까 그러는 것 아닙니까. 우리가 뭐가 아쉬워서 그 사람을 찾아가야 합니까?"

"명령이니까 어쩔 수가 없네."

슈레에크가 대답하자 알트가 인상을 있는 대로 구기면서 말했다.

"명령? 명령이라고요? 이런 말도 안 되는 명령을 누가 내렸습니까? 공국 고위층에 간첩이라도 침투한 것 아닙니까?"

"간첩?"

슈레에크의 눈썹이 꿈틀댔다.

"그럼 간첩이 아니면 뭡니까? 애써 개발한 기술 남에게 넘겨주라니요."

"넘겨주라는 게 아니잖나, 일단 만나봐서 타산을 맞춰보라는 것이지."

슈레에크가 알트를 달래듯이 말했다. 그러자 알트가 답답하다는 듯 언성을 높이면서 말했다.

"타산이고 뭐고 그 에르하트 남작이 제안한 내용 보긴 보셨습니까?"

"읽어봤네."

"그럼 그쪽에서 제안한 내용이 말도 안 된다는 사실, 잘 아시겠군요."

"그래도 일단 그쪽에서 제공한다는 전투기 설계도라도 봐야 하는 것 아닌가?"

그러자 알트가 자신의 직속 상관을 노려보면서 말했다.

"거두절미하게 한 가지만 물어보겠습니다."

"뭔가?"

슈레에크가 부하의 기세에 밀려 식은땀을 닦았다.

"기껏 개발한 전투기가 거의 마무리 단계에 와 있는데 왜 우리가 공랭식 전투기만 주구장창 만드는 남부 국가 연합의 전투기를 도입해야 합니까? 장관님이라면 그렇게 하시겠습니까?"

"그건 아니지만……."

슈레에크가 말끝을 흐리면서 얼버무리자 알트의 눈이 가늘어졌다.

"장관님, 혹시…….""

"혹시 뭔가?"

알트가 잠시 동안 머뭇거리더니 상관의 눈치를 살피면서 말했다.

"뇌물이라도 받으신 것 아닙니까?"

"헉! 이 사람 큰일날 소리 하네! 뇌물은 무슨 뇌물! 그랬다가는 공왕 전하에게 당장 요절이 날 텐데."

슈레에크가 고함을 버럭 지르면서 부정하자 알트가 다시 입을 열

에르하트의 귀환, 그리고 재회

었다.

"그럼 당장 그 반역자 놈을 잡아들이자고요!"

"반역자?"

"그럼 그놈이 반역자가 아니면 뭡니까?"

알트가 그렇게 따지자 수세에 몰렸던 슈레에크의 얼굴에 미소가 떠올랐다.

그것을 본 알트의 기세가 주춤했다. 슈레에크가 자신을 보는 눈이 '요놈, 잘 걸렸다'라고 말하고 있었기 때문이다.

"자네 반역죄로 체포되고 싶나?"

"제가 왜 반역죄로 체포됩니까?"

그러자 슈레에크가 나이에 걸맞지 않게 실실 웃으면서 말했다.

"방금 공왕 전하를 그놈이라고 부르고 반역자라고 하지 않았나?"

슈레에크의 말을 들은 알트가 입을 떡하니 벌렸다.

"그럼 이런 말도 안 되는 명령이 공왕 전하에게서 직접 나왔다는 겁니까?"

"당연하지 않나? 비밀리에 처리하라는 전하의 엄명이 계셔서 말하지 않으려고 했지만 말일세."

놀란 기색이 가시지 않은 알트가 멍하니 자신을 바라보고 있자, 슈레에크가 자리에서 일어서더니 그의 등을 두드리면서 말했다.

"일단 만나서 이해타산을 맞춰보라는 것이지 무조건 기술을 넘기라는 이야기가 아닐세. 나도 이해가 잘 안 되지만 모든 일을 확실하게 하시는 공왕 전하의 명령이시니 뭔가 이유가 있겠지. 일단 잘 알아서 처리하게. 이번 건은 전하께 바로 보고가 올라가니 확실히 하고. 알았나?"

알트는 그렇게 산업부 장관실에서 물러났다. 그리고 잠시 후 자신의 집무실에서 비서가 건네준 냉수를 들이마신 그는 혼잣말을 흘렸다.

"에르하트 남작이 뭘 가졌기에 공왕 전하께서 그를 직접 챙기는 거지?"

발걸음은 그 사람이 지금 어떤 상태인지 잘 보여주는 하나의 척도가 된다. 미르코가 에르하트에게 농담 삼아 건넨 이야기였다.

에르하트는 그런 미르코의 말을 떠올리면서 이른 아침 바쁜 걸음으로 브레메의 시가지를 걷고 있는 사람들의 모습을 창문 너머로 지켜보았다. 여유있는 표정으로 활기차게 발걸음을 떼고 있는 사람들의 모습을 보면서 에르하트가 자신이 다스리고 있는 그뤼네발트를 떠올린 것은 어쩌면 당연하다고 할 수 있었다. 마음대로 길거리를 누빌 수 없는 자신의 영지와 이곳. 활기차게 웃는 모습으로 하루를 맞이하는 에세인 공국의 모습이 너무나 비교됐기 때문이다.

"평화롭군."

바랑기스 공국에서 겪었던 치열했던 전투와 자신의 영지 그뤼네발트의 어려운 상황과는 너무나 다른 모습이었다. 그렇게 말을 내뱉고는 에르하트가 앉아 있던 의자에서 일어섰다. 그리고 손목시계를 들여다보고는 살짝 인상을 찌푸렸다.

아침 6시였다. 너무 일찍 일어난 것이다. 하지만 기나긴 여행의 피로가 남아 있을 것이 분명한 데도 이상하게 잠이 더 이상 오지는 않았다. 에르하트는 밖으로 나가서 산책이라도 하고 올까 했지만, 곧 생각을 고쳐 먹었다. 어젯밤 미르코가 신신당부한 말이 떠올랐기 때문이다.

"에세인 공국이라고 방심하지는 말아라, 크리스. 에세인 공국과 그뤼네발트는 바로 지척이니까 말이야."

미르코가 에르하트에게 신변을 노출시키지 말라고 신신당부했던 것이다. 이렇게 평온한 일상의 혜택을 만끽하고 있는 에세인 공국에서조차 반군들에게 암습당할 우려가 있었기 때문이다. 물론 에르하트 역시 바랑기스 공국에서 간신히 빠져나오자마자 이곳에서 어이없게 암살당할 생각은 없었다. 하지만 자신이 다스리는 땅에서는 물론 다른 곳에서까지 숨어 다녀야 하다니 조금 한심스럽다는 생각이 드는 것은 어쩔 수 없었다.

간밤에 술자리가 벌어졌던 여관의 주점 안은 한산했다. 자신의 일행이 머물고 있는 여관 주인과 일꾼들 역시 밖에 있는 사람들과 마찬가지로 분주하게 오늘 하루를 준비하고 있었지만, 이렇게 이른 시간에 일어나 있는 손님은 자신뿐이었다.

에르하트는 인심 좋은 여관 주인이 건네준 밀크가 들어 있는 따뜻한 홍차를 마시면서 어젯밤의 일을 생각했다.

간밤에 벌어진 술자리는 그렇게 오랫동안 지속되지 않았다. 기나긴 여행이 모두의 심신을 피로하게 만들기도 했거니와 떠나 있는 동안 그뤼네발트에서 벌어졌던 이런 저런 일들을 미르코가 들려주었기 때문이다. 그뤼네발트의 정세에 대한 이야기를 술을 마시면서 들을 수는 없지 않은가. 물론 미르코가 그렇게 자세한 사정을 들려주지는 않았다. 브레메의 주점에 앉아 들을 수 있을 정도로 그뤼네발트의 상황이 만만하지 않았기 때문이다.

"마우저 강을 사이에 두고 벌어지는 이상한 전쟁이라……."

에르하트가 미르코에게 들었던 말을 나지막하게 읊조렸다.

제국군의 철수가 앞으로 두 달 앞으로 다가오자, 에르하트의 가칭 그뤼네발트 방위군과 동부 하멜인들이 일으킨 반란군, 하멜 해방군은 마우저 강을 사이에 두고 긴장감을 고조시키고 있었다.

표면적인 적대 행위는 없었다. 하지만 그뤼네발트 방위군과 하멜 해방군이 조만간 전투를 벌이게 될 것은 분명한 사실이었다. 하멜 해방군이 발렌슈타인 제국군의 철수가 이루어지고 난 후, 전투를 재개하기로 한 것은 그뤼네발트 군에서도 잘 알고 있었기 때문이다. 그런데 이 두 군대의 태도가 좀 어정쩡했다. 그뤼네발트 방위군이 모종의 지원으로 전력을 획기적으로 증강시키면서 마우저 강 일대에 걸쳐 방어선의 건설에 착수하고 있음에도 불구하고 하멜 해방군 측에서는 이렇다 할 반응이 없었던 것이다.

미르코는 물론 그뤼네발트에 남아 있던 사람들이 가장 걱정한 것이 바로 그뤼네발트 방위군의 전력 증가를 우려한 하멜 해방군의 선제공격이었는데 말이다.

하멜 해방군 역시 전시 동원령을 선포하여 병력을 대폭적으로 늘리고 그뤼네발트 방위군과의 전투에 대비에 전력을 강화했지만 마우저 강에서 그 이상은 한 발도 움직이려 들지 않았다. 정보에 따르면 하멜 해방군 내부에서도 그뤼네발트의 전력 증가를 우려해 조기 결전론이 고개를 들고 있다고는 하는데, 반군 내부 고위층에서 그것을 거부하고 있다는 것이었다. 조기 결전이 자칫 발렌슈타인 제국의 참전을 부를 수도 있다는 것이 표면적인 이유였는데, 그 말을 믿는 사람은 아무도 없었다. 어떤 상황에서도 발렌슈타인 제국군이 내전에 참전하지 않을 것이라는 것은 양 진영 모두 잘 알고 있었기 때문이다.

미르코가 가장 신경 쓴 부분도 바로 그것이었다. 왜 움직이지 않을까? 제국군은 절대 내전에 참전하지 않을 것이고 그뤼네발트의 전력이 증강한다면 제국군이 완전히 철수한다고 해도 쉽게 그뤼네발트를 차지할 수는 없을 텐데 말이다. 마우저 강 너머에서 전력을 증강시키고 군대를 재편하고 있다 하더라도 조기에 마우저 강을 넘어오는 것이 전략적으로 더 나은 선택이었다. 하지만 반군은 그렇게 하고 있지 않았다.

이러한 반군의 의외의 행동은 미르코와 구스타프와 슈펠만을 비롯한 그뤼네발트의 지도부에게 의문을 가져다주었다. 미르코가 에르하트를 만나러 이곳에 오기 전까지 가장 신경 쓴 것이 바로 하멜 해방군의 이런 의외의 움직임이었다. 적대 세력의 저의를 알지 못한다는 것은 여러모로 위험했기 때문이다.

하지만 어쨌든 간에 제국군이 철수하기 전까지는 하멜 해방군의 포구가 열리지 않을 것임은 분명했다. 결론적으로 말하자면 '발렌슈타인 제국군이 완전히 철수하지 않는 한 우리가 먼저 싸움을 걸지 않는다'는 것이 하멜 해방군의 방침이었고, 그뤼네발트 방위군의 입장에서는 적을 상대로 본격적인 전쟁을 시작하기에는 준비가 부족했던 것이다.

이런 서로의 사정은 결과적으로 '포성없는 전쟁'이라는 기묘한 상황을 불러왔다. 마우저 강을 사이에 두고 양 진영이 선전 공세를 시작한 것이다. 요컨대 '제국군이 철수한 지금 더 이상의 전쟁은 무의미하다. 에르하트 남작이 하멜인들의 정치 참여를 인정한 이상 하멜 해방군은 즉시 병력을 거두고 새로운 그뤼네발트 건설에 동참하라'라는 방송을 그뤼네발트 방위군 측에서 확성기를 통해 보낸다면, '제국이 철수하기로 한 이상 에르하트 남작이 그뤼네발트를 다스릴 권한은 어디에도 없다. 에르하트 남작은 즉시 병력을 철수하고 평화적으로 하멜 해방군에게 그뤼네발트의 지배권을 이양하라' 라는 내용의 반박 성명을 하멜 해방군 측에서 날리는 것이었다.

이처럼 마우저 강에는 총성이나 포성 대신 확성기에서 나오는 선전 방송과 폭탄 대신 바람을 타고 흘러들어 오는 선전 삐라만이 존재하고 있었다. 거기다 휴전 기간 동안 양쪽의 대표들이 평화 회담의 개최를 위해서라는 목적을 가지고 수시로 마우저 강을 넘나들고 있었다. 물론 평화 회담이 이루어질 것이라고 믿는 사람은 아무도 없었지만 말이다.

"바보 같은 일이지만 안 할 수도 없는 일이지."

미르코가 시니컬하게 웃으면서 말했다.

"명분을 확보하기 위해 앞에서는 서로 평화를 위해서 노력하는 것처럼 행동하고, 뒤에서는 전쟁 준비에 여념이 없는 것이 그뤼네발트의 현실이다. 거기다가 더 웃긴 것은 하멜 해방군이라고 칭하는 반군 녀석들이나 우리 그뤼네발트 군이나 엉터리 같은 수법으로 전력을 증강하고 있다는 것이지."

미르코의 말 그대로였다. 그뤼네발트에 강대국의 이권이 개입해 있는 것은 분명했고, 이 나라들은 다시 전쟁의 참화를 일으키는 대신 그뤼네발트에서 서로 다른 세력을 지원해 대리전을 벌이고 있었다.

하긴 대규모 전쟁이 끝난 지 얼마나 됐다고 다시 서로 전쟁을 벌이겠는가?

"돌아가면 자세히 말해 주겠지만, 우리 그뤼네발트 군은 그라드 공화국의 돈으로 발렌슈타인 제국군의 무기를 엘링턴 왕국의 묵인 하에 들여오고 있고, 반군 녀석들은 신성 폴센 제국에서 원조받은 돈으로 신성 폴센 제국의 무기를 사들이고 있지. 우습지 않냐, 크리스?"

에르하트는 입 안에 머금고 있는 홍차가 쓰게 느껴졌다.

이른 아침부터 산업부 장관실을 방문하고 나온 항공 개발부 부장 알트의 기색이 심상치 않자, 그의 밑에서 일하는 직원들은 상관의 눈치를 살피면서 몸을 사리고 있었다.

크리스토퍼 알트. 에세인 공국에서 심혈을 기울이고 있는 항공기 개발을 책임지고 있는 항공 개발부 부장이라는 직함을 달고 있을 정도라면 아무리 못해도 남작 작위 정도는 가지고 있을 것이었지만, 그는 이름에서도 알 수 있듯이 평민이었다.

"왜 내가? 뭐가 아쉬워서 그 사람들을 찾아가야 한단 말이야?"

공왕의 직접적인 지시가 있었음에도 불구하고 자신의 집무실에서 머리를 쥐어뜯으면서 불만을 터뜨리고 있는 그의 모습을 보면 알 수 있듯이, 그는 고집이 센 사람이었다. 거기다 단지 서른여덟 살의 나이에 이런 자리를 차지할 수 있을 정도로 그는 유능했다. 하지만 중키에 여윈 몸매를 가진 그가 회색 빛 머리를 짧게 깎고 입술이 없는 사람처럼 꽉 다물고 있는 모습을 본다면 누구라도 그가 상당히 강퍅한 사람이라는 것을 알 수 있을 것이다. 깨끗하게 면도를 했지만 짧게나마 구레나룻을 기르고 있었기 때문에 단단해 보이는 턱과 더불어 그의 인상을 더욱 모가 나게 보였고, 몰개성한 갈색 양복에 전형적인 사무 직원의 차림을 하고 있었다. 거기다 몸이 얼마나 말랐는지 옷이 너무 헐렁해서 다른 사람에게 얻어 입은 것 같았다. 그렇지만 그는 자신의 일에 자부심을 가지고 사는 사람이었고, 또 그의 능력은 에세인 공국의 관리, 특히 산업부 소속의 관리라면 너무나 잘 알고 있었다. 그러니까 툭 하면 상관에게 싫은 소리나 하고 공왕이 직접 하사한 귀족 작위를 스스로의 믿음에 위배된다는 이유로 거부하고도 승진을 거듭하는 것이었다. 물론 그런 성공 뒤에는 그의 능력을 인정해 주는 프레데리커 하이엘 폰 에세인 공왕의 배려가 있었다는 것 또한 불문가지의 사실이었다.

인간을 냉소적인 시각으로 바라보는 그도 공왕의 이런 배려에 감사하는 마음을 갖고 있었다. 그리고 그런 공왕의 배려 때문에 알트는 '마음이 가지 않으면 행하지 않는다'는 자신의 신념 사이에서 갈등하고 있는 것이다. 사람은 자신을 알아주는 사람의 말을 거부하기 힘든 법이기 때문이다.

알트가 머리를 감싸 쥐고 어떻게 해야 하나 고민하고 있을 때, 그의 집무실 문밖에서 노크 소리가 들려왔다.

"들어와."

알크가 자세를 바로 하고 말하자 곧 문이 열렸다. 그리고 들어온 사람은 그의 비서였다.

"무슨 일인가?"

알크가 날카로운 시선으로 질문을 던지자 비서가 목을 움츠렸다. 그의 날카로운 시선을 받아낼 수 있는 사람은 그렇게 많지 않았다.

"저기… 찾아오신 분들이 있어서 그렇습니다."

비서가 우물쭈물 말을 흐리자, 가뜩이나 기분이 안 좋았던 그의 얼굴에서 차가운 기운이 풀풀 흘러나왔다.

"누군데 그런가? 선약은 돼 있는 사람인가?"

"아닙니다."

비서의 대답을 듣자 알트가 인상을 구기면서 입을 열었다.

"특혜는 없다고 해. 나를 만나고 싶다면 정식으로 방문 신청을 하라고 전하도록."

알트는 말을 마치고 비서가 다시 나가기를 기다렸지만 그는 나가지 않았다.

"저기, 그게……."

자신의 비서가 말을 흐리면서 우물쭈물거리자 알트는 짜증이 팍 일어났지만 인내심을 발휘했다.

"뭔가? 하고 싶은 일이 있으면 제대로 말해 보게."

"저기… 그게, 방문을 신청하신 분이 그렇게 쉽게 돌려보낼 분이 아니라서 말입니다."

"누군데 그러나?"

"발렌슈타인 제국의 귀족이시자 항공기 마이스터인 프라이어 후작님이십니다. 그리고 그뤼네발트의 영주이신 에르하트 남작님도 동행하셨습니다."

"응? 에르하트 남작님이라고? 거기다 프라이어 후작님?"

"예."

짜증을 담고 있던 알트의 눈에 섬광이 인 것은 그때였다.

"그래? 그렇다면 거부할 수 없지. 들어오시게 하게."

"알겠습니다."

알트는 비서가 다시 문밖으로 나가자, 자리에 앉아 생각에 잠겼.

프라이어 후작과 에르하트 남작이 직접 방문했다. 분명히 저번에 제안한 전투기 사업에 관한 건을 가지고 온 것임에 틀림없었다.

"만나서 검토만 해보라고 했지 분명히 허락하라는 말은 아니었다."

알트가 자리에서 일어서면서 혼잣말을 흘렸다. 만나주면 되는 것이다. 원래 알트가 고민하던 것이 바로 만나는 방법이었다. 그들이 찾아온다면 모를까, 자신들이 찾아간다면 아무래도 협상이 불리해질 것은 분명했다. 솔직히 알트로서는 그들의 제안을 일고의 가치도 없는 것으로 평가하고 있었기 때문에 기껏 만나자고 연락해서 유야무야 회담을 무산시킬 생각을 하니 암담했었다. 먼저 만나자고 해놓고 회담을 결렬시키다니, 아무리 발렌슈타인 제국의 위세가 약해졌다고 하지만 자칫 제국의 심기를 거스를 수도 있는 문제였던 것이다.

하지만 다행스럽게도, 이전의 요청을 거부한 이상 어지간한 사람이라면 포기하고 돌아갔을 테지만 의외로 에르하트라는 사람은 집요한 구석이 있는 것 같았다. 공왕 전하의 명으로 그들을 만나야만 하는 게 문제였는데 그들의 방문으로 일이 오히려 쉬워졌다. 일단 만나보고 이야기 좀 들어주는 척하다가 거절하면 되는 것이다. 항공기 마이스터로 유명한 프라이어 후작의 존재가 조금 거슬렸지만 어차피 이번 일의 주체는 에르하트 남작이다. 생각을 마친 알트의 얼굴에 미소가 떠올랐다.

"뭔가 이상한데요?"

에르하트가 항공 개발부에서 나왔다는 직원의 뒤를 따르면서 프라이어 후작에게 말을 걸었다.

"뭐가 말인가?"

"이렇게 쉽게 허락하다니 말입니다."

"응? 그래서 뭐가 불만인가? 면담을 거부하면 장관실 문을 박살 내는 한이 있더라도 허락하게 만들겠다고 큰소리 탕탕 치더니 말일세."

프라이어가 의문을 담은 눈길을 하고 자신을 바라보자 에르하트가 그의 귓가에 입을 바짝 대고 조용히 말했다.

"생각해 보십시오. 바로 전까지만 해도 면담조차 거부하던 사람이 방문하자마자 바로 자신의 집무실까지 오게 하다니 뭔가 이상하지 않습니까?"

프라이어가 한동안 고민을 하더니 다시 입을 열었다.

"내 입으로 말하기는 뭣하지만 말일세, 나 때문에 그런 것 아닐까?"

"프라이어님 때문이라고요?"

"그렇네, 크리스 군. 작위도 그렇고, 항공 업계에서의 내 명성은 그렇게 낮은 것이 아니라네."

에르하트가 지그시 프라이어를 본 것은 그의 말이 끝난 다음이었다.

"뭔가, 그 눈은?"

프라이어가 나이가 무색해질 정도로 눈알을 부라리면서 으르렁거리자 에르하트가 한숨을 폭 하고 내쉬더니 대답했다.

"자화자찬하니까 기분 좋으십니까? 저 같으면 낯부끄러워서 고개 들 수 없을 것 같은 말씀을 하시는군요."

"……."

프라이어 역시 민망했던지 그 성미에 에르하트의 말을 듣고도 반발하지 않았다. 오히려 고개를 푹 숙인 채 얼굴을 붉혔다.

"무슨 말을 그렇게 소곤소곤 하는 거냐, 크리스."

뒤에서 들려온 말에 에르하트가 고개를 돌리자 미르코가 실실 웃고 있었다.

"낯부끄러운 소리였으니까, 그렇게 신경 쓸 것 없다."

"하하! 그러냐?"

미르코가 웃음을 터뜨리면서 대꾸하자 에르하트가 친구의 어깨에 손을 올리더니 말했다.

"미르코."

"왜?"

"너는 왜 에세인 공국 측에서 우리를 만나겠다고 했는지 감이 좀 잡히냐?"

"글쎄……."

미르코가 그렇게 말꼬리를 흐리면서 한동안 생각에 잠기더니 얼마간의 시간이 흐른 후 다시 입을 열었다.

"나도 잘 모르겠다. 아무리 생각해 봐도 면담조차 거부한 사람들이 이렇게 순식간에 생각을 바꾼 이유를 모르겠단 말이야."

"너도 그렇지? 뭔가 이상하지 않냐?"

에르하트가 눈을 흘기면서 주변을 두리번거리면서 그렇게 말하자 미르코가 대꾸했다.

"야! 크리스. 그 반응은 뭐냐? 뭘 말하고 싶은 거냐?"

"혹시 말이야… 불현듯이 든 생각인데……."

에르하트가 주저하듯이 말을 흘리자 미르코가 내키지 않는 표정을 지으면서 건성으로 물었다.

"빨리 말해 봐라. 하고 싶은 말이 뭐냐?"

"혹시 함정이 아닐까?"

뜬금없는 에르하트의 말에 미르코의 눈이 동그랗게 떠졌다.

"무슨 소리냐?"

"그러니까 말이야, 저기 저 사람 뒤를 따라갔더니……."

에르하트가 말을 하면서 앞서 가고 있는 항공 개발부 직원의 뒷모습을 조심스럽게 가리켰다.

"항공 개발부 부장실이 나오는 것이 아니라, 자객들이 모여 있는 어두운 창고가 나온다든지 말이지."

미르코가 할 말을 잃었다는 듯 어이없는 표정을 잠깐 동안 짓더니 곧 에르하트를 한심하게 바라보았다.

"뭐냐, 그 눈은?"

에르하트가 미르코의 반응을 보고 화를 내려다 주위의 눈치를 살피면서 무엇인가 억눌린 음성으로 말하자, 미르코가 혀를 차면서 자신의 감상을 내놓았다.

"차라리 재기발랄하기까지 하다, 크리스. 너의 그 풍부한 상상력에 경의를 표하는 바이다. 영주 그만두면 동화 작가나 해라. 소질이 보인다. 쯧쯧."

"망할."

오랜만의 재회였지만, 역시 미르코는 미르코였다. 에르하트의 영원한 숙적, 그 이름은 미르코 카스퍼.

에르하트의 일행이 직원의 안내에 따라 항공 개발부 부장실이라는 명패가 달려 있는 방의 문을 열고 들어가자 그들을 맞이한 것은 한 깡마르고 강퍅해 보이는 인상의 사내였다. 그는 에르하트 일행이 들어서자 정중하게 인사말을 건네왔다.

"안녕하십니까, 제가 항공기 개발을 담당하고 있는 크리스토퍼 알트입니다. 항공기 마이스터 프라이어 후작님과 그뤼네발트의 영주이신 에르하트 남작님을 뵙게 되어 영광입니다."

그렇게 잠시 동안 서로에 대한 소개가 이루어졌고, 그들은 곧 알트의 권유에 따라 그의 집무실 중앙에 마련된 소파에 앉았다.

"제안서를 읽어보니 우리 에세인 공국의 EM-410 엔진을 필요로 하시는 것 같더군요."

매사가 확실하기로 정평이 난 알트가 그 명성대로 말을 돌리지 않고 처음부터 협상 문제를 끌어들였다. 그러자 미르코가 기다렸다는 듯이 대답했다. 이렇게 바로 본론으로 들어가는 알트의 성격으로 보아 말을 돌리면서 천천히 본질로 접근해 봤자 그다지 좋은 효과를 보기는 힘들 것 같아서였다.

"그렇습니다. 우리가 보낸 제안서에도 나와 있듯이, 우리는 그뤼네발트의 공군력을 증강시키기 위해 사보이 왕국의 신형 전투기인 MC-55기를 도입하려고 합니다. 그런데 문제가 있습니다."

"문제라니요?"

미르코가 말을 흐리자 알트가 질문을 던졌다.

"알트 부장님도 잘 아시겠지만, 남부 국가 연합에서 엔진을 공급하고 있는 라파엘 사는 공랭식 엔진을 주로 개발하고 생산하지, 수냉식 엔진에 그렇게 많은 투자를 하고 있지 않습니다. 따라서 MC-55기에 설치된 엔진의 출력이 신성 폴센 제국의 전투기로 무장하고 있는 전투기들에 비해 상당히 낮습니다. 물론 MC-55기에 장착돼 있는 1,400마력 엔진의 출력이 못 쓸 정도로 부족한 것은 아닙니다만, 성능은 물론 숫자상으로도 반군이 보유하고 있는 항공 전력이 우리 그뤼네발트를 그것을 압도하고 있기 때문에 전투기의 질을 높이기 위해서는 좀 더 강력한 엔진이 필요합니다."

"그래서 우리 EM-410 엔진이 필요하다는 말씀입니까?"

"그렇습니다."

알트의 눈길이 매서워졌다.

"그뤼네발트의 사정은 저도 잘 알고 있습니다. 그리고 그곳이 반군에게 넘어가는 것이 우리 에세인 공국에게도 그렇게 이롭지 않다는 것도 말입니다."

그렇게 서두를 꺼내고 나서 잠시 동안 말을 멈춘 알트가 세 사람을 번갈아가면서 보더니 다시 말을 이었다.

"그렇지만 아시다시피 항공기에서 엔진이 차지하는 비중은 상당합니다. 엔진의 출력에 따라 비행 성능은 물론 무장과 방호력까지 달라지니까요. 그래서 항공 산업을 독점하려는 발렌슈타인 제국의 견제에도 굴하지 않고 우리 공국이 이렇게 항공기 엔진 분야에서나마 성과를 내게 되었고 말입니다."

"그것은 우리도 잘 알고 있습니다."

알트의 말에 미르코가 동의를 표시했다.

"그런데 그 어려움 속에서 얻어낸 성과를 그렇게 쉽게 내줄 수는 없지 않겠습니까? 발렌슈타인 제국이 차기 전투기 도입 사업에서 우리 공국에 행한 부당한 일을 아신다면 우리의 심정을 알 거라고 믿습니다. 솔직히 전대 공왕이셨던 미터마이어 전하의 유지에 따라 우리 공국은 항공 기술의 외부 유출을 극도로 꺼리고 있습니다. 그런데 제국에게도 제공하지 않았던 엔진 생산 기술을 그뤼네발트에게 넘기라고 하시다니 곤혹스럽군요."

알트의 마지막 말을 듣고 에르하트는 일이 어려워지고 있다는 것을 깨달았다. 면담 자체를 거부하다가 허락하기에 조금 기대를 걸어봤는데 역시나 알트가 자신들과의 면담을 허락한 이유는 이렇게 완곡하게 거절하기 위해서였던 것이다.

"우리 측도 그냥 엔진 기술을 팔라거나 넘기라는 것이 아닙니다. 우리가 바라는 것은 에세인 공국이 사보이 왕국과 공동으로 MC-55 전투기를 개발하는 것입니다. 에세인 공국은 훌륭한 엔진 기술은 가졌지만, 솔직히 말씀드려서 항공기 개발에 대한 노하우가 부족하지 않습니까? 면허 생산과 자체 생산은 완전히 다릅니다. 우리가 제공할 것은 항공기 자체 개발에 필요한 기술력입니다. 충분히 에세인 공국이 보유하고 있는 엔진 기술과 맞먹을 만한 가치가 있는 것임에는 틀림없습니다."

노련한 협상가의 모습을 보이면서 미르코가 에세인 공국의 약점 찔렀다.

미르코의 말대로였다. 에세인 공국은 아직 항공기를 자체적으로 개발한 적이 없었다. 항공 산업은 고부가 가치의 산업임과 동시에 국가 자체를 재정적으로 파멸시킬 수도 있는 사행성이 짙은 그런 사업이었다. 높은 기술력을 필요로 하는 것은 물론이고, 엄청난 자본이 들어간다. 특히 전투기의 개발이라고 하는 것은 개념 정립, 생산 체계 개발과 체계 통합 및 항공 무장 통합 등등 많은 시간과 돈, 노력이 필요한데 에세인 공국은 아직 구체적으로 독자 개발을 할 수 있는 항공 기술 데이터와 노하우를 축적할 만한 기회가 없었다. 실제 항공 산업이라고 하는 것은 그 산업을 육성하는 데 오랜 노력과 투자가 필요했다. 하지만 에세인 공국이 비록 많은 예산을 투자했다고는 하지만 그 저변이 약한 것이 문제였다.

우수한 항공 기술을 지니고 있는 발렌슈타인 제국의 맹방이었지만 최우방에게조차 공개하지 않는 것이 항공 기술이었다.

발렌슈타인 제국 역시 마찬가지로 에세인 공국에 이전한 기술들은 형식적인 겉핥기가 대부분일 뿐, 항공기 개발에 필요한 기술적 노하우나 핵심 기술은 들어가 있지 않았다. 항공 산업은 스스로 개념 정리를 시작으로 막대한 예산을 투입하여 기술 실험기를 개발하고 시행착오를 반복하며 이를 토대로 데이터를 구축하여 전투기 개발로 들어가야 했다. 그리고 전 세계에서 이렇게 정상적으로 항공 산업을 육성할 수 있는 국가는 발렌슈타인 제국과 엘링턴 왕국 정도의 강대국밖에 없었다. 그래서 에르하트의 말을 듣고 미르코가 생각한 것이 바로 항공 산업이 발전한 남부 국가 연합 내에서도 최고의 항공 기술을 보유하고 있는 사보이 왕국의 항공기 설계 기술을 에세인 공국의 엔진 생산 기술과 접목시키는 것이었다.

미르코가 알기로 에세인 공국은 이제야 겨우 최소한의 설계 능력만을 얻었을 뿐 실질적인 첨단 항공 개발 기술 및 항공 무장 체계를 자체적으로 개발할 수 있는 기술이 모자랐다. 거기다 발렌슈타인 제국의 국방력이 붕괴됨에 따라 에세인 공국은 이제 스스로 자국을 지켜야만 했다. 그리고 국가 방위력의 핵심으로 이제는 공군이 떠오르고 있었고, 외부 수주를 통해 공군 전력을 확대시키기에는 에세인 공국의 재정적 여건이 좋지 못했다. 그래서 영공을 지키기 위한 전투기의 개발은 에세인 공국에 있어 선택이 아닌 필수적인 사항이었던 것이다. 미르코는 에세인 공국의 이러한 사정과 우수한 성능의 엔진을 구하고 있는 사보이 왕국을 연결시키려고 했다.

"솔직히 말씀드려서 남부 국가 연합의 항공 기술이 우수하다고는 하지만 그렇게 신뢰가 가지는 않는군요."

"사보이 왕국이 제공한 항공 기술 데이터가 에세인 공국에 유용할 것이라는 것은 나 프라이어가 이름을 걸고 장담할 수 있네. 내가 기술적으로 지원할 것이고, 남부 국가 연합 최고의 설계자인 카스톨티 박사가 직접 데이터를 보내줄 것이니까 말이야."

"글쎄요. 프라이어 후작님과 카스톨티 박사님의 명성은 저도 익히

들어서 알고는 있지만, 에세인 공국 내부에도 사정이라는 것이 있어서 말입니다."

알트의 태도는 여전히 부정적이었다. 미르코의 태도는 흐트러지지 않았지만 순간적으로 당황했다. 항공기 설계에 대한 노하우를 제공하겠다고 하는 데도 이렇게 일말의 망설임도 없이 거절할지는 몰랐던 것이다.

'뭔가가 있다.'

미르코의 머리 속에 떠오른 생각이었다. 그리고 그의 판단은 옳았다. 한동안 뭔가를 고심하던 알트가 결심한 듯 자세를 바로 했다.

"솔직히 기밀 사항이지만 말씀드리겠습니다. 에세인 공국은 지난 몇 년 동안 항공 산업을 개발하기 위해 많은 노력을 해왔습니다. 여러분이 원하시는 엔진 기술 역시 그 노력의 일환이었고요. 그리고 지금까지 우리가 이루지 못했던 것은 단 하나, 최신예 항공기의 독자적인 개발이었는데 지금 그 성과가 나오기 직전입니다."

"항공기의 독자 개발에 성공했다고요?"

미르코가 놀란 얼굴을 하고 말하자 알트가 묵묵히 고개를 끄덕였다.

항공기를 독자적으로 개발했다는 것의 의미는 컸다. 항공기, 자동차, 철강, 조선 같은 산업이 기간 산업이자 성장의 원동력이라면 앞서 말한 바와 같이 항공 산업은 그중에서도 가장 고부가 가치의 산업이자 경제적 파생 효과가 높았다. 거기다 항공기를 자체적으로 생산할 수 있다는 것은 그 국가의 기술력이 대외적으로 인정받을 수 있다는 것을 의미했다.

수십 년간 계획하여 사람을 하늘로 올려 보내는 기술은 그 어떤 기술과도 비교할 수 없는 것이다. 수학과 물리, 기계, 금속, 전기, 전자, 화학 등 모든 기초과학과 응용과학의 정점이라고 해도 과언이 아니었다. 물론 그전까지 에세인 공국에서 항공기를 생산하지 않았던 것은 아니다. 발렌슈타인 제국의 하청으로 서부 통합 전쟁 당시까지만 해도 서부 전선에 배치되던 상당수의 공군기들이 바로 에세인 공국에서 생산됐다. 그렇지만 이것은 하청이었지 자체 생산이 아니었다.

제국이 인건비나 운송의 시간, 생산 라인의 다양화를 위해 에세인 공국에 상당수의 항공기 생산을 맡겼지만, 에세인 공국이 가진 것은 노무비와 부수적으로 들어가는 간접 경비가 전부였다. 이래서 고부가 가치의 산업이라고 부르기가 무색했던 것이다.

항공 산업을 발전시키기 위해서 항공기의 자체 개발 능력을 길러야 하는 것은 필수였다. 항공기의 직구매 시에는 그 금액이 고스란히 외국에 넘어가지만 아무리 많은 부품을 외부에서 사 오더라도 자체 개발을 하면 상당 부분은 국내의 몫으로 돌아오게 된다. 또한 항공기를 구매할 시 운영 유지비가 초기 획득비에 비해 엄청나게 더 많이 소요된다는 문제가 있었다. 항공기는 오랜 기간 동안 운용해야 하는데 여기에 부품 조달 등 후속 군수 지원과 각종 장비의 업그레이드, 정비 등 엄청난 소요 예산이 드는 것이다. 특히 이러한 후속 군수 지원 체계는 구매 국가에 의해 100% 통제되고 좌지우지되기 때문에 수입국의 경우 어떠한 경제적 기술적 감수를 하더라도 계속 써야 한다는 약점이 있었던 것이다.

그런데 만약 독자 개발에 성공한다면 이야기가 달라진다. 판권의 소유가 개발국에게 있어 세계에 독자 판매를 할 수 있고 특히 후속 군수 부품의 국내 개발로 부품 등 정비에 대한 단가를 낮추고 좀 더 효율적인 관리가 가능해진다. 또한 업그레이드나 수정도 쉬워지고 부품 및 각종 프로그램이 국내에서 생산됨으로써 국내 경제 활성화와 고용 효과에 큰 기여를 할 수 있는 것이다.

항공기 독자 개발의 파급 효과는 이렇게 컸다. 따라서 항공기, 그중에서도 전투기를 개발하는 데 성공한 에세인 공국에서 제약 사항이 많은 사보이 왕국과의 전투기 공동 개발에 매력을 느낄 리는 만무했다.

"의외군요. 에세인 공국에서 항공기를 독자 개발할 줄은 정말 몰랐습니다."

미르코가 그렇게 말을 건네자 알트가 쓰게 웃으면서 말했다.

"전투기 자체 개발 계획은 극비였으니까 그렇게 생각하셨더라도 뭐라 할 말이 없군요. 항공 산업에 대한 발렌슈타인 제국의 간섭이 너무 심했으니 그것을 극비에 부쳐야 했습니다."

"그런데 서부 통합 전쟁 때문에 에세인 공국의 예산도 그렇게 넉넉하지는 않을 텐데, 과연 에세인 공국이 자체적으로 전투기를 개발하더라도 그것을 제대로 배치할 수 있겠나?"

항공 업계에서 잔뼈가 굵은 사람답게 프라이어 후작이 현실적인 문제를 지적하면서 날카롭게 질문을 던졌다.

항공기의 초기 개발 비용은 엄청나다. 일단 생산 라인을 갖춰야만 했고, 지속적인 개발을 위해 전문 인력을 양성하고, 끊임없이 연구비를 투자해야 했다. 자칫 잘못 생각한다면 차라리 독자 개발을 포기하고 외부에서 사들여 오는 것이 훨씬 싸게 먹힌다고 생각할 수 있을 정도였다. 그런데 이 엄청난 인력과 예산이 드는 사업을 현재 에세인 공국의 상황에서 과연 유지하고 발전시킬 수 있을까?

프라이어의 질문이 에세인 공국의 아픈 곳을 제대로 찌른 것 같았다. 알트의 표정이 조금 어두워진 것이다.

"그렇습니다. 전쟁으로 인해 거의 모든 예산이 전쟁 복구 비용으로 충당되고 있는 것이 사실입니다."

알트가 순순히 사실을 인정했다. 하지만 그렇다고 그가 물러선 것은 아니었다.

"하지만 일단 첫발을 떼는 데는 성공했습니다. 일단 우리가 기술을 가지고 있다는 것이 중요한 것 아니겠습니까?"

"그렇긴 하군."

프라이어 역시 그의 말을 인정할 수밖에 없었다.

"힘들군."

조용히 대화를 경청하고 있던 에르하트가 한숨을 내쉬면서 그렇게 혼잣말을 흘렸다.

여름의 무더위를 가시게 하려는 듯 비가 세차게 내리고 있었다. 비를 피해 이리저리 뛰어다니는 사람들의 모습을 창문 너머로 지켜보면서 콧노래를 흥얼거리던 에르하트의 뒤에서 누군가가 말을 걸어왔다.

"이리저리 생각이 복잡하신 것 같습니다. 아까부터 창밖만 쳐다보시고……."

이스카야르였다.

"들어서 잘 알고 있으면서 그러십니까?"

에르하트의 퉁명스러운 대답에 이스카야르가 쓴웃음을 지었다.

"일이 잘 안 됐다고 들었습니다."

"그렇죠, 뭐. 내가 하는 일이 항상 그렇지."

에르하트가 자조적으로 대답하자 이스카야르가 분위기를 바꾸기 위해 말을 돌렸다.

"그런데 프라이어 후작님과 카스퍼 씨는 어제부터 방에 들어가서 나오지를 않는군요."

에르하트가 천장을 흘낏 쳐다보더니 대답했다.

"글쎄요. 뭐, 다음 약속 날짜를 잡았으니 만나기 전까지 어떻게든 설득할 준비는 갖춰야겠죠."

"그렇군요. 그뤼네발트에서 연락이 왔습니다."

"뭐라고 하던가요?"

"조종사들을 태운 수송선이 베를로니치에 입항했다고 하더군요."

"그런가요? 조종사는 구했는데 막상 그들을 무장시킬 항공기가 없군요. 모두 몸만 빠져나온 상태라서 말입니다. 답답하군요."

말을 마친 에르하트가 주머니에서 담배를 꺼내 들었다.

"전투기나 공군에 대해서는 잘 모르지만, 그냥 사보이 왕국에서 전투기를 구입해서 쓰는 것은 어떻겠습니까? 아니면 제국군의 전투기를 폴센 제국 몰래 구해보시든지요."

이스카야르가 넌지시 다른 방법을 찾아보라고 권유했지만 에르하트는 고개를 저었다.

어떻게 보면 이스카야르의 의견대로 하는 것이 더 쉬울 수도 있었다. 하지만 부작용이 만만치 않았다. 사보이 왕국에서 1,400마력 엔진을 탑재한 MC-55 전투기를 구입해 봤자 숫자도 부족한 상태에서 성능까지 적을 압도하지 못한다면 제공권을 확보하기는 힘들었다. 거기다 첩보에 의하면 반군 역시 공군력을 급속하게 증강시키고 있다고 했다. 신성 폴센 제국의 스패드 9 전투기까지 보인다는데 더 이상 무슨 말이 필요하겠는가?

바랑기스 공국에서 스패드 9 전투기와 직접 싸워봤던 에르하트는 신성 폴센 제국의 신형 전투기의 무서움을 잘 알고 있었다. 자신처럼 노련한 조종사가 아닌 이상 원래의 MC-55 '센타우로' 전투기 정도로는 절대로 스패드 9 전투기를 당해낼 수가 없었다. 원래대로라면 용병 길드를 통해 조종사는 물론 전투기까지 같이 구하려고 했지만, 길드의 붕괴와 더불어 그들의 모든 장비가 사라진 이상 그들을 무장시키는 것은 자신의 책임이었다. 그냥 용병이라면 모를까, 이제 같은 배를 탄 사람으로서 그들에게 더욱 우수한 무기를 제공하고 싶었다.

거기다 사보이 왕궁은 너무 멀리 떨어져 있었다. 면적을 넓게 차지하는 항공기의 특성상 부품 상태로 가져와 그뤼네발트에서 조립한다고 해도 기체를 보충하는 데 너무 시간이 들었다.

그리고 MC-55 '센타우로' 전투기는 사보이 왕국에서 최신예 전투기였다. 비록 그라드 공화국에서 지원해 준 자금으로 구입할 수는 있겠지만, 기술적 제휴가 아닌 이상 사보이 왕국에서도 이 전투기를 보급해 주는 데 어느 정도 선을 그을 것임은 분명했다. 그리고 파하렌이나 포켈야거 같은 발렌슈타인 공군 전투기를 구하는 것도 어려웠다. 그도 그럴 것이 오딘을 기점으로 동서로 나뉘어 관리되는 다른 전술 무기들과는 다르게 항공기는 전략 물자로 구분되어져 있어서 그에 대한 관리가 연합국에서 공동으로 구성한 감시 기관에 의해서 이루어진다는 것이었다. 다른 무기는 엘링턴 왕국과 그라드 공화구의 협조로 구할 수 있었지만 항공기는 신성 폴센 제국의 눈을 피해서 구해야만 했다. 그뤼네발트에 있는 슈펠만도 최대한 구해보려고 노력하고 있었지만 충분하지가 못했다.

결국 우수한 전투기와 빠른 배치 이 두 가지 토끼를 잡기 위해서는 에세인 공국과의 기술 제휴가 필수적인데, 문제는 에세인 공국에서 그것을 그다지 반가워하지 않는다는 것이었다. 하긴 자신들의 능력만으로도 충분한데 굳이 남의 손을 빌릴 필요는 없는 것이었다. 에세인 공국의 태도를 충분히 이해할 수 있었다. 하지만 그렇다고 이해하고 넘어갈 수도 없는 일이었다. 이쪽은 생존이 달린 문제였기 때문이다.

"되는 일도 없고, 술이나 마셔보자."

에르하트가 썰렁하기 그지없는 노랫말을 흥얼거리면서 앞에 놓인 파인트 잔을 들어올렸다.

"그런데 에르하트 남작님."

"예?"

에르하트가 맥주를 마시다 말고 고개를 돌리자 이스카야르가 문득 생각난 것을 말했다.

"바랑기스 공국에서 만난 그 엘링턴 왕국 사람 있지 않습니까?"

"아아! 밀너 대위 말입니까? 그게 왜요?"

에르하트가 질문을 던지자 이스카야르가 대답했다.

"그와 만났을 때 그 사람이 건네준 물건들 있지 않습니까?"

"무슨 물건이오?"

기억이 잘 안 나는지 에르하트가 눈을 동그랗게 뜨고 대꾸하자 이스카야르가 고개를 저으면서 입을 열었다.

"기억 안 나십니까? 에르하트 남작님이 해적들과의 대결에 참여하는 대가로 그가 약속한 몇 가지 물건이 있지 않습니까?"

"아아! 기억납니다. 대결을 마치고 난 뒤 바로 타란토에 가느라 미처 그를 다시 만나지 못했지요. 그래서 물건도 받지 못했고요."

"그래서 말인데, 에르하트 남작님이 이곳 관리를 만나러 가신 사이에 이것을 누가 들고 왔더군요."

"예?"

이스카야르의 말에 에르하트가 놀란 표정을 지었다. 생각지도 못한 것이었기 때문이다. 그리고 이스카야르의 손에서 에르하트에게 건네진 것은 중간 크기의 가방이었다.

"이게 그겁니까?"

"그렇다고 하더군요."

"뭐가 들어 있을까요?"

"글쎄요."

에르하트의 얼굴에서 어두운 기색이 사라진 것은 순식간이었다.

굉장한 선물을 받은 아이라도 되는 것처럼 두 눈을 반짝이면서 가방을 열어보는 에르하트의 모습을 지켜보던 이스카야르에게서 어이없는 웃음이 흘러나온 것은 당연한 것이었다.

"야! 그게 뭐냐?"

물이라도 마시러 나왔는지 계단으로 걸어나오던 미르코가 테이블 위에서 가방을 올려놓고 이리저리 살펴보고 있는 에르하트에게 말을 걸었다.

"글쎄다. 지금 살펴보고 있는 중이다. 말 걸지 마라."

에르하트가 퉁명스럽게 말했지만, 그렇다고 물러설 미르코가 아니었다.

"뭐냐? 같이 보자."

"어이! 이보게, 친구. 이건 내가 목숨을 걸고 얻어낸 내 물건이다.

그럴 리는 없겠지만, 괜히 내 물건을 탐내 화를 자초하는 어리석은 짓은 하지 말았으면 한다."

그러자 미르코가 헛웃음을 흘렸다.

하긴 누구라도 그럴 것이다. 가방을 꼭 안고 눈을 흘기는 그뤼네발트 영주의 모습을 본다면 말이다.

"알았다, 알았어! 안 뺏어갈니까 그렇게 추한 모습을 보이면서 살지는 말자."

"흥!"

친구의 부정에도 불구하고 에르하트는 의심의 눈초리를 거두지 않았다. 그리고 가방 안에서 내용물을 꺼내기 시작했다.

"뭐야? 금덩어리라도 들어 있는 줄 알았더니, 무슨 종이 쪼가리들만 잔뜩 들어 있냐?"

에르하트가 실망한 기색으로 투덜거리자 이스카야르가 미소를 지으면서 대답했다.

"밀너 대위가 약속했던 것이 금덩어리는 아니었던 걸로 기억합니다만."

"그럼 뭐였습니까, 울란 운터바움."

미르코가 궁금하다는 듯 물어오자 이스카야르가 대답했다.

"몇 가지 기술적 지원이라고 들었습니다."

"기술적 지원?"

"예. 도움이 될 거라고 하더군요."

미르코가 친구와의 약속을 어기고, 서류를 펼쳐 보려던 에르하트를 발로 차버리고 자리를 차지한 것은 그때였다.

"뭐냐? 이 망할 녀석! 감히 영주를 발로 차다니!"

미르코에게 차여 마룻바닥을 구르던 에르하트가 고함을 버럭 질렀지만 미르코의 귀에는 그것이 들리지 않았다. 눈앞의 서류를 살펴보는 그의 두 눈에는 희열이 떠올라 있었다. 그리고 서류 뭉치를 가득 안고 프라이어의 이름을 외치면서 계단 위로 뛰어가는 친구의 모습을 지켜보던 에르하트가 이스카야르에게 말을 걸었다.

"저놈 왜 저러죠?"

"글쎄요. 뭔가 좋은 일이 있어서 그런 것 아닐까요?"

이스카야르의 얼굴에 의미심장한 웃음이 떠올라 있었다.

빗방울과 거센 바람에 시달리면서도 왕궁의 베란다를 장식하고 있던 화초들은 그 아름다움을 세상에 자랑하고 있었다.

"표정이 어둡습니다, 전하. 뭔가 근심이라도 있으신지요."

걱정하는 마음이 가득 담겨 있는 에반젤린의 목소리를 들려오자 프레데리커가 창밖으로 향하고 있던 시선을 돌렸다.

"아니다. 걱정할 필요 없다, 에반젤린."

하지만 말과는 다르게 그녀의 안색은 어두웠다. 프레데리커가 자신의 집무실 탁자 위에 놓인 한 장의 서류에 눈길을 주었다.

"에르하트 남작의 일이 잘 안 되는 것 같아 가슴 아프군요, 전하."

에반젤린이 프레데리커의 시선을 따라가다가 그 서류를 보았는지 안타까운 마음을 담아서 말했다.

"에르하트 남작이 고생해서 가슴이 아픈 것이냐, 아니면 그의 친구가 고생하는 것 같아서 가슴 아픈 것이냐?"

프레데리커가 살짝 미소를 지으면서 짓궂은 농담을 던지자, 당황한 에반젤린의 얼굴이 순식간에 빨개졌다.

"아닙니다, 전하. 다만 개인적으로 잘 아는 사람인데 도움이 못 되는 것 같아서……."

"그렇구나."

프레데리커는 그렇게 말을 하면서 다시 창밖을 바라보았다. 그리고 그녀의 뒷모습을 에반젤린은 조심스럽게 지켜보았다.

'얼음의 미녀' 프레데리커 하이엘 폰 에세인 공왕. 물론 공식 석상에서 그녀를 그렇게 부를 정도로 간 큰 사람이 존재하지는 않았지만, 그녀의 별명은 이미 에세인 공국은 물론 주변국에까지 퍼져 있었다. 일국의 다스리는 지고한 위치와 명석한 머리, 그리고 그 누구에게도 뒤지지 않는 외모에도 불구하고 그녀는 그렇게 불리고 있었다. 지적이면서도 냉정한 그녀의 눈과 엄격한 태도가 그녀를 그렇게 불리게 만들었을 테지만, 수도 오딘에서 우연하게 시중을 들게 된 인연으로 이곳까지 프레데리커를 따라온 에반젤린이 보기에는 이 '얼음의 미녀'라는 별명은 그녀에게 너무나 부당했다. 물론 그녀가 공사가 분명하고 감정보다는 이성에 충실한 사람이지는 했지만, 그것은 어디까지나 일국을 다스리는 왕으로서의 책임감 때문이었다. 하지만 사람들은 몰랐다, 그녀가 푸른 하늘을 좋아하고 독서를 즐기며, 오후에 갖는 티타임을 즐기는 것을. 그리고 조금 엄격하기는 하지만 사람의 마음을 헤아릴 줄 아는 그녀의 자상함을 말이다.

에반젤린은 살짝살짝 보이는 그녀의 안색만 보고도 에세인 공왕 전하의 마음을 어느 정도 헤아릴 수 있다고 자신하고 있었기 때문에, 차가운 눈으로 창밖을 내다보고 있는 그녀의 기분이 좋지 않다는 것을 눈치채고 있었다.

에반젤린의 눈이 탁자 위 서류로 향했다. 그것은 항공 개발부 부장이 직접 제출한 서류였고, 그 안에는 에르하트 남작이 제안한 사보이 왕국과의 기술 제휴에 대해 냉담한 반응이 들어 있었다.

"마음이 좋지 않겠군요, 공왕 전하. 개인적으로 아는 사이인데도 이렇게 이해 득실에 따라 거절해야 하니까요."

에반젤린이 가볍게 위로의 말을 건네자 프레데리커의 얼굴에 고소가 떠올랐다.

"그것이 왕의 길이겠지."

그리고 한동안 프레데리커는 말이 없었다.

얼마간의 시간이 지났을까? 갑자기 프레데리커가 고개를 돌리더니 멍한 눈으로 생각에 잠겨 있던 에반젤린에게 말했다.

"에반젤린, 무슨 생각을 그렇게 하는 것이냐?"

"예? 아닙니다, 전하."

프레데리커가 부를 때까지도 뭔가를 생각하는 듯 미소를 머금고 있던 에반젤린이 갑작스러운 말에 당황했다.

"미르코 카스퍼… 그 사람을 생각했나 보구나, 에반젤린."

에반젤린은 아무런 말도 하지 못했다. 사실이었기 때문이다.

그러자 프레데리커가 엘프와 같이 순수한 자신의 시종을 보면서 다시 말을 이었다.

"에반젤린, 궁 밖으로 나가고 싶지 않니?"

"예?"

에반젤린이 놀랐는지 귀엽게도 눈을 동그랗게 뜨고 자신을 바라보자 프레데리커가 그녀에게 다가가 말했다.

"비가 내려서 날이 좋지는 못하지만, 그를 만나고 오거라. 네가 좋아하는 사람을 오랜만에 만나볼 수 있는데 나 때문에 그러질 못한다면 내 마음이 좋지 못할 것 같다."

"전하……."

에반젤린의 얼굴에 떠오른 미소와 고마움이 가득 들어 있는 아름다운 그녀의 두 눈을 보면서 프레데리커는 살짝 미소를 지었다.

"좋은가 보구나, 에반젤린."

"깊은 배려 감사합니다, 전하."

에반젤린이 고개를 숙이면서 감사를 표하자, 프레데리커가 집무실의 문을 가리키면서 말했다.

"어서 나가 보거라, 에반젤린."

그리고 잠시 후 에반젤린이 집무실에서 나가자, 방 안에는 그녀 혼자만이 남았다.

에반젤린 마저 떠나자 방 안에는 정적이 감돌았고, 주위를 돌아보던 프레데리커의 얼굴에는 쓸쓸함이 감돌았다. 프레데리커는 에반젤린을 보내고 나서 왠지 모르게 가슴이 답답해져 오는 것을 느꼈다. 왜 일까?

"에르하트 남작……."

비가 내리고 있는 창밖을 내다보고 있던 그녀의 입에서 에르하트의 이름이 낮게 흘러나왔다.

『창공의 에르하트』 제3권 끝

용어 사전

✱ 구축함(驅逐艦)

소형의 고속 군함. 국가와 시대에 따라 그 기준은 상당히 다르지만 일반적으로 3,000t 전후의 배수량을 갖고 있으며, 길이는 90~120m, 최고 속도는 30~40kt가량이다. 무장으로는 4인치(1inch=2.54㎝)에서 보통 5인치 포를 3문에서 6문까지 장착하고 있고, 가장 강력한 무장으로는 어뢰를 들 수 있다. 주력 함선들을 보호하고 상선단의 호위에 동원되고는 한다. 그 외 대잠 임무나 호송 정찰 등 가장 넓은 작전 범위를 가지고 있다. 물론 원양 작전 가능 군함 중 가장 작으므로 단독 작전을 벌이기는 힘든 군함이다.

✱ 순양함(巡洋艦)

군함의 일종. 제2차 세계대전을 전후로 개념이 다른데, 제2차 세계대전까지의 순양함은 배수량과 포력이 전함과 구축함의 중간 정도이고 속력과 항속력이 커서 우수한 항해성을 지닌 수상전투함정을 말했다. 함대 전면의 정찰, 경계, 적 색출, 주력 부대 보호, 육상 포격, 상륙 작전 지원, 해양 경비 등 전시에나 평화 시 모두에 사용되었다. 기준 배수량이 5,000t 이상이며 항해력과 항속력이 우수하여 30kn 이상인 고속 수상전투함정을 말한다. 통상 무장은 5~8인치가량의 주포로 무장하고 구축함과 마찬가지로 어뢰가 가장 강력한 공격 수단이 된다. 경쾌하고 함대의 손발이 되어 적함의 수색, 태세 관측 및 보고 또는 단독으로 적 색출, 정찰, 해상 교통 보호, 호위, 통상 파괴의 임무를 맡은 군함을 통틀어 순양함이라 불렀다.

워싱턴 해군 군축조약(1922) 후 순양함의 배수량과 포의 크기가 제한되어 상한선인 1만 t에 20.3cm포를 탑재한 조약형 순양함이 각국에서 만들어졌다. 이어 런던해군군축조약(1930)에서 15.5~20.3cm포를 장비한 것을 갑급 또는 중순양함(重巡洋艦)이라 하고, 15.2cm 이하의 포를 장비한 것을 을급 또는 경(輕)순양함이라 규정하고 미국, 일본, 영국, 프랑스, 이탈리아 등 5개국의 보유량을 정했다. 중·경순양함은 계속 발달하여 제2차 세계대전 말기에는 1만 4,000~1만 7,000t에 이르고 기술이나 성능 면에서 차이가 없어지게 되었다. 그 밖에 기계부설 능력이 있는 부설순양함이 건조된 나라도 있다. 제2차 세계대전 때는 대공·대수상 양용포를 탑재한 방공순양함(영국, 미국), 12cm포를 탑재한 3만 t급 대형순양함(미국), 잠수부대 기함용 순양함(일본) 등 새로운 순양함도 나타났다.

✱전함(戰艦)

강대한 포력과 견고한 방어력을 갖추고 함대의 주력이 되어 해양에서 포격으로 적 함선을 격멸시키는 것을 주요 임무로 삼는 군함. 다수의 대구경포(大口徑砲)를 싣고, 어느 정도 주포탄(主砲彈) 명중에도 견디도록 선체 주요부인 뱃전 쪽과 갑판, 주포탑에는 두꺼운 강판(鋼板)을 장착함과 동시에 어뢰, 기뢰 폭발에 대한 수중 방어를 하기 위해 선체를 대형으로 만들었기 때문에 얼마 안 되는 대형 항공모함을 제외한다면 제2차 세계대전까지는 가장 큰 군함이었다. 속력은 그 시기의 순양함, 구축함 등의 고속함정보다 수kt~10kt 정도 느리다. 19세기 후반에 출현하여 제2차 세계대전 때까지는 해군 병력의 주력이었고, 그 보유 척수와 개함(個艦)의 위력이 국력의 상징으로 간주된 까닭에 정치, 외교에도 커다란 영향을 주었으나 제2차 세계대전 중에 항공기와 항공모함이 해군의 주 병력이 되었기 때문에 전술적 가치를 잃게 되었다.

주력 무장은 역시나 대형 주포이고 창공의 에르하트에서는 전함으로 분류된 전투함들은 통상 14인치 이상의 주포를 8~12문까지 장착하고 있다.

✷ 순양전함(巡洋戰艦)

전함의 둔한 기동력을 보충하기 위해 개발된 전함으로 무장과 장갑이 주력 전함에 비해 약한 대신 기동성을 중요시해서 만들어졌다. 물론 건조 기간이나 단가 역시 전함에 비해 싸다. 우수한 기동과 주력 전함에 뒤지지 않는 공격력으로 전함과 마찬가지로 해군력을 상징하는 군함 중 하나였다. 보통 11인치에서 15인치까지 강력한 주포로 무장하고 있으며, 장갑 수준은 6인치에서 13인치까지 설계에 따라 천차만별이나 일반적으로 주력 전함에 비해 배수량과 방어력은 뒤떨어지는 편이다.

전함과 순양전함을 구분 짓는 가장 큰 분류법은 중량 배분으로, 전체 중량에서 무장, 장갑, 기관이 차지하는 비율을 %로 따지는 것이다. 즉, 장갑비율이 30% 이상 넘으면 전함으로 분류할 만한 것이고 그 이하는 순양전함이라고 보면 일반적으로 들어맞는다. 물론 창공의 에르하트에 등장하는 클레망소급 순양전함같이 통상적인 주력 전함에 견줄 만한 순양전함이 있기에 절대적인 것이라고는 볼 수 없다.

✷ 전투기(戰鬪機, Fighter)

적기와 공중전 수행을 주임무로 하는 군용기. 적기를 공격하고 아군의 폭격기, 수송기 등 대형기의 호위나 지상전을 도와주는 비교적 작고 빠른 비행기이다. 전투기는 고성능기관포, 공대공(空對空)미사일, 전천후레이더 및 화기관제시스템 등을 장비하여 고도에서 침입하는 고속 목표뿐만 아니라 초저공으로 침입하는 목표도 고공에서 발견하여 공격할 수 있는 룩다운, 슛다운 능력을 갖추어야 한다.

　우수한 전투기는 제공권(制空權)을 획득하여 전세(戰勢)를 유리하게 이끌어갈 수 있으므로 각국은 최첨단 기술을 도입하여 신형 전투기를 개발하는 데 주력하고 있다. 현대의 전투기는 용도와 성격에 따라 요격기, 제공전투기, 전투폭격기로 구분할 수 있다. 요격기는 내습하는 적기(주로 폭격기)를 공격하기 위한 전투기로서 속도, 상승력을 중요시하고 레이더와 공대공미사일을 장착하여 전천후 전투 능력을 갖춘 것이 많다.

　전쟁 구역의 제공권 확보를 목표로 하는 제공전투기는 적의 전투기와 공중전을 수행하기 위해 경쾌한 운동성과 뛰어난 가속성능을 추구하며, 미사일 외에 접근 전투용인 기관포를 장비하는 것이 일반적이다.

　공중전 능력보다는 지상에 대한 공격에 중점을 두는 전투폭격기는 무기 탑재량이 크고 저공비행성 성능과 항공계속력에 초점을 맞추어 설계되고 있다. 그러나 이들 사이에 엄밀한 구분을 짓기는 어렵고 순수한 요격기 가운데 지상에 대한 공격 능력을 전혀 갖추지 못한 것 외에는 필요에 따라 제공 전투, 지상 공격 및 요격용으로 다양하게 쓸 수 있다.

　미국 공군이 새로운 주력 전투기로서 1970년대 중반부터 부대 배치하고 있는 F-15이글은 공중전 능력을 철저하게 추구한 제공전투기로 알려져 있지만, 지상에 대한 공격 능력도 크고 미국 본토의 방공용으로도 쓰이고 있다. 또한 전술전투기는 대공·대지 공격 능력을 양립시키기 위한 기종인데, 이 명칭을 넓은 뜻으로 쓴다면 일부 방공전용기(防空專用機)를 제외한 모든 전투기가 이 범주에 속한다.

최근에는 전투폭격기와 공격기의 침공 능력 증대로 방공전투기라 할지라도 경쾌한 공중전 능력을 필요로 하게 되었고, 또한 전투기 가격이 매우 높아져 많은 종류의 전투기를 갖추기가 어렵게 되어 방공 전용기는 점차 사라지고 앞으로는 넓은 뜻에서 전술전투기만이 쓰일 전망이다.

전투기의 역사를 되돌아볼 때 가장 두드러진 것은 속도의 향상이다. 전투기는 다른 많은 군용기처럼 제1차 세계대전 중에 선보였는데, 당시의 전투기는 복엽(2날개)비행기가 대부분이었고 엔진은 100~200마력, 최대 속도는 150~200km/h에 불과하였다. 구조는 목재 또는 강관을 사용한 뼈대에 천을 붙인 것이 대부분이었다.

그 뒤 제2차 세계대전이 시작될 무렵에는 알루미늄합금을 위주로 하는 전금속제 구조를 쓰게 되었고, 바퀴를 집어넣는 방식의 날렵한 단엽비행기가 주력 비행기가 되었으며, 1,000마력 정도의 엔진을 달고 500~550km/h의 고속을 낼 수 있게 되었다.

제2차 세계대전 말기에는 700km/h의 프로펠러식 전투기도 등장하였는데, 독일과 영국이 선봉 역할을 수행한 제트엔진 실용화에 따라 속도는 비약적으로 향상되었다. 6·25 때에는 최대 속도 1,000km/h에 달하는 제트전투기가 등장하였고, 그 뒤 초음속전투기가 실용화되어 1960년대에는 마하2급 전투기가 널리 쓰이게 되었다. 그러나 전투기의 최대 속도는 크게 신장되지 않았고, 현재 쓰이는 비행기는 대략 마하 1.8~2.5에 머무르고 있다. 그 이상의 고속화도 기술적으로는 가능하지만 마하 3 정도로 고속화되면 공기 마찰에 의한 기체 표면의 온도 상승을 견디기 위해 티탄합금이나 강철을 사용해야 하므로 기체가 커지고 값도 비싸지기 때문에 마하 3 이상의 속도를 내는 전투기는 실용화되지 못하였다.

마하 2급의 전투기라 할지라도 공중전에서 기민한 행동을 할 때는 마하

1.5~0.8 이하의 속도밖에 내지 못하므로 최근의 전투기는 이러한 속도 범위에서 운동성과 가속성에 중점을 두어 설계하고 있다.

현대의 전투기는 제2차 세계대전 당시의 것과 비교할 때 비행 성능 면에서뿐만 아니라 레이더 등의 전자 장치를 갖추고 미사일을 주무기로 삼고 있다는 점에서 크게 다르다. 레이더는 제2차 세계대전 후반부터 폭격기의 야간 요격용 전투기에 장착되기 시작하였는데, 현재는 컴퓨터로 정보를 처리하고, 단순히 먼 곳에서 적을 발견하는 것만이 아니라 무기를 발사하는 데 가장 알맞은 위치와 시간까지 지시하도록 되어 있어 전투기의 전투력을 결정짓는 중요한 요소로 인식되고 있다.

그 밖에 폭격조준시스템, 항법시스템, 적아군식별시스템, 적의 전자장비 방해시스템, 전자방해에 대한 방어시스템 등 전투력과 관계되는 전자장비가 많아졌으나, 장비품이 늘어나면 값이 비싸지고 고장률도 높아지므로 전천후 능력 등은 보류하더라도 가동률이 높은 기체(機體)를 많이 갖추기 위한 시도를 하였다.

공대공미사일은 1950년대부터 실용화되어 전투기의 주요 무장품이 되었는데 기관포 또한 격투전(格鬪戰)에 대비한 표준장비무기로 계속 쓰이고 있다. 한동안 미사일이 만능 무기로 인식된 적도 있지만 민첩하게 움직이는 전투기보다는 아직 명중률이 낮아(베트남전쟁 때에는 10% 정도) 기관포의 필요성이 다시금 인식된 것이다.

그러나 전투기에 적재된 미사일의 사정(射程)과 추미능력(追尾能力)이 공중전의 국면을 결정짓는 것이므로 미사일 능력과 정밀도를 향상시키기 위한 노력이 계속되고 있다.

지상에 대한 공격용으로는 미사일 외에도 파괴력이 큰 보통 폭탄과 유도폭탄, 로켓탄, 광역산포폭탄(廣域散布爆彈), 화염폭탄, 기관포 등 다양한 무기가 공격 목표에 따라 선택되며 핵폭탄을 적재할 수 있는 전투기도 개발되었다.

창공의 에르하트에 나오는 전투기들은 2차 세계대전 말기에 등장한 전투기들의 성능을 가지고 있다.

✱급강하폭격기(急降下爆擊機, Dive Bomber)

급강하제동판이 붙어 있으며, 제1차 세계대전 후 처음으로 등장하였다. 원래 함선 폭격을 목적으로 고안되었으나 전차, 차량, 교량, 거점 등 육상 목표의 폭격에도 사용된다.

대표적인 것은 제2차 세계대전 중에 활약했던 독일 융커스 Ju 87기, 하인켈기 등으로 50도 이하 급강하가 가능하였다. 독일의 급강하폭격기는 슈투카(Stuka)라는 이름으로 알려졌는데, 슈투카는 '급강하폭격기(Sturzkampf-flugzeug)'의 독일어 약어이다. 오늘날은 급강하 때 조준이 맞으면 자동적으로 폭탄이 투하되는 것도 개발되었다.

현대의 폭격기들이 정밀유도폭탄과 같은 폭탄을 이용한 최첨단 폭격과는 달리 2차 세계대전 당시의 폭격이란 그냥 폭격기에서 목표물로 폭탄을 떨어뜨리는 단순한 폭격이었다. 당연히 명중률도 매우 낮을 수밖에 없었다. 그러한 단점을 보완하고자 만든 것이 폭격기에 급강하 제동판을 단 급강하폭격기였다.

급강하폭격기는 말 그대로 공중에서 강하 각도 50도 이하로 급강하를 해서 목표물에 최대한 접근한 다음 폭탄을 투하하여 명중률을 높이기 위해 만든 폭격기였다. 거기다 급강하에 의해 가속이 붙은 폭탄은 평상시 위력보다도 훨씬 파괴력이 높아 특히 전차나 요새, 전함 같은 방어력이 뛰어난 목표 공격에 효과적이었다.

✱ 최적 선회 속도

가장 효과적인 선회율이 나올 수 있는 속도, 즉 최적 선회 속도가 500큐빗 정도라면 500큐빗에서 그 비행기가 기수를 가장 빠르게 회전시킬 수 있는 것이다.

✱ 선회율

항공기가 얼마나 빠르게 기수를 회전시킬 수 있는가 하는 정도이다.

✱ 자료 참고를 허락해 주신 불타는 하늘(http://airwar.hihome.com)의 운영자 Foxmouse님께 감사를 드립니다.

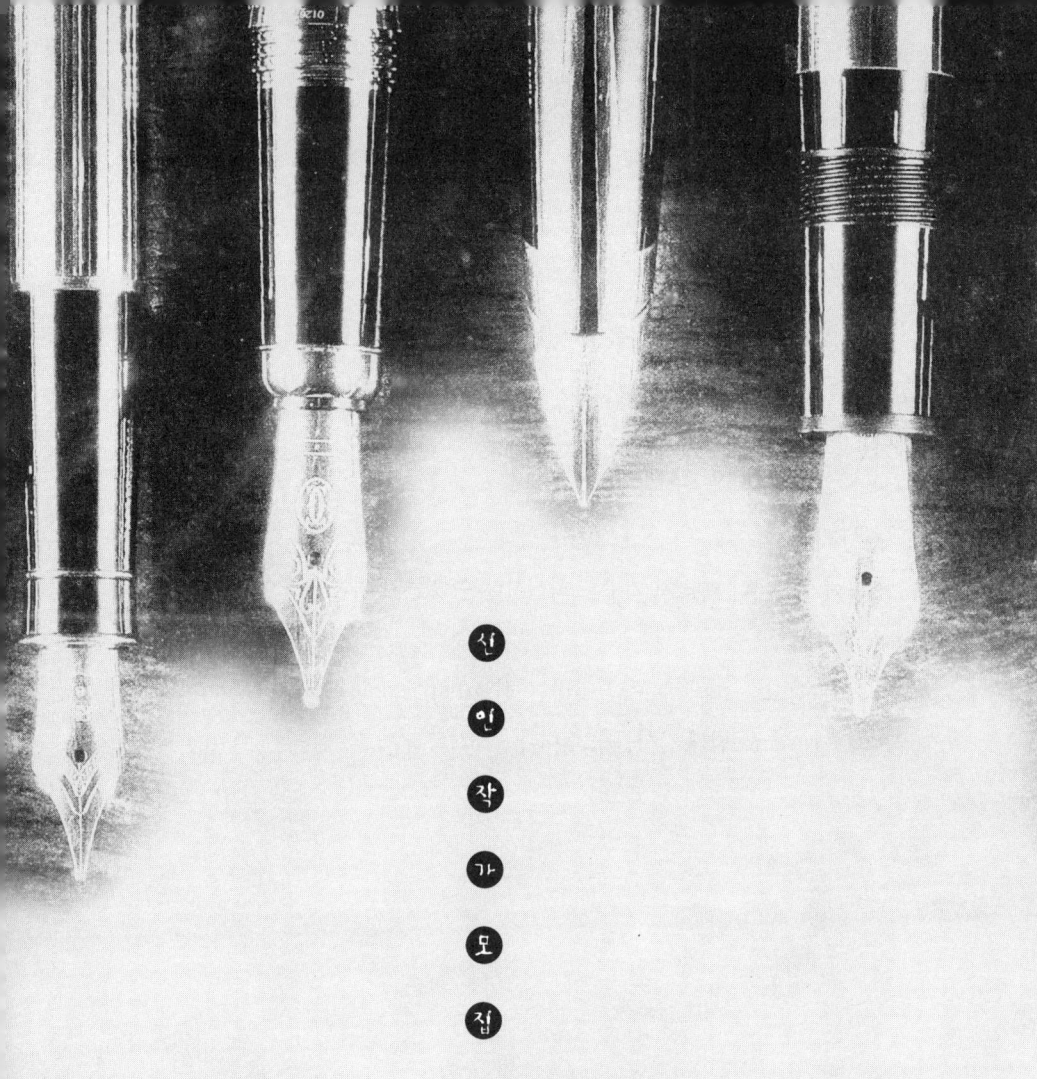